Nadja Quint
Rosa Mord

Von der Autorin bisher bei KBV erschienen:

Verachte nicht den Tod
Das Mädchengrab
Rosa Mord

Nadja Quint wurde 1959 in Herford geboren. Sie lebt in Düsseldorf und arbeitet als Fachärztin für Psychiatrie, Psychosomatische Medizin und Psychotherapie. Bevor sie sich dem Krimi widmete, veröffentlichte sie TV-Sketche, u. a. für die Serie »Sechserpack« (Sat1).

Nadja Quint

Rosa Mord

KBV

Originalausgabe

www.kbv-verlag.de
E-Mail: info@kbv-verlag.de
Telefon: 0 65 93 - 998 96-0
Fax: 0 65 93 - 998 96-20
Umschlagillustration: Ralf Kramp
unter Verwendung von: © blondina93 · www.fotolia.de
Redaktion: Volker Maria Neumann, Köln
Druck: Aalexx Buchproduktion GmbH, Großburgwedel
Printed in Germany
ISBN 978-3-95441-140-5

Die meisten Menschen brauchen mehr Liebe,
als sie verdienen.

Marie von Ebner-Eschenbach (1830-1916)

Die Farbe

Es war Anfang April, kurz nach Ostern, seit dem vergangenen Sonntag galt die Sommerzeit. Annika Hähnlein störte sich nicht an den vorgestellten Uhren. Es machte ihr nichts aus, dass der frühe Morgen nun dunkler war als noch in der Woche zuvor. Im Gegenteil: Sie freute sich auf das Frühjahr.

Um sechs Uhr ging sie joggen, zu jeder Jahreszeit und bei jedem Wetter. Das Thermometer vor dem Fenster ihres alten Mädchenzimmers zeigte fünf Grad Celsius an. In den letzten Tagen war es wieder kühler geworden, der Frühling tat sich schwer. Annika zog ein zweites T-Shirt unter ihre Sportjacke und verließ das Haus. Vor der Tür schlug ihr eine Windböe entgegen, die Luft fühlte sich kälter an als die angegebenen fünf Grad, immerhin war es trocken.

Annika setzte sich in Bewegung. Hier am Lessingplatz hatte man in den vergangenen Jahren viele der Gründerzeithäuser saniert, entsprechend stiegen die Mieten. Die Bewohner des Viertels galten als anständige Leute, Annika brauchte sich nicht zu fürchten, auch nicht im Dunkeln. Außerdem waren die Straßen belebt, der Berufsverkehr hatte längst eingesetzt. Sie überquerte die Kruppstraße und kam zum *Zeitfeld* am Eingang des Volksgartens. Auf hohen Stangen standen vierundzwanzig Bahnhofsuhren, ihre Zeiger stimmten exakt überein: 6.09 Uhr. Annika schlug den Weg zum alten Bootshaus ein und lief an der Düssel entlang. Reflektoren an der Sporthose und ein roter Blinkstreifen quer über der Brust gaben ihr Sicherheit. Auf Musik verzichtete sie beim Joggen. Lieber hörte sie die Geräusche der Umgebung und den Rhythmus ihrer Schritte. Wenn sie das leise Platschen ihrer Schuhe auf dem feuchten Belag der Parkwege hörte, fühlte sie sich lebendig.

An diesem Morgen waren weniger Leute unterwegs als sonst. Das mochte am Wetter liegen oder an der Zeitumstellung. Annika grüßte die anderen Läufer mit freundlichem Nicken, ganz gleich, ob sie ihnen schon einmal begegnet war oder nicht. Seit sie in Bochum studierte und nur noch während der Semesterferien in Düsseldorf wohnte, waren ihr die Jogger im Park nicht mehr so vertraut. Früher hatte sie hier fast jeden gekannt.

Der Weg gabelte sich. Sie bog ab in Richtung Rhododendren-Tal. Im Frühsommer, wenn die Stauden in voller Blüte standen, gehörte das Tal zu ihren Lieblingsstrecken. Annika bewegte sich mutig durch die Welt, bis jetzt hatte sie immer Glück gehabt.

* * *

Auch Peter und Sabine Menzel zog es an diesem Morgen in den Volksgarten. Erst am Vorabend war Sabine mit ihrer Strickarbeit fertig geworden, immer wieder hatte sie den Sitz der Gucklöcher in den Gesichtsmasken überprüft. Sie ließen sich erstaunlich angenehm tragen. Dank des beigemischten Polyamids kratzte die schwarze Wolle nicht auf der Haut.

Sabine und Peter hatten alles genau geplant. Noch am vergangenen Wochenende waren sie im Volksgarten gewesen, um ein letztes Mal die Laufstrecke zu begutachten. Im Rhododendren-Tal standen die Stauden besonders nah am Parkweg, diese Stelle schien ihnen ideal.

Trotzdem waren Peter letzte Zweifel geblieben. »Und du bist sicher, dass hier morgens keine Polizei rumläuft?«

»Um sieben sitzen die noch beim Frühstück«, hatte Sabine in einem Ton geantwortet, als würde sie die Dienstgewohnheiten der Polizisten genau kennen. »Da gehen die noch nicht Streife. Schon gar nicht direkt nach der Zeitumstellung, wenn es morgens wieder dunkel ist.«

Daraufhin hatte Peter genickt, wenn auch nicht restlos überzeugt.

Nun war es soweit. Im Audi fuhren sie zum Volksgarten und parkten bei den Sportanlagen. Die schmale Seitenstraße war menschenleer, dennoch zögerte Peter, bevor er ausstieg.

»Uhrenvergleich!«, forderte er, seine Stimme zitterte.

»Nullsechszwozwei«, antwortete Sabine prompt.

Peter nickte. »Bei mir auch.«

Obwohl die Scheiben des frisch gewaschenen Wagens einen unverstellten Rundumblick boten, schob Peter die Fahrertür nur langsam auf und lugte hinaus. Immer noch war kein Mensch zu sehen. Leise stieg er aus.

»Das klappt schon.« Sabine griff die Tasche, die sie neben ihren Füßen abgestellt hatte. Peter schloss den Wagen ab, sie hakte sich in seinen Arm ein. »Ist doch alles prima. Wir sind ein älteres Ehepaar, das nicht mehr viel Schlaf braucht. Und jetzt machen wir einen kleinen Morgenspaziergang.«

Peter nickte, sein Herz schlug bis zum Hals.

»Du hast doch alles? Auch die Pistolen?«

Sabine lächelte. »Ja sicher. Das kriegen wir schon hin, und es wird ganz wunderbar.«

Seite an Seite schlenderten sie zum Parkeingang und gingen dann weiter zum Rhododendren-Tal. Niemand begegnete ihnen, ungehindert erreichten sie ihren Tatort. Hier war es schon deutlich dunkler als auf den Hauptwegen. Sabine holte die Taschenlampen hervor.

»Die Mützen noch nicht«, flüsterte Peter. »Die setzen wir erst zum Schluss auf.«

»Ich geb sie dir aber schon mal.« Sabine drückte ihm seine Strickmaske und eine Pistole in die Hand. »Und jetzt auf Position. Los!«

An der schmalsten Stelle des Weges drängten sie sich in die Büsche, Sabine links, Peter rechts. Entschlossen zogen sie sich die Maske übers Gesicht, die Augenlöcher saßen perfekt, auch die Pistolen lagen gut in der Hand.

Sie warteten. Sie horchten.

Endlich! Die Laufschritte kamen näher.

Sabine nickte aufgeregt. »Jetzt!«

Von beiden Seiten sprangen sie auf den Weg. Es war genau der richtige Moment.

* * *

Annikas Laufstrecke führte zu den Sportanlagen am nordöstlichen Ende des Volksgartens. Sie sah hinüber zu den Häusern hinter dem Fußballplatz. Es begann zu dämmern. Über den Dächern stieg weißer Dampf in die kalte Luft auf. Wie so oft beim Anblick rauchender Schornsteine erinnerte sie sich an ein Erlebnis aus ihrer Kindheit. Damals lebte sie mit ihren Eltern in einer Wohnung auf der fünften Etage. Kurz nach ihrem sechsten Geburtstag stürmte eines nachts ein Mann in ihr Zimmer. Er rief ein paar Worte, die sie nicht verstand. Sie schrie laut auf, doch der Mann nahm keine Rücksicht. Er schlug ihre Decke zur Seite, riss sie aus dem Bett und presste ihr ein nasses Tuch aufs Gesicht. Sie schrie und schrie, der Mann drückte das Tuch fester gegen ihren Mund. Wie durch einen Nebel hörte sie seine Worte, seine Aufregung machte ihr Angst. Doch plötzlich verstand sie ihn besser. Er sagte etwas Freundliches, es war der Mann aus der Nachbarwohnung. Annikas Eltern verbrachten diesen Abend in einem

Restaurant. Das wusste Annika, und sie wusste auch, dass die Nachbarn auf sie aufpassen würden. Aber sie begriff immer noch nicht, was da gerade passierte. Mit Annika auf dem Arm hetzte der Mann in den Hausflur und die Treppen hinunter. Sie rang nach Luft und begann zu würgen. Aber der Mann presste das Tuch weiter auf ihr Gesicht.

Ein paar Wochen zuvor war ihre Großmutter gestorben. Annika hatte versucht, sich vorzustellen, wie das wohl sein könnte, das Sterben und das Totsein.

Jetzt gehe ich tot, dachte Annika in diesen Sekunden, als sie glaubte zu ersticken. So ist das, wenn man stirbt. Bei Oma war das auch so.

Doch Annika starb nicht. Der Nachbar brachte sie sicher ins Freie. Seine Frau, die schon draußen war, nahm Annika das Tuch vom Gesicht und half ihr, als sie sich kurz übergeben musste. Während sie noch einige Male würgte, hörte sie die Sirenen der nahenden Feuerwehrautos. Dann wurde alles gut. Die Nachbarin wiegte Annika in ihren Armen und sprach ihr aufmunternd zu. Kurz darauf kamen Annikas Eltern zurück, und die Feuerwehr löschte den Brand. Nach weniger als zwei Stunden konnten die Mieter wieder in die Wohnungen. Annika schlief zwischen ihren Eltern friedlich ein. Am nächsten Morgen erklärten sie ihr, dass in der Wohnung über ihnen eine kaputte Elektroheizung Feuer gefangen hatte. Sie luden die Nachbarn zum Essen ein und redeten über den Brand. Annika war stolz darauf, was sie erlebt hatte.

Der Qualmgeruch hielt sich noch wochenlang im Haus, aber Annika hatte ihre Angst überwunden. Seitdem glaubte sie an eine höhere Kraft, die es gut meinte mit ihr und ihrem Leben. Auch an diesem Morgen glaubte sie daran.

* * *

»Halt! Überfall!« Sabine richtete die Waffe auf den Jogger. Der junge Mann blieb stehen. Peter leuchtete ihm ins Gesicht. Der Läufer erstarrte, es vergingen ein paar Schrecksekunden, dann lachte er auf.

Genauso hatte Sabine es von ihm erwartet, sie kannte ihn seit dreißig Jahren, er merkte schnell, was los war. Sie fiel ihm um den Hals und drückte ihn an sich.

»Sekt oder Leben?!«, schrie Peter ausgelassen.

Er und Sabine rissen sich die Masken vom Kopf und umarmten ihren Sohn, alle drei lachten. Schließlich holten sie Sekt und Gläser aus der Tasche und stießen mit ihrem Sohn auf seinen dreißigsten Geburtstag an.

Jan-Philipp wischte sich die Tränen aus den Augenwinkeln. »Ich hab mir ja schon gedacht, dass ihr irgendwas Verrücktes plant. Aber so eine Nummer hätte ich euch echt nicht zugetraut.«

Peter legte den Arm um seinen Sohn. »Woran hast du denn gemerkt, dass wir das sind?«

»Ich gebe euch einen Tipp.« Jan-Philipp ließ sich von seiner Mutter auf beide Wangen küssen. »Wenn ihr mich wieder mal überfallen wollt, dann besser nicht mit meinen alten Spielzeugpistolen. Die erkenne ich nämlich sofort.«

Sie lachten noch mehr, Peter schenkte nach, wieder prosteten sie sich zu. Doch als die Gläser ihre Lippen berührten, erstarrten sie. Aus der Nähe drang der gellende Schrei einer Frau. Einen Augenblick lang standen die drei Mitglieder der Familie Menzel wie erstarrt, dann ließen sie ihre Gläser fallen und rannten los. Keine hundert Meter weiter, am Ende des Rhododendren-Tals, stießen sie auf eine Joggerin, die offenbar gestürzt war. Neben ihr lag etwas, Peter richtete seine

Taschenlampe darauf. Es war ein Mensch, ein schlanker Mann. Die dunkelblonden Haare fielen ihm in breiten Strähnen über die Stirn, die Augäpfel quollen fahlweiß unter halb geschlossenen Lidern hervor. Der Kopf war zur Seite gedreht, ein Rinnsal rosaroter Farbe lief am Kinn herab und tropfte auf den Parkweg.

* * *

An diesem Morgen wachte Kriminalhauptkommissarin Evelyn Eick zu früh auf, sie hatte schlecht geträumt. Es war zwanzig vor sechs, erst um halb sieben würde ihr Wecker klingeln. Selbst wenn sie wieder einschlafen könnte, lohnte sich das kaum. Evelyn beschloss, die gewonnene Dreiviertelstunde für einen Friedhofsbesuch zu nutzen. Im letzten Herbst war ihr Vater gestorben.

Evelyn stand auf und ging ins Bad. Ihr fiel ein, dass sie am Vortag schon vergessen hatte, dem Hausmeister Bescheid zu geben. Die Wassertemperatur ließ sich nicht mehr regeln, schon seit einer Woche duschte Evelyn nur noch lauwarm. Sie nahm sich fest vor, um acht Uhr den Hausmeister anzurufen, doch vermutlich würde sie wieder nicht dazu kommen. Der Aktenstapel auf ihrem Schreibtisch war nur noch durch Überstunden abzuarbeiten. Irgendwann würde sie für die viele Arbeit einen Freizeitausgleich bekommen. Vielleicht.

Als Frühstück reichte ihr eine Scheibe Toast mit Butter zu einer Tasse Kaffee. Um diese Zeit konnte sie noch nicht viel essen. Sie blickte aus dem Fenster in das letzte Grau der Nacht. Am Vorabend war Lars noch bei ihr gewesen. Zum ersten Mal, seit sie zusammen waren, hatten sie sich heftig gestritten. Er war wütend gegangen. Evelyn seufzte. Vielleicht passte das alles nicht. Der Neubeginn mit einem noch nicht geschiedenen Mann, noch dazu in einer Zeit, in der sie sich stark auf sich selbst besinnen musste. Über den Tod ihres Vaters war sie noch lange nicht hinweg.

Um Viertel nach sechs verließ sie in Sportschuhen ihre Wohnung. Für die hundert Stufen von der sechsten Etage nach unten brauchte sie weniger als eine Minute. Dieser Sprint gehörte zu ihrem täglichen Training, doch im Erdgeschoss wurde sie scharf ausgebremst. Mal wieder war die Haustür verschlossen. Evelyn ärgerte sich, das Abschließen war in Mehrfamilienhäusern ausdrücklich verboten. Im Notfall musste gewährleistet sein, dass die Bewohner schnellstens das Haus verlassen konnten, ohne nach ihren Schlüsseln zu suchen. Das hatte Evelyn ihren Nachbarn oft erklärt und ein Merkblatt mit dem betreffenden Urteil des Bundesgerichtshofs in den Flur gehängt – leider ohne Erfolg. Jemand hatte das Blatt kurz darauf entfernt. Evelyn nahm sich vor, ein neues aufzuhängen.

Sie schloss die Haustür auf und schaute zur Roßstraße hinüber, über den Häusern begann es zu dämmern. Der Regen der Nacht hatte aufgehört. Evelyn sog die kalte Luft ein und ging zu ihrem Auto. Gestern hatte sie trotz der späten Stunde Glück gehabt bei der Parkplatzsuche. Ihr hellblauer Golf stand schräg gegenüber vom Haus im eingeschränkten Halteverbot. Wenn sie vor halb acht wegfuhr, musste sie kein Knöllchen fürchten. Die Kollegen vom Ordnungsamt kannten die Probleme im Stadtteil Golzheim, frühmorgens ließen sie noch Gnade vor Recht ergehen.

Die Fahrt zum Nordfriedhof dauerte nur ein paar Minuten. Evelyn fand problemlos einen Parkplatz und holte ihre Gummistiefel aus dem Kofferraum. Die Friedhofswege weichten im Regen schnell auf, schon einige Male hatte Evelyn sich so ihre Schuhe versaut. Zwar bewahrte sie in ihrem Spind im

Präsidium immer ein Ersatzpaar auf, aber lieber betrat sie das Dienstgebäude mit sauberen Schuhen. Also stieg sie in die olivgrünen Stiefel, verriegelte den Wagen und ging aufs Haupttor zu. Eine Gruppe älterer Frauen stand davor, sie begrüßten Evelyn freudig. Obwohl sie jünger war als die meisten hier, hatte man sie in die Gemeinschaft aufgenommen. In letzter Zeit war Evelyn häufig zu früh aufgewacht und noch vor ihrem Dienst zum Friedhof gefahren. Zusammen wartete man am Tor, so kam man ins Gespräch.

Die Kirchturmglocke an der Ulmenstraße schlug halb sieben. Auf einem schwarzen Fahrrad fuhr ein Friedhofsangestellter heran und schloss das Tor auf. Sie begrüßten einander wie gute Bekannte, auch das gehörte zum Ritual. Evelyn ging mit den Frauen über den Vorplatz an der Kapelle vorbei zu den Gräberfeldern, dann teilten sich ihre Wege, Evelyns Vater Johannes lag im hinteren Teil der Anlage.

Die Friedhofserde speicherte die Nässe der Nacht. Noch letzte Woche hatte es modrig nach dem Laub vom Vorjahr gerochen, heute war die Luft klar und satt vom Regen. Zusammen mit Johannes hatte Evelyn im vergangenen Sommer die Grabstelle ausgesucht, kurz darauf war er seinem Lungenkrebs erlegen. Nun ruhte er auf zwei Quadratmetern mit der Plannummer C 1366 neben einer alten Blutbuche. Die Baumkrone stand kahl und schwarz im aufziehenden Morgen. Evelyn erinnerte sich an den letzten Herbst, das Laub hatte rot in der Sonne geleuchtet.

Den Wünschen ihres Vaters entsprechend hatten Evelyn und ihr Bruder Stefan dunkelgrünes Efeu gepflanzt und einen Stein ausgesucht, heller Marmor mit schwarzer Schrift: *Johannes Eick 1942-2012*. Noch wirkte das Grab kahl, im Winter war das Efeu kaum gewachsen. Der Regen der letzten Nacht hatte zwischen den Pflanzen kleine Pfützen hinterlassen, sie würden nicht so bald trocknen, schon für den Nachmittag waren neue Schauer gemeldet. Doch wenn die Temperaturen stiegen, würde das Efeu sprießen und die Erde bedecken.

Auch ein Grab braucht Zeit zu wachsen, dachte Evelyn.

Obwohl niemand zu sehen war, unterdrückte sie ihre Tränen, in der Öffentlichkeit weinte sie nie. Sie machte sich an die Arbeit, befreite das Grab von braunen Blättern, die der Wind zwischen das Efeu getrieben hatte, und säuberte den Marmor. Dann ging sie zum Auto zurück. Bevor sie losfuhr, wechselte sie wieder die Schuhe. Es war die Woche nach Ostern. Wegen der Schulferien hielt sich der morgendliche Berufsverkehr in Grenzen. Vom Nordfriedhof bis zum Polizeipräsidium in der südlichen Innenstadt brauchte Evelyn eine Viertelstunde.

Viele der Kollegen hatten Urlaub, auf Anhieb fand sie einen Parkplatz an der sogenannten *Festung*. So hieß bei den Düsseldorfer Polizisten ihre Arbeitsstätte. Das war ein passender Name für den monumentalen Backsteinbau aus den frühen Dreißigerjahren, der hohen Zeit von Blut und Boden. Doch es gab Pläne: Demnächst sollte das unter Denkmalschutz stehende Präsidium mit viel Glas und Metall um einige Anbauten erweitert werden. Das sollte nicht nur die Strenge der alten Architektur abmildern, sondern auch deutlich mehr Platz schaffen. Die *Festung* platzte seit Langem aus allen Nähten.

Evelyn betrat das Gebäude und ging die Treppe hoch. Sobald sie auf den Flur ihres Kommissariats einbog, sah sie, dass Gerckes Tür offen stand. Dies war ein klares Zeichen: Der Chef bat sie zu sich. Zwar hatte sie sich gewünscht, den Arbeitstag ganz in Ruhe in ihrem eigenen Büro anzugehen, doch daraus würde nichts werden. Einen Moment überlegte sie, umzukehren und in der Kantine noch einen Kaffee zu trinken. Es war erst kurz vor halb acht, und Gercke hatte normalerweise nichts dagegen, wenn seine Mitarbeiter erst um acht Uhr dienstbereit waren. Doch Evelyn schob die Dinge nicht gern auf, außerdem war sie neugierig, was Gercke ihr mitteilen wollte. Noch bevor sie sein Büro erreichte, schob er den Kopf aus der Tür.

»Guten Morgen, Frau Eick«, er lächelte ihr entgegen. »Eine unfreiwillig tote Leiche schweigt vor sich hin und harrt unserer Arbeit.«

Über seinen schrägen Humor wunderte Evelyn sich längst nicht mehr, nach acht Jahren in dieser Abteilung hatte sie sich daran gewöhnt. »Morgen, Chef. Also ein ganz neuer Fall?«

Er seufzte demonstrativ. »Wir können uns natürlich noch überlegen, ob wir die Leiche über die Stadtgrenze rollen. Ansonsten werden wir wohl selbst ran müssen.«

Der Erste Kriminalhauptkommissar Gregor Gercke bat seine Mitarbeiterin hinein und schloss die Tür. Dass er ihr keinen Stuhl anbot, war kein Zeichen von Unfreundlichkeit. Damit signalisierte er: Dies wird eine kurze Besprechung, dafür lohnt sich das Hinsetzen nicht. Er war Kriminalist mit Leib und Seele, wenn ein neuer Fall ihn packte, kam es Evelyn vor, als gäbe er seine Anweisungen noch klarer und präziser als sonst. Das schätzte sie an Gercke: Er war deutlich, aber nie herrschsüchtig.

»Die Sache selbst ist jedenfalls ganz frisch«, fuhr er fort. »Wie frisch die Leiche ist, müssen wir noch rausfinden. Sie liegt im Frühtau des Volksgartens, erdrosselt beziehungsweise erstickt. Mehr weiß ich auch noch nicht. Herr Waschke und Frau Borkuschewa sind schon vor Ort.«

Evelyn bemerkte Gerckes Bartstoppeln. Vermutlich hatten die Kollegen von der Streife ihn aus dem Bett gejagt. »Mich hätten Sie aber auch gern anrufen können, Chef.«

»Weiß ich doch, Frau Eick«, er wurde ernst. »Ich wollte Sie wenigstens ausschlafen lassen. Sie haben in letzter Zeit genug durchgemacht. Der Tod Ihres Vaters und dann die vielen Überstunden.«

Gerckes Rücksicht war ihr unangenehm, andererseits war sie ihm dankbar dafür.

»Sie kriegen den Fall«, meinte er. »Sie ermitteln an vorderster Front, zusammen mit Frau Borkuschewa. Bis jetzt sieht die Sache allerdings nach reichlich Mühsal aus.« Er begleitete Evelyn zur Tür. »Aber jetzt gehen Sie erst mal in Ruhe an Ihren Schreibtisch. Ich gebe Ihnen Bescheid.«

Evelyn bedankte sich. Während sie den Flur entlangging, stellte sie sich vor, dass Gercke sich jetzt erst einmal rasieren würde. Sie malte sich aus, wie ihr Chef jetzt am Bürowaschbecken stand, um mit Gel und Klinge seinem Eintagebart zu Leibe zu rücken. Sie musste schmunzeln und hörte damit selbst dann noch nicht auf, als sie ihr Büro betrat und ihr Blick den Stapel unbewältigter Akten traf. Auch heute würde sie damit kaum weiterkommen. Dennoch setzte sie sich wohlgemut an den Schreibtisch und verbrachte die nächsten zwei Stunden mit Papierkram, verfasste Protokolle, heftete Zeugenaussagen ab. Danach wirkte der Stapel immerhin eine Handbreit niedriger.

Das Telefon klingelte, Gercke bat Evelyn zu sich. Erneut betrat sie das Chefbüro, er und Waschke hoben ihre grauen Köpfe und blickten ihr wohlwollend entgegen. *Die alten Uhus vom KK 11* – diesen respektablen Spitznamen hatten die beiden im Kollegenkreis. Norbert Waschke war der Älteste im Team. Als er vor mehr als zehn Jahren seinen Dienst im Kommissariat 11 antrat, hatte Gercke dort bereits die Leitung inne. Dies hätte leicht zum Kompetenzgerangel führen können, tat es aber nicht. Gercke schätzte die Erfahrung seines altgedienten

Mitarbeiters, und Waschke hatte ohnehin nie den Ehrgeiz entwickelt, ein Kommissariat zu leiten. Obwohl sie gleichaltrig waren, siezten sie sich. Denn Gregor Gercke, der vor zwölf Jahren vom Präsidium in Essen nach Düsseldorf gekommen war, duzte seine Mitarbeiter prinzipiell nicht. Evelyn fand, dass er im Vergleich zu Waschke die feineren Gesichtszüge, Gedankengänge und Manieren vorweisen konnte. Aber das gehörte sich wohl so für einen Kommissariatsleiter.

Er wies auf die Bilder. »Gucken Sie sich das mal an, Frau Eick. So was sehen selbst wir nicht alle Tage. Erdrosselt und den Mund mit rosa Farbe ausgegossen.«

Evelyn starrte auf die Fotos. Das Opfer lag auf dem Rücken, das aufgequollene, hochrote Gesicht zur Seite gedreht, die Beine parallel ausgerichtet. Seinen linken Arm hielt der Tote nah am Körper, den rechten nach vorn gestreckt, mit der flachen Hand in einer Pfütze, im Ellbogengelenk leicht angewinkelt. Aus dem Mund tropfte rosa Farbe, ein Draht um seinen Hals schnitt tief in die Haut ein. Unter seinem Nacken ragten zwei Holzstücke hervor, an denen der Draht befestigt war, offenbar angeschnittene Stücke von einem Rundholz, vielleicht einem Besenstiel.

Die Bilder wirkten so bizarr, dass Evelyn damit nur schwer ein reales Geschehen verbinden konnte. Ungläubig schüttelte sie den Kopf.

»Ich kann mir denken, was in Ihnen vorgeht, Frau Eick«, meinte Gercke trocken. »Das sieht eher aus wie moderne Kunst. Irgend so ein seltsames Ausstellungsstück. Mittels einer absurden Demonstration menschlicher Seinsweisen verweist der Künstler auf die unausweichliche Endlichkeit der Existenz.«

Waschke schmunzelte. »Wenn Sie meinen, Chef.« Dann wurde er wieder ernst. »Der Fundort ist offenbar auch der

Tatort. Die Tötung wurde begangen mit einem handelsüblichen Draht zwischen zwei Holzgriffen, der im Nacken angezogen und mehrfach verknotet wurde. Möglicherweise dienten die Holzstücke zusätzlich als Knebel.«

»Also eine Garotte?«, fragte Evelyn.

»Richtig. Eine altbewährte Henkersmethode. Die Utensilien kriegt man in jedem Baumarkt. Und schon haben wir das perfekte Tötungsinstrument.«

»Wissen wir schon, wer der Tote ist?«

Waschke setzte eine bedeutungsvolle Miene auf. »Das macht den Fall brisant«, sagte er und zog aus seiner Jackentasche eine Asservatentüte mit einem bundesdeutschen Personalausweis. »Den trug das Opfer bei sich. Wir haben es hier mit stadtbekannter Prominenz zu tun: Bernd Gustav Brook.«

Evelyn zog die Stirn hoch.

»Dreiundsechzig Jahre, wohnhaft Kurze Rheingasse 5«, setzte Waschke nach. »Unser Düsseldorfer Vorzeige-Schwuler hat wahrscheinlich gestern Abend im Park gejoggt.« Zwischen Waschkes lockeren Worten schwang Anerkennung. »Kämpfer für das Gute, Wahre und Schöne sowie Inhaber von Düsseldorfs berühmtester Herren-Boutique. Superlage in der Alexanderstraße, die Berliner Allee direkt um die Ecke, und das Ganze noch mit angeschlossenem Versandhandel. Ich habe da noch nie was gekauft. Sie etwa?«

Evelyn schüttelte den Kopf.

»Ich auch nicht«, meinte Gercke. »Wie heißt dieser Laden noch mal?«

»*Mann-O-Mann*«, erwiderte Evelyn.

Sie war Brook nie persönlich begegnet, aber wie die meisten Düsseldorfer kannte sie ihn aus den Medien. In den letzten zwei Jahrzehnten war wohl kaum eine Woche vergangen, in der Bernd Brook nicht in der Lokalpresse oder im regionalen Rundfunk auftauchte. Er setzte sich für die Interessen der Bürger ein und engagierte sich bei verschiedenen Hilfsorganisationen. Dabei galt er als besonnen, intelligent und in jeglicher Hinsicht stilsicher. Selbst in der hitzigsten Diskussion schaffte er es, höflich zu bleiben. Nebenbei genoss er den Ruf eines seriösen Geschäftsmanns, der Laden, Versandhandel und nicht zuletzt seine Mitarbeiter vorbildlich führte.

Evelyn beobachtete ihren Chef, seine Mimik ließ keinen Zweifel daran, wie sehr ihn der neue Fall reizte. »Dieser Brook ist doch immer in einem Mercedes durch die Stadt gekurvt? Mit so einer auffälligen Schrift drauf?«

»Genau, Chef. Dunkelvioletter Kombi mit orangefarbenem Firmen-Logo«, Waschke schlug sein Notizheft auf. »Kennzeichen *D-BB 4000*. Den haben die Kollegen schon gefunden, ironischerweise neben der katholischen Kirche auf dem Parkplatz an der Siegburger Straße. Ist abgeschleppt, steht jetzt bei unseren Technikern. Brook hatte den Autoschlüssel in seiner Hosentasche.«

»Also muss der Mörder gewusst haben, dass Brook dort joggen wollte?«, fragte Evelyn.

»Ja. Sofern wir davon ausgehen, dass der Täter es gezielt auf Brook abgesehen hatte. Natürlich bleibt auch die Überlegung, ob er rein zufällig das Opfer war.«

Gercke sah seinen älteren Kollegen von der Seite an. »Aber das halten Sie für unwahrscheinlich, oder?«

»Richtig, Chef. Bernd Brook und Zufallsopfer – das passt so gar nicht«, Waschke griente. »Und die rosa Farbe ist wohl kaum Zufall, sondern ein klarer Hinweis.«

Evelyn nickte heftig. »Ein Wink mit dem Laternenmast. Wobei es der Täter auch auf einen beliebigen Homosexuellen abgesehen haben könnte und dabei nun mal Brook erwischte.«

»Hab ich auch schon überlegt. Kann ich mir aber nicht vorstellen. Der Volksgarten ist zwar ein beliebter Schwulentreffpunkt, aber doch wohl eher in lauen Sommernächten, und nicht Anfang April bei saukalter Witterung.«

Gercke zog die Stirn hoch. »Kommt drauf an, was man vorhat. Um jemanden zu töten, sind kalte Nächte mit Regen doch nicht verkehrt.«

»Also ein Mord im Milieu?«, fragte Evelyn.

»Davon sollten wir erst mal ausgehen«, meinte Waschke. »Das Häufige ist häufig, und Klischees sind Wahrheiten.«

Nicht so recht überzeugt wies Gercke auf ein Foto, das Brooks ganzen Körper zeigte. »Er war ja wohl schmächtig. Mehr als fünfundsechzig Kilo dürfte der kaum auf die Waage gebracht haben. Es war vermutlich nicht allzu schwierig, ihm die Garotte um den Hals zu legen.«

Waschke nickte. »Der Täter hat ihn zur Strecke gebracht und den Überraschungsmoment genutzt. Vermutlich ist Brook gestürzt. Über eine Schnur oder einen Draht quer über den Weg. Die Kollegen untersuchen das noch.«

»Und als er am Boden lag, hat der Täter ihn überwältigt und ihm die Garotte umgelegt?«

»Und dann zugezogen, ja. Das musste schnell gehen und brauchte viel Kraft. Aber für einen muskulösen Täter war das sicher kein Problem.«

»Oder es waren mehrere«, meinte Evelyn. »Und nach dem Erdrosseln haben sie ihm die Farbe in den Mund gegossen?«

»Genau. Es wäre natürlich möglich, dass Brook durch die Drosselung noch nicht tot war, sondern nur bewusstlos. Und dass er dann an der Farbe im Mund erstickt ist. Aber das muss uns die Rechtsmedizin verraten. Professor Herxheimer war ziemlich schnell vor Ort.«

Ein kurzer Schmerz durchzog Evelyns Brust, als der Name fiel. Sie bemühte sich um eine neutrale Miene. Dass Lars und sie ein Paar waren, hatte sie nicht an die große Glocke gehängt, aber auch nie abgestritten. Die Kollegen waren diskret genug, sie nicht darauf anzusprechen. Und Lars Herxheimer war der Leiter des Rechtsmedizinischen Instituts, er machte einen guten Job, dafür respektierte man ihn.

Sie schob die Gedanken an Lars beiseite und widmete sich wieder Bernd Brook und dessen Schicksal: »Er war bekennender Homosexueller, die rosa Farbe ist eine klare Anspielung. Aber ich finde, daraus können wir doch noch nicht schließen, dass es ein Mord in der Schwulenszene war.«

»Du denkst also, es hat nichts mit dem Mordmotiv zu tun?«, fragte Waschke erstaunt.

»Ja und nein. Es kann sein, dass Brook ermordet wurde und der Grund irgendwas mit seinem Schwulsein zu tun hat. Es könnte aber doch auch sein, dass der eigentliche Grund nichts damit zu tun hat. Aber der Täter will es als Motiv vorspiegeln und uns auf eine falsche Fährte locken.«

»Kein schlechter Gedanke«, meinte Waschke. »Also müssen wir innerhalb und außerhalb der Schwulenszene suchen? Bei den Aktivisten genauso wie bei den eingeschworenen Schwulenhassern?«

Gercke stöhnte auf. »Darum heißt es ja so schön: Die Polizei ermittelt in alle Richtungen. Jedenfalls waren die Täter heftig brutal. Garottieren und dann noch mit Farbe schänden – auf so was muss man erst mal kommen.«

»Absolut«, meinte Waschke. »Professor Herxheimer hat außer den Drosselmarken noch andere Verletzungen gefunden, aber die stammen wohl vom Sturz. Der Todeszeitpunkt lag übrigens zwischen einundzwanzig und dreiundzwanzig Uhr. So viel konnte Herxheimer schon sagen.«

Evelyn konzentrierte sich weiter auf die Fotos. Sie versuchte, einen Zusammenhang herzustellen zwischen dem Schwulenrechtler, der stets elegant die Düsseldorfer Medien durchzog, und diesem grotesk entstellten Toten auf dem nassen Parkweg.

»Ein Raubmord war das mit Sicherheit nicht«, meinte Waschke noch. »Achtzig Euro in bar, Handy, Schlüssel und Wagenpapiere hatte er noch bei sich. Gefunden hat ihn übrigens eine junge Studentin. Vorhin im Volksgarten war sie völlig runter mit den Nerven.«

»Und sie kann nichts mit der Tat zu tun haben?«, fragte Gercke.

»Wohl kaum, Chef. Erstens war sie gestern den ganzen Abend mit ein paar Freundinnen unterwegs, was sich leicht überprüfen lässt. Und zweitens wirkt alles, was sie sagt, echt und ehrlich. Im Grunde kann sie einem leid tun, dass sie über diese fiese Leiche gestolpert ist.« Waschke drückte Evelyn die Asservatentüte mit dem Ausweis in die Hand. »Du machst das, Evelyn. In spätestens vier Wochen präsentierst du uns hier den oder die Mörder. Und ich gehe in Rente.«

Das war seit Langem beschlossene Sache: Von dringenden Außeneinsätzen abgesehen, verrichtete Kollege Waschke in seinem letzten Berufsjahr nur noch Schreibtischarbeit.

»Genauso wird das sein«, pflichtete Gercke bei.

Evelyn suchte noch nach den passenden Worten, die sie dem Optimismus der *Alten Uhus* entgegensetzen konnte, da kam Jelena Borkuschewa herein. Mit sechsundzwanzig Jahren die Jüngste im Team und – wie nicht nur Evelyn fand – die Schönste. Sie trat zu den Kollegen an den Schreibtisch. »Die Spusi nimmt sich im Moment Brooks Wohnung vor, wir können da erst heute Nachmittag rein.«

Evelyn stutzte. »Aber bisher gehen wir doch davon aus, dass der Fundort der Leiche auch der Tatort ist.«

»Das schon. Und Brook hatte seine Schlüssel bei sich. Also legte der Täter vermutlich keinen besonderen Wert auf einen Besuch in Brooks Wohnung. Aber trotzdem scheint es ganz sinnvoll, wenn die Spusi mal einen geübten Blick reinwirft. Wir kümmern uns solange um die Zeugen.«

»Ach, die Zeugen«, meinte Waschke lakonisch. »Das ist ja auch noch so eine Sache. Außer der jungen Frau, die ihn gefunden hat, ist noch eine komplette Familie beteiligt: Vater, Mutter und erwachsener Sohn. Die sind zu der jungen Frau gerannt, als die geschrien hat, weil sie über die Leiche gestolpert ist. Und kurz vorher hatten die Eltern hundert Meter weiter ihren Sohn überfallen. Mit Spielzeugpistolen.«

»Was?!« Gerckes sonst so beherrschte Miene entglitt.

»Natürlich nur zum Spaß«, Waschke grinste. »Die haben ihrem Sohn aufgelauert, als Überraschung zum dreißigsten Geburtstag. Seltsam, was Leute sich ausdenken. Ich habe mir die Eltern schon zur Brust genommen und erklärt, wie gefährlich das war. Nicht nur wegen Vortäuschung einer Straftat, sondern im schlimmsten Fall auch wegen Körperverletzung. Die hätten ja auch den Falschen erwischen können, und wer weiß, was dann passiert wäre. Der hätte vor Schreck einen Herzinfarkt kriegen können oder sonst was.«

»Und genau in dem Moment wurde ein Stück weiter im Park die Leiche entdeckt?«, fragte Gercke ungläubig.

»So war das, Chef. Aber diese Familie Menzel hat wohl kaum was mit dem Mord zu tun. Die waren heftig geschockt über den Anblick und haben sofort die 110 angerufen. Und was den vorgetäuschten Überfall angeht: Da zeigen sie sich reumütig.«

»Dann ist ja alles gut«, meinte Gercke trocken. Er wandte sich an Evelyn und Jelena. »Walten Sie Ihres Amtes, meine Damen.«

Evelyn begleitete Jelena in deren Büro. »Hast du Bernd Brook irgendwann mal persönlich erlebt?« Evelyn rückte ein paar Stühle vor den Schreibtisch. Eltern und Sohn Menzel wollte sie getrennt voneinander befragen.

»Nein«, entgegnete Jelena, während sie hinter dem Tisch Platz nahm und den Computer hoch fuhr. »Und du?«

»Auch nicht. Ich war auch noch nie bei *Mann-O-Mann* drin. Aber ich habe irgendwann mal vorm Schaufenster gestanden, weil ich meinem Freund ein richtig schickes Hemd zum Geburtstag schenken wollte. Die Sachen da sind überhaupt nicht tuntig. Die haben echt schöne Teile, schlicht und edel, nur leider teuer.« Evelyn schwieg für ein paar Sekunden. Angesichts der brutalen Tat an Mode zu denken, schien ihr plötzlich makaber. »Okay«, meinte sie schließlich. »Noch eine wichtige Frage, bevor wir anfangen: Wissen die Zeugen, wer der Tote ist?«

»Nein. Zumindest haben wir den Namen nicht erwähnt. Und ich glaube auch nicht, dass einer der Zeugen ihn erkannt hat, so entstellt wie der war. Da wollte keiner lange hingucken.«

»Und dass sie ihn doch erkannt haben, uns das aber nicht sagen?«

»Kann ich mir nicht vorstellen«, meinte Jelena. »Die waren alle derartig geschockt. In so einer Situation die Leiche zu erkennen und das dann gegenüber der Polizei zu verheimlichen? Dafür müsste man schon reichlich abgebrüht sein. Und den Eindruck hatte ich bei keinem von den vier Zeugen. Theoretisch könnte es natürlich sein, dass schon vorher ein Unbeteiligter die Leiche gefunden hat, ohne die Polizei zu informieren. Aber wenn wir das mal ausschließen, können wir sagen: Nur wir und der Täter wissen, dass es sich um Bernd Brook handelt.«

»Das ist ja schon mal keine schlechte Ausgangslage. Mit wem fangen wir also an?«

»Mit Annika Hähnlein, schlage ich vor. Sie war ja die erste Zeugin vor Ort.«

»Nun denn.« Evelyn öffnete die Tür zum Flur.

Sekunden später betrat die Studentin das Büro. Waschkes Beschreibung schien zutreffend: Sie machte den Eindruck einer ehrlichen und sympathischen Zeitgenossin, der beim Frühsport bedauerlicherweise eine Leiche vor den Füßen gelegen hatte. Der Schrecken war ihr noch immer ins Gesicht geschrieben.

»Vorhin am Tatort haben Sie meinen Kollegen ja schon einiges erzählt«, begann Evelyn die Befragung. »Sie joggen gern im Volksgarten?«

»Ja, jeden Morgen um sechs«, Annika Hähnlein saß so gerade auf dem Besucherstuhl, als wollte sie damit demonstrieren, wie aufrecht sie auch innerlich war. »Aber natürlich nur dann, wenn ich in den Semesterferien hier bei meinen Eltern wohne. Ansonsten lebe ich in Bochum.«

»Dort studieren Sie?«

»Genau. Umwelttechnik und Ressourcen-Management, sechstes Semester.«

»Sie werden also Ingenieurin?« Evelyn nickte anerkennend und verkniff sich die Bemerkung, dass das für eine junge Frau ja leider immer noch ungewöhnlich sei.

Annika Hähnlein wurde lockerer. »Ich habe mich schon immer für Technik interessiert. Meine Eltern haben ja die Fahrradwerkstatt. Damit bin ich groß geworden.«

»Und wenn Sie die Ferien bei Ihren Eltern verbringen, laufen Sie also morgens um sechs im Volksgarten. Wie lange halten sie denn durch bei diesem miesen Wetter?«

»Ungefähr eine Dreiviertelstunde. Dann dusche ich, frühstücke und helfe in der Werkstatt. Besonders jetzt im Frühjahr ist da jede Menge zu tun.«

»Und heute Morgen war das auch so, Frau Hähnlein? Sie sind um sechs Uhr angefangen zu joggen?«

»Ja, wie immer.«

»Und als Sie in den Volksgarten gekommen sind, war da irgendetwas anders als sonst?«

»Nein. Ich habe auch eben noch mal darüber nachgedacht. Aber mir ist ganz sicher nichts aufgefallen. Alles war ganz normal – erst als ...«, Annika Hähnlein begann zu zittern, in ihren Augen standen plötzlich Tränen. Sie zog ein Taschentuch hervor und wischte sich das Gesicht ab. »Ich bin ganz normal erst den Hauptweg entlang gelaufen und dann weiter den Weg ins Rhododendren-Tal. Und dann bin ich plötzlich mit meinem Fuß an etwas Festes gestoßen. Zuerst habe ich gedacht, das sei ein Ast.«

»Woran haben Sie denn gemerkt, dass es doch kein Ast war?«

»Dafür war es dann doch irgendwie zu weich. Ich habe meine Taschenlampe angeschaltet und gesehen, dass da ein Mensch liegt. Ich habe geschrien, und dann kam diese Familie, die im Park Geburtstag gefeiert hat. Und die haben übers Handy die Polizei gerufen.«

Evelyn schaute in die Aufzeichnungen. »Vorhin am Fundort haben Sie ja schon mit meinen Kollegen gesprochen. Da sagten Sie, dass Sie den toten Mann nicht kennen. Erinnern sie sich inzwischen daran, ob Sie ihn doch schon mal gesehen haben?«

Obwohl sie weinte, saß Annika Hähnlein noch immer kerzengerade. Sie senkte den Blick auf ihre Hände, die halb geöffnet auf ihren Oberschenkeln lagen. »Das war doch alles so schrecklich. Da wollte ich nicht so genau hingucken. Aber ich glaube nicht, dass ich den kenne.«

»Könnte es sein, dass er Ihnen früher schon mal beim Joggen begegnet ist?«

»Nein. Wie gesagt, ich bin doch nur noch in den Semesterferien in Düsseldorf. So gut kenne ich die Jogger hier nicht, aber er wäre mir wahrscheinlich aufgefallen.«

»Warum glauben Sie das?«

»Na, er war doch ziemlich zierlich für einen Mann. Und er hatte halblange Haare, so was tragen Männer ja nicht mehr so oft, schon gar nicht in dem Alter.«

»Was denken Sie denn, wie alt er war?«

Die Studentin zögerte. »Etwa fünfzig bis fünfundfünfzig. Aber wie gesagt: Ich bin mir sicher, dass ich ihn beim Joggen nie vorher gesehen habe. Und ich weiß bestimmt nicht, wer das ist.«

Annika Hähnlein sah zwischen Jelena und Evelyn hin und her, offenbar wartete sie darauf, dass die Polizistinnen ihr endlich mitteilten, wer der Tote war. Doch das taten sie nicht.

Evelyn stellte noch ein paar Fragen, dann meinte sie: »Vielen Dank, Frau Hähnlein. Wenn wir noch etwas von Ihnen wissen möchten, melden wir uns.«

Sie ließen die Zeugin das Protokoll unterschreiben und riefen das Ehepaar Menzel herein, beide neunundfünfzig Jahre alt, sie Floristin, er Versicherungsangestellter. Das morgendliche Erlebnis schienen sie vergleichsweise gut verkraftet zu haben. Jedenfalls wirkten sie nicht verschreckt – eher peinlich berührt. Besonders Peter Menzel war der vorgetäuschte Überfall auf seinen Sohn sichtlich unangenehm. Und Sabine versicherte: »Das ist alles meine Schuld. Ich hatte die Idee mit den Spielzeugpistolen, mein Mann hatte von Anfang an Bedenken, aber ich habe ihn überredet zu dieser grenzenlosen Dummheit. Es tut mir sehr leid. So was machen wir nie wieder, darauf können Sie sich verlassen, Frau Hauptkommissarin.«

Evelyn beruhigte die Zeugen. Schließlich hatten sie niemandem geschadet, und die Polizei musste sich tagtäglich mit weitaus schlimmeren Verrücktheiten beschäftigen. Die Eheleute versicherten, den Toten nicht zu kennen.

Evelyn entließ sie rasch und bat ihren Sohn herein. Einen Moment lang überlegte sie, Jan-Philipp Menzel zum dreißigsten Geburtstag zu gratulieren, doch sie verzichtete darauf. Angesichts der Umstände schien es ihr unpassend. Ohne zu zögern, nahm er auf dem Stuhl Platz, hielt den Blickkontakt zu Evelyn und antwortete klar auf die Fragen. Auch er beteuerte, den toten Mann nicht zu kennen. Dabei hielt er es offenbar für selbstverständlich, dass die Polizei die Identität des Toten nicht preisgab.

Evelyn wollte Jan-Philipp schon verabschieden, da fragte er unvermittelt: »Darf ich die ganze Sache eigentlich weitererzählen, oder muss ich das erst mal für mich behalten?«

Sie wurde hellhörig. »Was meinen Sie genau?«

»Na ja. Dass ein Mann ermordet wurde und wir ihn gefunden haben. Es war doch Mord, oder etwa nicht?«

»Das wissen wir noch nicht, Herr Menzel«, entgegnete sie. »Natürlich wird sich der Fall herumsprechen, das können wir gar nicht verhindern. Insofern dürfen auch Sie mit anderen Leuten darüber reden. Aber wir sind Ihnen dankbar, wenn Sie nicht alle Einzelheiten beschreiben, die Sie am Tatort gesehen haben.«

»In Ordnung, Frau Hauptkommissarin.«

Das Nicken von Jan-Philipp Menzel wirkte verständig – so verständig, dass Evelyn sich fragte, ob es echt war.

Sie reagierte mit Strenge. »Wir werden bald eine Pressemitteilung herausgeben. Dann erfahren Sie, was die Polizei an die Öffentlichkeit weitergegeben hat. Daran sollten auch Sie sich halten, Herr Menzel. In Ihrem eigenen Interesse.«

Ihre Anweisungen schienen ihn nicht einzuschüchtern. »Ich verstehe schon. Wenn ich die Einzelheiten herumposaune, könnte das Ihre Ermittlungen behindern.«

»Ganz genau. Daran sollten Sie immer denken«, beendete Evelyn das Gespräch. Sie begleitete ihn in den Flur und schloss die Tür hinter ihm.

Jelena kam hinterm Schreibtisch hervor. »Und was halten wir von dem?«

»Ich finde, er spielt sich reichlich auf.«

»Sehe ich auch so. Vermutlich ein klarer Fall von Selbstschutz. Wahrscheinlich belastet ihn das alles mehr, als er zugeben will.«

»Kann schon sein.«

Sie verglichen die aktuellen Zeugenaussagen mit denen vom Tatort. Alle Angaben, die Annika Hähnlein und Familie Menzel zu Protokoll gegeben hatten, stimmten überein und erschienen plausibel. Und alle hatten eine traurige Gemeinsamkeit: Leider fand sich darin kein einziges Indiz auf den oder die Täter.

Jelena trat in die Mitte des Raums. Mit ein paar routinierten Dehnübungen lockerte sie ihre Schultern. Offenbar hatte das Schreiben sie angespannt. Seufzend beugte sie ihren Oberkörper nach vorn und ließ die Arme baumeln, dabei schaute sie auf ihre Armbanduhr. »Die Spusi braucht noch für Brooks Wohnung. Aber wir könnten uns doch schon seine Herrenboutique angucken.«

»Wenn auch nicht in Wuppertal.« Beim Wort Herrenboutique dachte Evelyn unwillkürlich an den berühmten Loriot-Sketch vom Lottogewinner. »Vielleicht springt ja auch für uns ein Gewinn dabei heraus«, meinte sie lakonisch. »Wenn wohl auch kein finanzieller.«

Der Verkäufer

Max Pahlberg hatte in dieser Nacht schlecht geschlafen. Eine Viertelstunde früher als sonst fuhr er zum Laden und öffnete die Lieferantentür, der Vordereingang blieb um diese Zeit noch geschlossen. Er erwartete eine Lieferung von Strickjacken, aber mehr noch erwartete er den Großhändler. Mit ihm arbeitete Pahlberg noch nicht lange zusammen, doch aus seiner Sicht sprach vieles dafür, dass sich hier eine stabile geschäftliche Beziehung entwickelte. Die erste Lieferung war schnell ausverkauft gewesen, und viele Kunden hatten gefragt, wann die Jacken wieder erhältlich seien. Heute sollten sie endlich kommen.

Die Wartezeit bis zur Lieferung verbrachte Pahlberg damit, aufmerksam durch den Laden zu gehen. Er strich hier einen Hemdsärmel glatt, zog dort einen Reißverschluss zu und faltete einige Pullover ordentlich zurecht. Das Sortiment mochte ein wenig bunter sein als bei üblichen Ausstattern, wohl auch ein wenig ausgefallener, aber keineswegs nur auf homosexuelle Kunden abgestimmt. Wer dagegen nach Lack und Leder suchte, würde mit Sicherheit enttäuscht. Bernd Brook achtete peinlich auf Seriosität.

Während Pahlberg mit ordnender Hand über die Verkaufsfläche schritt, hielt er immer wieder inne und horchte. Endlich!

Das Motorengeräusch vor dem Lieferanteneingang wurde lauter. In Sekundenschnelle öffnete Pahlberg die Tür. Der Großhändler lächelte ihm entgegen. Er hieß Lukas Spenge, er trug seine schulterlangen, dunkelbraunen Haare zu einem Mozartzopf gebunden und dazu einen getrimmten Kinnbart. Pahlberg fand ihn unverschämt anziehend. Leider verhielt

Spenge sich auffallend sachlich. Durchaus freundlich, keineswegs abweisend, aber eben nicht so, als würde er auch nur ein Fünkchen privates Interesse an Pahlberg aufbringen. Seine Enttäuschung darüber ließ er sich nicht anmerken. Als Spenge beteuerte: »Ich muss dann auch gleich schnell weiter zum nächsten Kunden«, verabschiedete Pahlberg ihn höflich. Dabei kam er dem Lieferanten nicht besonders nah, aber so viel bemerkte er doch: Spenge roch nach Lakritz. Pahlberg blieb noch in der Tür stehen und sah zu, wie der weiße Kastenwagen rückwärts aus der Einfahrt fuhr, dann widmete er sich den Kartons.

Die Jacken darin waren in großflächigem *Patchwork-Style* grob gestrickt. Pahlberg, der sich in der Boutique auch um den Einkauf kümmerte, hatte ein sicheres Gefühl für Mode und Zeitgeist. Diese Strickmodelle würden sich zum Renner entwickeln und ließen sich mit einer Gewinnspanne von gut zweihundert Prozent verkaufen. Genau dafür liebte er die Jacken, auch wenn er selbst etwas so Buntes nie anziehen würde, nicht einmal in seiner Freizeit. Bei seiner Arbeit im Laden trug er stets eine schwarze Jeans, eine hellgraue Weste und ein weißes Hemd mit hohem Kragen, den er unterhalb des Kehlkopfs mit einer Brosche schloss. In die mattierte Oberfläche aus Weißgold waren seine Initialen graviert, ein *M* und ein *P*, groß und schwungvoll. Es schmeichelte ihm, wenn Kunden ihn auf die Brosche ansprachen. Manche fragten auch, ob der hohe, geschlossene Hemdkragen nicht unbequem sei, dann lächelte Pahlberg und meinte: »Verglichen mit den Kragen, die Karl Lagerfeld trägt, sind diese Hemden äußerst bequem.« Einer seiner Lieblingssätze lautete: »Eleganz ist immer schlicht«, damit hatte er wohl recht. Aber auch Kunden, die ein weniger elegantes Outfit wünschten, fanden in ihm einen einfühlsamen und verlässlichen Modeberater.

Pahlberg legte die Patchwork-Jacken beiseite und ging wie jeden Morgen kurz vor Ladenöffnung zur Toilette. Danach wusch er ausgiebig seine Hände und schaute in den Spiegel. Mit der flachen Hand strich er sich über seinen Kopf. Die dunkelblonden Haare trug er ultrakurz, damit die Geheimratsecken nicht auffielen. Seine Freunde sagten, dass ihm das gut stehe, diese Fastglatze zur Brille mit den blau getönten Gläsern. In aller Sorgfalt trocknete er sich die Hände ab, Feuchtigkeit zwischen den Fingern war ihm zuwider. Die Alarmfunktion seiner Armbanduhr gab ein paar kurze, helle Töne von sich. Es war genau zehn Uhr. Mit der Kuppe seines linken Mittelfingers fuhr er über die Brosche an seinem Hals, dann ging er zufrieden durch die Boutique und schloss den Haupteingang auf. Sein Chef war noch nicht da, doch das kam öfters vor. Manchmal erschien Bernd Brook erst gegen Mittag. Vielleicht hatte er noch im Versandlager zu tun, oder er machte sich einen entspannten Vormittag. Für Pahlberg war das unwichtig. Frühmorgens gab es nur wenige Kunden, das eigentliche Geschäft ging während der Woche erst nachmittags los. Nur samstags öffnete die Boutique eine Stunde eher. Dann standen schon um kurz vor neun die ersten Männer vor den Schaufenstern und eilten in den Laden, sobald Pahlberg aufschloss. Er kannte die Art von Kunden gut: Sie suchten das passende Outfit fürs Wochenende, Pahlberg beriet sie gern.

An diesem Morgen, es war ein Donnerstag, kam der erste Kunde gegen halb elf und der zweite eine halbe Stunde später. Pahlberg verkaufte erst eine Jeans, dann eine Nadelstreifenweste. Um kurz nach elf war er wieder allein im Laden. Er setzte sich im Büro an den Computer, überprüfte die Lagerbestände und bestellte taubengraue Hosenträger nach. Zwischendurch rief er seine privaten E-Mails ab. Der Mann, mit dem er die vorletzte Nacht verbracht hatte, bedankte sich und betonte, wie sehr er sich auf das nächste private Treffen freute. Pahlberg schrieb zurück, dass er es auch kaum erwarten könne. Dabei kamen ihm etliche aufreizende Wörter in den Sinn, doch er schrieb sie nicht nieder. Das Abfassen solcher E-Mails am Arbeitsplatz verstieß gegen seine Prinzipien. Vor Pahlberg lagen heute noch etliche Arbeitsstunden, von denen er sich durch erotische Fantasien nicht ablenken lassen wollte. Jedenfalls nicht zu sehr. Und außerdem legte er Wert darauf, Beruf und Privates zu trennen. Selbst wenn Männer in den Laden kamen, die er aus der einen oder anderen persönlichen Begegnung kannte, hielt er sich an diesen Grundsatz. Er bediente sie wie jeden Kunden: freundlich, aber ohne jede Anzüglichkeit.

Der Gong an der Ladentür ertönte. Das mochte ein Kunde sein oder auch Brook, der manchmal, wenn er zu Fuß aus seiner Wohnung in der Carlstadt kam, die Boutique durch den Haupteingang betrat. Pahlberg ging in den Verkaufsraum. Dort standen zwei junge Frauen, er war sich sicher, die beiden nie zuvor gesehen zu haben. So wie sie ihm entgegenblickten, wusste er sofort: Das sind keine Kundinnen.

Noch bevor er fragen konnte, ob er sie beraten dürfe, sagte die eine: »Sind Sie ein fest angestellter Mitarbeiter von Herrn Bernd Brook?«

Sie war brünett mit einem heller gefärbten Pony und etwas älter als die andere mit dem dunkelbraunen Haarknoten. Hübsch waren sie beide.

Er nickte und nannte seinen Namen.

»Soweit wir sehen, haben Sie gerade keine Kunden, Herr Pahlberg«, sagte die Jüngere. »Wir würden gern ein paar Minuten in Ruhe mit Ihnen reden.«

In seinem Inneren machte sich ein brennendes Gefühl breit. Für einen Moment stand er reglos da.

»Sind Sie von der Polizei?«, fragte er höflich. Seine Stimme zitterte.

Die Frauen stellten sich vor und zeigten ihre Dienstausweise.

Pahlberg schluckte. Das Brennen in seinem Inneren verwandelte sich in einen Druck, der sich nicht mehr genau lokalisieren ließ. »Worum geht es denn bitte?«

»Wir können uns gern hier unterhalten«, meinte die Ältere, die laut Ausweis eine Hauptkommissarin war. »Aber vielleicht gibt es ja auch einen Nebenraum, wo wir ungestörter sind? Was ist Ihnen lieber, Herr Pahlberg?«

»Dann gehen wir doch besser ins Büro.« Pahlberg deutete in den hinteren Teil des Ladens. Er merkte, dass seine ausgestreckte Hand zitterte, und zog sie zurück an seine Hüfte.

»Gerne«, sagte die Hauptkommissarin.

Auf dem Weg ins Büro sahen die beiden Frauen sich im Laden um. Pahlberg konnte aus ihren Gesichtern nichts ablesen.

Wahrscheinlich üben die das, dachte er. Neutral gucken, das lernen die auf der Polizeischule. Professionelles Pokerface und trotzdem freundlich. Jedenfalls am Anfang einer Unterhaltung, später werden sie dann wahrscheinlich strenger. Oder die eine wird unverschämt, und die andere mütterlich.

Er bot den Frauen an, am Schreibtisch Platz zu nehmen. Aber aus Gründen, die er nicht verstand und die ihn vermutlich auch nichts angingen, blieben sie stehen.

»Arbeiten Sie schon lange für Herrn Brook?«, fragte die mit dem Dutt und der Amtsbezeichnung einer Kommissarin.

»Seit fast zwanzig Jahren. Ich habe hier schon meine Lehre gemacht.«

»So lange schon«, sagte die Kommissarin anerkennend. »Sind Sie dann der dienstälteste Mitarbeiter?«

»Ja. Als ich mit meiner Ausbildung fertig war, ist unser ältester Kollege in Pension gegangen«, sagte Pahlberg sachlich. Seine Stimme zitterte nicht mehr, dabei wusste er längst, dass er sich auf eine schlimme Nachricht einstellen musste. Die Polizistinnen waren nicht hier, um sich nach den Modefarben der nächsten Saison zu erkundigen. Er hätte fragen können, um was es ging. Doch das vermied er. Das hätte so wirken können, als wüsste er schon, worum es ging. Wie erwartet kam die Hauptkommissarin zum Punkt.

»Herr Brook ist verstorben, höchstwahrscheinlich an den Folgen einer Gewalttat.«

Die Nachricht traf ihn tief. Er spürte, dass er blass wurde. Wie von Fäden gezogen, sank er auf den nächsten Stuhl. »Sie meinen, jemand hat ihn getötet?«, fragte er mit rauer Stimme. »Also Fremdverschulden?«

»Davon gehen wir aus.« Die Hauptkommissarin sah ihm ins Gesicht, doch das störte ihn nicht.

»Wer macht denn so was?« Tränen traten ihm in die Augen. »Und wie hat man ihn ...?«, er zögerte. »Ich meine: Wie ist er ums Leben gekommen?«

»Er ist erdrosselt worden. Seine Leiche wird morgen obduziert, dann wissen wir Genaueres.«

Erneut schossen Pahlberg Tränen in die Augen. »Wie furchtbar«, murmelte er.

»Ja«, entgegnete Jelena einfühlsam. »Das ist es wirklich.« Sie reichte ihm die Hand und sprach ihr Beileid aus, Evelyn schloss sich an.

»Wir würden Ihnen gern ein paar Fragen stellen«, sagte die Kommissarin freundlich. Sie hatte einen schwierigen Namen, irgendetwas aus dem Osten. Aber sie sprach akzentfreies Deutsch.

»Selbstverständlich. Ich sage Ihnen alles, was ich weiß.«

Kaum hatte er den Satz ausgesprochen, ärgerte Pahlberg sich über sich selbst. Solche Formulierungen gebrauchten Zeugen nur in Fernsehkrimis – und noch nicht mal in den guten. Selbstverständlich würde er alles sagen, was er wusste. Das brauchte er nicht extra zu betonen. Aber die beiden Kripo-Frauen schienen an der Floskel keinen Anstoß zu nehmen, das beruhigte Pahlberg.

* * *

»Wann haben Sie Herrn Brook zuletzt gesehen?«, fragte Evelyn.

Der Verkäufer antwortete ohne jedes Zögern. »Gestern um 19.50 Uhr.«

»Daran erinnern Sie sich so genau?«

»Natürlich. Herr Brook ist gestern Abend um kurz vor acht mit dem Auto zum Joggen gefahren. Wir haben noch über die Zeitumstellung gesprochen. Dass es dadurch wieder länger hell ist.«

»Um kurz vor zwanzig Uhr ist er gegangen, sagen Sie. Wann schließen Sie denn Ihr Geschäft?«

»Um zwanzig Uhr, da war unser letzter Kunde gestern gerade weg. Ich habe die Kasse gemacht und abgeschlossen, so wie immer.«

Evelyns Blick glitt an Pahlberg vorbei zu einem Regal, auf dem ein paar bunte Jacken lagen. Sie interessierte sich nicht für Männermode. Sie fand, ein Mann war selbst dafür verantwortlich, was er trug, und wenn ein Mann kein Gefühl für seine Kleidung hatte, dann wollte sie auch nichts mit ihm zu tun haben. Jedenfalls nicht privat. Und Lars war immer gut angezogen.

Wie der gesamte Laden war auch das Büro in postmodernem Industrie-Design eingerichtet. Unverputzte Wände, ein dunkler Boden aus gegossenem Kunststoff, als Raumunterteilung deckenhohe Stahlträger, die aussahen wie abgeschnittene Teile eines Baukrans. Im elegant unterkühlten Ambiente wirkten die Kleidungsstücke wie gefühlvolle Lebewesen, die den Kunden umschmeichelten. »Herr Brook ist gestern also schon vor Ladenschluss gegangen?«, fragte Jelena. »Hatten Sie denn nicht mehr so viel zu tun?«

»Nein«, Pahlberg lächelte nervös. »Bis halb acht ungefähr war noch relativ viel los, danach nicht mehr. Und Christian war ja auch noch da. Christian Zürns.«

»Ist das ein Angestellter?«

»Ja, unser Verkäufer. Genau genommen eher eine Aushilfskraft. Wobei das nicht abwertend klingen soll, Christian arbeitet ausgezeichnet. Er hilft hier mittwochs bis freitags von drei bis acht, und dann noch samstags. Manchmal auch öfter, er ist zum Glück zeitlich flexibel. Das geht selbstverständlich alles über Lohnsteuerkarte. Möchten Sie die Unterlagen sehen?«

»Danke«, entgegnete Evelyn. »Nicht nötig, aber es spricht für Sie, dass Sie uns das anbieten. Andere Frage: Warum ist Herr Zürns zeitlich so flexibel? Was macht er denn sonst beruflich?«

»Er unterrichtet Saxophon. Soweit ich weiß, gibt er montags und dienstags Stunden an der Jugendmusikschule. Und er hat natürlich Auftritte mit verschiedenen Jazzbands.«

»Aber gestern Nachmittag war er hier? Von drei bis acht?«

»Genau«, Pahlberg nickte heftig.

»Also könnte er uns bestätigen, dass Herr Brook gestern um kurz vor zwanzig Uhr den Laden verlassen hat?«

»Selbstverständlich.«

»Gut.« Jelena ließ sich Adresse und Telefonnummer des Verkäufers nennen.

»Wo genau wollte Herr Brook denn gestern Abend laufen? Hat er das gesagt?«, fragte Evelyn.

»Soweit ich weiß, im Volksgarten. Er hatte da seine festen Strecken. Meistens an der Düssel entlang oder weiter unten um den Südpark-See.«

»Wie lange lief er üblicherweise so?«

»Immer eine Stunde, da war er sehr gewissenhaft. Sein Arzt hatte ihm das dringend geraten. Herr Brook neigte zu erhöhten Cholesterinwerten. Das war wohl irgendwie erblich bedingt. Und außerdem konnte er beim Laufen gut den Stress abbauen, hat er gesagt.«

»Und wer wusste davon, dass er im Volksgarten seine Strecken hatte?«

»Na, alle.«

»Alle?«

»Ja sicher. Er war doch so stolz drauf, dass er es allen erzählt hat. Eigentlich war er ja eher unsportlich, jedenfalls hat ihm Bewegung früher nie Spaß gemacht. Als er mit dem Joggen anfing, hat er selbst nicht geglaubt, dass er das schaffen würde, zweimal pro Woche. Aber er hat sich eisern dran gehalten: mittwochabends und sonntagmorgens jeweils eine Stunde.«

»Ganz regelmäßig zu diesen Zeiten?«

»Ja sicher«, Pahlberg nickte entschieden. »Er konnte sehr diszipliniert sein, wenn er von einer Sache überzeugt war. Und das Laufen hat ihm wirklich gut getan.«

Jelena blickte von ihrem Notizheft auf. »Und Sie, Herr Pahlberg? Wo waren Sie gestern Abend nach zwanzig Uhr?«

»Wie gesagt: Ich habe um kurz nach acht den Laden abgeschlossen und bin nach Hause gegangen.«

»Haben Sie dafür Zeugen?«

»Bis acht war Christian da.«

»Und danach? Gibt es jemanden, der bezeugen kann, wann Sie nach Hause gekommen sind?«

Pahlberg überlegte einen Moment. »Nicht, dass ich wüsste. Zumindest habe ich mit niemandem gesprochen. Und im Haus ist mir auch niemand begegnet.«

»Und zwischen einundzwanzig und dreiundzwanzig Uhr? Waren Sie da auch zu Hause?«

Evelyn beobachtete ihn. Er schien unsicherer zu sein, als er vorgab. Außerdem schwitzte er stark, in seinem hellgrauen Hemd zeichneten sich Achselflecken ab. Offenbar hatte er das selbst auch schon bemerkt, denn er presste in auffälliger Weise die Oberarme an den Rumpf. Doch so groß, wie die Flecken schon waren, ließen sie sich nicht verbergen.

»Ich war den ganzen Abend zu Hause und habe gekocht, Frau Hauptkommissarin.«

Warum müssen in letzter Zeit eigentlich alle Leute kochen?, dachte Evelyn. Höflich fragte sie: »Hat Ihnen dabei jemand Gesellschaft geleistet?«

»Nein«, Pahlberg fuhr sich mit dem Daumenknöchel über die Stirn. »Ich koche einfach gern, auch nur für mich allein.«

»Das heißt, Sie haben den ganzen Abend mit niemandem persönlich gesprochen?«

»So war das«, entgegnete Pahlberg tonlos. Er schien krampfhaft nachzudenken, schließlich meinte er: »Aber Sie könnten die Nachbarn fragen, die haben vielleicht was gerochen. Ich habe nämlich Soße mit Knoblauch gekocht. Und das zieht bei uns im Haus immer ins Treppenhaus, da kann man noch so viel lüften.«

Evelyn blieb geduldig. »Das dürfte nicht viel nützen, Herr Pahlberg. Die Küchengerüche sind kein Alibi. Theoretisch könnte ja auch jemand anders in ihrer Wohnung gekocht haben, und Sie waren Richtung Tatort unterwegs.«

Er wirkte ratlos. »Tut mir leid. Aber ich war nun mal ganz allein. Schließlich wohnt da ja auch niemand außer mir. Und ich bin Single.«

Evelyn nickte und wechselte das Thema: »Wissen Sie denn schon, ob Sie diesen Laden vorübergehend schließen werden? Wegen des Trauerfalls?«

Pahlberg zögerte. Offenbar war ihm die Antwort längst klar, aber das wollte er sich nicht anmerken lassen. »Das wäre wohl nicht in Herrn Brooks Sinne«, meinte er schließlich. »Herr Brook war ein mutiger und aufrechter Mensch. Wahrscheinlich würde er denken, dass es feige aussieht, wenn wir jetzt dichtmachen.«

»Aber er ist tot. Höchstwahrscheinlich ermordet. Überlegen Sie mal, was diese Nachricht an Reaktionen auslöst. Da kommen bestimmt viele Leute einfach so aus Neugier in Ihren Laden. Um nicht zu sagen: aus Sensationsgier. Und die werden nicht nur kondolieren, sondern vermutlich auch unangenehme Fragen stellen. Sollten Sie nicht doch lieber ein paar Tage schließen?«

Pahlberg schwieg, die Schweißflecken unter den Achseln erreichten seine Brustwarzen. »Nein«, sagte er nach einigen Sekunden. »Nein. Ich denke, es wäre nicht in Herrn Brooks Sinne. Der Laden war sein Lebenswerk. Er hätte nicht gewollt, dass wir zumachen. Und bitte glauben Sie mir: Bernds Tod berührt mich sehr.« Er zog ein Tuch hervor und tupfte sich die Tränen aus den Augenwinkeln.

»Selbstverständlich«, meinte Evelyn höflich. Sie wusste nicht, wie sie sein Verhalten werten sollte. Vielleicht wollte er sich das Geschäft nicht entgehen lassen. Vermutlich brachte ein gemeuchelter Ladenbesitzer doppelt soviel Kundschaft. »Herr Pahlberg, dann halten Sie sich bitte heute ab sechzehn Uhr wieder für uns bereit und sorgen auch dafür, dass Christian Zürns anwesend ist. Bis dahin keine Information an die Medien. Wir verlassen uns auf Ihre Diskretion.«

»Gern«, Pahlberg zögerte. »Aber was ist, wenn die Kunden nach Herrn Brook fragen?«

Jelena schaute von ihrem Notizblock auf. »Dann sagen Sie, dass er nicht da ist. Immerhin ist das keine Lüge. Aller Voraussicht nach werden wir heute Abend eine Pressemitteilung herausgeben. Daran können Sie sich orientieren.«

Der Verkäufer nickte und nahm Evelyns Visitenkarte entgegen. Er begleitete die Kommissarinnen zur vorderen Ladentür.

»Dann also bis später, Herr Pahlberg«, sagte Jelena zum Abschied.

Er nickte mit erstarrter Miene, über die linke Wange lief ihm eine Träne.

* * *

Sie wussten, dass Gercke auf ihren Bericht wartete, aber Evelyn und Jelena brauchten eine Pause. Also setzten sie sich zu einem späten Frühstück in die Kantine.

»Was halten wir von diesem Pahlberg?«, fragte Evelyn zwischen zwei Bissen Käsebrötchen.

»Weiß nicht. So richtig tief getroffen wirkte der nicht auf mich. Obwohl er geweint hat.«

»Du meinst, er spielt uns was vor?«

»Keine Ahnung. Zumindest finde ich seltsam, dass er den Laden nicht schließen will. Und diese Begründung, dass Brook das nicht wollen würde, nehme ich ihm irgendwie nicht ab. Das ist doch erst mal eine Frage von Pietät.«

Evelyn überlegte. »Irgendwie hatte ich die ganze Zeit das Gefühl, Pahlberg ist nicht wirklich erstaunt über unsere Nachricht.«

»Du meinst, er wusste schon bevor wir kamen, dass Brook nicht mehr am Leben war?«

»Nein, so meine ich das nicht. Aber vielleicht hat er damit gerechnet, dass man Brook irgendwann ermorden würde. Aus was für Gründen auch immer. Nun ist der Fall eingetreten, und Pahlberg ist zwar traurig, aber nicht wirklich schockiert.«

Jelenas Blick verriet Ratlosigkeit. »Ich denke jedenfalls nicht, dass er mit dem Mord zu tun hat.«

»Nein«, entgegnete Evelyn. »Das kann ich mir auch nicht recht vorstellen. Trotzdem werde ich das Gefühl nicht los, dass er irgendwas Wichtiges zurückhält.«

Beide löffelten noch eine Quarkspeise, dann machten sie sich auf. Länger wollten sie Gercke nicht warten lassen.

Sobald sie sein Büro betraten, wies der Leitende Hauptkommissar mit ausgestrecktem Arm auf die Sitzgruppe. »Bitte, meine Damen. Und dann verraten Sie mir: Haben Sie sich denn wohlgefühlt in der Welt der gediegenen Männermode?«

Evelyn konterte. »Chef, Sie glauben doch wohl nicht, dass wir Zeit hatten, uns da die Klamotten anzugucken?«

»Hoffentlich ist Ihnen da nichts entgangen«, demonstrativ rückte Gercke seinen Hemdkragen gerade. »Ich weile ja noch nicht so lange in Düsseldorf, aber Herr Waschke hat mir vorhin so einiges erzählt. Als Bernd Brook in den Achtzigerjahren den Laden öffnete, machte hier bei den Kollegen ein Spruch die Runde.«

Jelena nickte beflissen. »Und jetzt möchten Sie natürlich, dass wir Sie danach fragen.«

»Selbstredend, Frau Borkuschewa. Es hieß: Wenn man in Brooks Laden nach einem Schal verlangt, wird einem der Schritt vermessen. Aber das sind natürlich nur böse Klischees, über die wir im einundzwanzigsten Jahrhundert längst hinweg sind. Aber nun sind Sie dran. Ich werde andächtig Ihren Ergebnissen lauschen.« Gercke verschränkte die Arme vor der Brust und ließ sich vom Besuch in der Herrenboutique berichten.

Nachdem Jelena und Evelyn geendet hatten, meinte er: »Lassen Sie uns also lieber überlegen, ob wir Pahlberg glauben sollen, dass er besagten Abend ganz allein in seiner Wohnung verbracht hat.«

»Ich denke schon«, erwiderte Jelena. »Wenn er tatsächlich was mit Brooks Tod zu tun hätte, würde er uns jetzt ein lupenreines Alibi präsentieren. Mit handfesten Zeugen und allem Drum und Dran.«

»Also gut. Dann sollten wir Pahlberg die Sache mit dem Kochen ohne Zeugen erst mal glauben. Lieber gar kein Alibi als ein falsches. Übrigens: Wir haben zwar noch nicht die genaue zeitliche Eingrenzung von der Rechtsmedizin. Aber so viel wissen wir: Brooks Auto wurde vor 20.30 Uhr auf dem Parkplatz an der Siegburger Straße abgestellt. Zu dem Zeitpunkt fing es an zu regnen, und unter dem Wagen war es heute Morgen trocken.« Gercke zog einen Schlüsselbund hervor. »Die Spusi ist übrigens fertig mit Brooks Wohnung.«

»Und?«, fragte Evelyn neugierig.

»Keine Kampfspuren oder sonst etwas Auffälliges. Unser Opfer war offenbar ein echter Meister Propper. Fußboden gewischt, Tische leer und Spülmaschine ausgeräumt. Jetzt können Sie da Ihre Adleraugen schweifen lassen, meine Damen. Die Wohnung ist absolut sehenswert, soll ich Ihnen ausrichten. Ein wahrhaftiges Kleinod über den Dächern der Carlstadt.«

Jelena zog die Augenbrauen hoch. »Aha? Dürfen wir denn schon Näheres erfahren?«

»Dann wäre ja die Überraschung weg. Aber die Spusi-Kollegen sind sich sicher, dass es Ihnen gefallen wird.«

Die Wohnung

Die Carlstadt zählte zu den bevorzugten innerstädtischen Wohnlagen – also zu den teuersten. Das edle Viertel südlich der Altstadt grenzte direkt an die Rheinpromenade und lag weit genug entfernt von Lärm und Ausdünstungen der Kneipengänger, aber auch hier waren Kriegsbomben gefallen. Die Erben der Gründerväter taten, was zu tun war: Sie bauten die Häuser wieder auf, lediglich die zu stark zerstörten Gebäude wurden abgerissen. Ehrgeizige Investoren schlossen nach und nach die begehrten Baulücken. Das Wohnhaus in der Kurzen Rheingasse Nummer 5 stammte aus den Siebzigerjahren des 19. Jahrhunderts, besaß eine Verkleidung aus hellgrauem Granit und großzügige Fensterflächen. Doch selbst dieser hohe architektonische Standard galt den Bewohnern des Viertels nach vierzig Jahren nicht mehr als zeitgemäß. Darum hatte man das Haus vor Kurzem saniert und mit noch größeren Fensterflächen und Balkonen ausgestattet. Einige Male, beim Joggen in den Seitenstraßen der Rheinpromenade, war Evelyn das Plakat vor der Baustelle aufgefallen: *Exklusive Eigentumswohnungen in Top-Lage.* Nach Abschluss der Bauarbeiten wölbte sich über das Gebäude ein postmodernes Stahldach, das an eine längs halbierte Tonne erinnerte. Das Penthouse umfasste die oberen beiden Etagen, Bernd Brook hatte es gekauft und darin gewohnt.

»Dann wollen wir mal.« Jelena begutachtete das Haustürschloss und gleich darauf den Bund mit vier Schlüsseln. Sie entschied sich für den größten, er passte. Wie nicht anders erwartet setzte sich die Eleganz der Natursteinfassade im Treppenhaus fort: helles Holz, Messing, Marmor. Der Flur war menschenleer. Allerdings durchzog ein muffiger Geruch das edle Ambiente. Evelyn verzog die Nase.

»Brokkoli«, flüsterte Jelena. »Irgendwer kocht hier und lüftet nicht anständig. So ein Banause!«

»Gut, dass wir hier nicht einziehen müssen.« Evelyn grinste.

Fliesen aus Spiegelkristall umrahmten die Aufzugtür aus gebürstetem Edelstahl. Auch drei Seiten der Fahrstuhlkabine waren verspiegelt.

Jelena nutzte die Gelegenheit, um den Sitz ihres üppigen Haarknotens zu überprüfen. »Hier sollte man nur wohnen, wenn man auch hübsch eitel ist.«

»Und über die ausreichenden Mittel verfügt. Aber wie heißt es so schön: Reiche Menschen sind arme Menschen mit viel Geld.«

Im fünften Stock stiegen sie aus, hier war weder Brokkoli noch sonstiges Kohlgemüse zu riechen. Offensichtlich umfasste Brooks Wohnung die gesamte Etage, vom Flur ging nur eine Tür ab. Mit einem Fingernagel durchtrennte Jelena das Polizeisiegel.

Bernd Brook hatte seine Wohnung mit drei Schlössern gesichert, die sich alle mit demselben Schlüssel öffnen ließen. Jelena schob die Tür auf. Einige Sekunden lang blieben die Kommissarinnen auf der Fußmatte stehen und staunten. Beim Frisör las Evelyn manchmal Zeitschriften wie *Wohnen und Leben* oder *Das perfekte Zuhause*. Daran fühlte sie sich erinnert, als sie jetzt in Bernd Brooks Wohnung schaute. Jelena schwieg, sie hatte ihre Kindheit in Weißrussland verbracht – und sicher nicht mit einem goldenen Löffel im Mund. Evelyn verkniff sich jeden Kommentar zu dem Luxus, der ihnen hier entgegen strahlte.

Normale Menschen hatten einen Flur. Bernd Brook hatte eine Eingangshalle, ein Meisterwerk aus Holz, Marmor und

Edelstahl. Die Wände waren mit Ahorn-Paneelen verkleidet. Es gab weder vorstehende Schränke noch ungenutzte Ecken. An Stahlseilen schwang sich eine marmorne Wendeltreppe ins Giebelgeschoss. Das Geländer aus Acrylglas erkannte Evelyn erst auf den zweiten Blick, so perfekt schmiegte es sich in das Ambiente. Die Kollegen von der Spusi hatten nicht zu viel versprochen: Brooks Wohnung war eine Überraschung. Sieben Türen gingen vom Empfangsraum ab, keine stand offen.

»Na, dann wollen wir mal nichts durcheinander bringen.« Jelena reichte ihrer Kollegin ein Paar Gummihandschuhe und streifte selbst welche über. »Wo fangen wir an?«

»Bei der breitesten.« Evelyn ging auf eine zweiflügelige Tür zu und drückte die Klinke hinunter. Die rechte Seite ließ sich problemlos aufschieben.

»Ach du heilige Scheiße«, entfuhr es Jelena.

Überwältigt starrten sie in den Raum. Evelyn schätzte die Bodenfläche auf hundertzwanzig Quadratmeter. Das helle Parkett war im Fischgrätmuster verlegt. In der Mitte des Saals prangte eine Sitzgruppe aus dunkelbraunem Leder, in der eine Schulklasse bequem Platz gefunden hätte. Eine Raumseite war nichts als eine riesige Fensterfront. Über den Dächern der gegenüberliegenden Häuserzeile hinweg sah Evelyn den Rheinturm. Hinter den Fenstern breitete sich eine Dachterrasse aus, auf der nur einige winterharte Kübelpflanzen standen. Offensichtlich hatte Brook seine Terrassenmöbel während der kalten Monate eingelagert.

Evelyn schätzte die Raumhöhe auf sechs Meter. Wo die Seiten nicht verglast waren, bestanden sie aus Bücherregalen – bis auf den letzten Platz gefüllt. Über mehrere Wendeltreppen ließen sich zwei übereinanderliegende, schmale Galerien erreichen, die sich längs der Wände zogen und den Besucher mit

Scheiben aus Acrylglas vor einem Absturz schützten. Jedes Buch war ohne Leiter erreichbar, alles schien höchst durchdacht. Evelyn und Jelena schritten ergriffen durch den Raum.

»Wollen wir ein Viertelstündchen lesen?«, fragte Jelena schließlich.

»Nur wenn es hier gute Krimis gibt.«

Evelyn trat nah an die Regale heran. An der Vorderseite der Böden waren in unregelmäßigen Abständen messingfarbene Lettern angebracht: *Kn*, zwei Meter weiter *Ko*, dann *Ku*, *Ky* und *La*. Sie nahm drei Bücher an beliebigen Stellen heraus. *Du gehörst mir*, lautete ein Titel, auf einem der Bücher waren junge Männer abgebildet, die sich küssten. Von dem Autor hatte Evelyn noch nie etwas gehört. Beim zweiten Buch ging es um die soziale Situation homosexueller Männer im Deutschland zwischen den Weltkriegen. Der Autor nannte sich Kyffhus, auch von ihm hatte Evelyn noch nicht gehört. Das dritte Buch, das sie in der Hand hielt, war auf Französisch geschrieben. Der Autor Jean-Paul Lebain berichtete über die politische Auseinandersetzung mit der Homosexuellenbewegung im Frankreich der späten 1960er Jahre.

»Jetzt kapiere ich«, meinte Jelena. »Dies ist eine Bibliothek über Homosexualität. Ist ja irre. Offenbar hat er dazu alles an Büchern gekauft, was er finden konnte.« Sie sah zu ihrer Kollegin hinüber »Wusstest du das? Dass Brook so eine riesige Sammlung zu diesem Thema hat?«

Evelyn schüttelte den Kopf. »Woher? Und ich denke auch nicht, dass das allgemein bekannt war. Sonst hätten die Medien sich da doch drauf gestürzt. Das hätte doch ein paar gute Schlagzeilen im Kulturteil gegeben. Und ein paar tolle Fotos von diesem Raum.« Wieder glitt ihr Blick an den Bücherwänden entlang. »Was denkst du, wie viele Bände das sind?«

»Keine Ahnung. Vielleicht zwanzig oder dreißig Tausend?

Und sie sind nach Autorennamen geordnet, nicht nach Größe. Man verschenkt verdammt viel Platz, wenn hohe Bücher zwischen ganz kleinen stehen.«

»Das beweist doch einen gewissen Stil«, meinte Evelyn trocken. »Brook war offenbar kein Spießer, und Platz war wohl nicht unbedingt sein Problem.«

Sie gingen in den Flur zurück, öffneten eine Tür auf der gegenüberliegenden Seite und standen in einer Küche, der sich ein Esszimmer anschloss. Verglichen mit dem riesigen Büchersaal wirkten die Räume winzig, obwohl sie zusammen sicher an die vierzig Quadratmeter hatten. Die Fronten der Einbauküche waren aus Naturholz.

»Eiche gekälkt«, murmelte Evelyn. Seit sie ihrem Bruder beim Einrichten seiner Schreinerwerkstatt geholfen hatte, kannte sie sich mit Holzsorten aus.

»Und was verrät uns das über die Persönlichkeit des Opfers?«, fragte Jelena.

»Dass die kalkbedingte, grauweiße Hervorhebung der typischen Eichenholzmaserung seinem Geschmack entsprach.«

»Prima«, Jelena durchschritt das Esszimmer. »Wenn wir schon mal den Wohngeschmack des Opfers kennen, ist es ja nur noch ein winziger Schritt zu seinem Mörder.«

Fasziniert betrachtete Evelyn die Speise-Möbel. Die Sitzflächen der massiven Kirschholz-Stühle waren mit dunkelgrünem Samt bezogen. »Hier sieht es jedenfalls nach verdammt echtem Biedermeier aus. Falls es keine Fälschung ist, stammen die aus einer der besten deutschen Werkstätten. Frankfurt am Main, ungefähr 1830.« Sie drehte einen Stuhl um und erkannte das Markensiegel der Kunstschreinerei. »Stimmt!«

»Alle Achtung!« Jelena schmunzelte. »Kannst du dir vorstellen, was ich mich frage?«

»Vermutlich, was dieser ganze Krempel gekostet hat.«

»Das auch.«

»Und wie Brooks Schlafzimmer aussieht.«

»Genau.«

Sie gingen ins Entree zurück und öffneten die übrigen Türen. Dabei stießen sie auf ein Badezimmer, eine Gästetoilette, eine begehbare Flurgarderobe und eine Abstellkammer.

»Vermutlich pflegte Herr Brook im Obergeschoss zu ruhen«, meinte Jelena.

Sie stiegen eine Wendeltreppe hinauf und standen in einem kleinen Flur, von dem eine einzige Tür abging.

Jelena legte die Hand auf die Klinke. »Also ich rate jetzt mal, was dahinter ist, und sage: Seidentapeten mit Übergardinen aus Plüsch. Und du?«

»Vielleicht ein paar Gemälde aus der Mitte des 19. Jahrhunderts und irgendwas Geblümtes?«

Sie öffneten die Tür und hatten beide recht mit ihren Vermutungen. Allerdings war Brooks Biedermeierbett nur einen Meter breit. Evelyn erkannte die echte Gobelin-Stickerei der Bettdecke. Das florale Muster wiederholte sich in den Vorhängen und Tapeten. Hinter dem Schlafraum schlossen sich Ankleideraum und Badezimmer an, die Keramikfliesen passten perfekt zum Kirschholz der Handtuchschränke.

Evelyn überlegte: »Irgendetwas ist eigenartig hier.«

»Finde ich auch«, meinte Jelena ungerührt. »Jedenfalls im Vergleich zu meinen Elch-Regalen.«

»Nein, ich meine die Raumaufteilung. Wir haben doch jetzt die ganze Wohnung gesehen, oder?«

»Zumindest haben wir hinter alle Türen geguckt.«

»Und es gibt nur ein einziges Schlafzimmer, und noch dazu mit einem schmalen Bett. Brook hatte nicht mal ein Gästezimmer. Das ist doch sonderbar: Riesige Hallen mit Büchern und bloß ein relativ kleiner Raum zum Schlafen.«

»Er wollte eben keine anderen Leute hier haben. Jedenfalls nicht nachts. Oder er hat ihnen ein Feldbett in die Abstellkammer gestellt. Ist ja groß genug.«

»Schon seltsam.« Evelyn sah ihre Kollegin an. »Genug besichtigt, oder möchtest du noch irgendwas unter die Lupe nehmen?«

Jelena wandte sich zum Flur. »Nee. Ist genug für heute. Wir können ja wiederkommen, wenn wir uns was ausleihen wollen. Einen Liebesroman zum Beispiel.«

Sie stiegen die Treppe hinunter und verließen die Wohnung.

* * *

Ich merkte früh, dass bei uns irgendetwas anders war als in anderen Familien, aber ich konnte nicht begreifen, was dahintersteckte. Mein Vater legte mir oft die Hand auf den Kopf und sagte, dass er mich liebte. Er machte das mehrmals am Tag, manchmal war es mir lästig, und ich zog meinen Kopf zurück. Dann lachte er und meinte: »Du und ich, wir sind doch die allerbesten Freunde«, und meine Mutter lachte auch.

Als ich in die Schule kam, fragte ich meine Mutter, warum ich eigentlich keine Geschwister hatte. Da sah sie mich zuerst ganz ernst an, dann lächelte sie.

»Du bist doch unser großer Sonnenschein«, sagte sie. »Dein Papa und ich, wir finden es gut so, wie es ist. Es gibt doch auch ganz viele Familien, die nur ein Kind haben. Bei einem Einzelkind können die Eltern sich auch viel besser darauf konzentrieren, dem Kind alles zu ermöglichen, was es möchte. Wenn du möchtest, bekommst du Musikunterricht. Oder du kannst einen bestimmten Sport machen, vielleicht möchtest du ja Segeln lernen. Und wir können dich aufs Gymnasium schicken, das werden wir uns leisten

können. Wenn wir mehrere Kinder hätten, wäre das nicht so einfach.«

Ich nickte zufrieden, trotzdem fragte ich nach einer Weile: »Bekomme ich denn noch einen Bruder oder eine Schwester?«

Meine Mutter lächelte wieder und sagte. »Nein, mein Schatz. Wir lassen alles so, wie es ist. Wir sind doch glücklich miteinander. Das lassen wir so, es ist doch gut so.«

Da fragte ich nicht weiter.

Sonntags ging meine Mutter regelmäßig mit mir in die Kirche. »Mein Glaube hat mir immer sehr geholfen«, sagte sie dazu. »Dein Großvater ist im Krieg geblieben, deine Großmutter musste mich ganz allein durchbringen, und wenn wir die Kirche nicht gehabt hätten, wer weiß, was dann aus uns geworden wäre.«

Sie betete mit mir, und später gingen wir gemeinsam zur Beichte. Eigentlich gab es nie etwas, was ich zu beichten hatte. Immerhin war der Pfarrer sehr freundlich zu mir, darum tat ich meiner Mutter den Gefallen.

Mein Vater ging nie mit zur Kirche, aber er fand es richtig, dass meine Mutter mich katholisch erzog. Er war anders als sie, trotzdem passten die beiden gut zusammen. Er war auch anders als andere Väter. Meistens trug er Anzug mit Krawatte. Nicht bloß im Büro, wo er so geschniegelt herumlaufen musste, sondern auch in seiner Freizeit. Sogar samstags, wenn er morgens mit mir zum Einkaufen in die Stadt fuhr. Dort trafen wir oft meine Klassenkameraden mit ihren Eltern. All die anderen Väter hatten Jeans oder Cordhosen an, mit Poloshirts oder Pullovern. Nur mein Vater trug Anzug und Krawatte. Manchmal hatte ich das Gefühl, dass die anderen sich im Stillen darüber lustig machten, aber vielleicht bildete ich mir das auch nur ein.

Trotzdem mochte ich diese Samstage in der Stadt – ich durfte mir immer etwas aussuchen, ein kleines Spielzeug oder eine besondere Süßigkeit. Wenn wir mittags nach Hause kamen, hatte meine Mut-

ter schon für uns gekocht. Wir aßen, und sie meinte jedes Mal: »Was sind wir doch für eine wundervolle Familie.«

»Ja«, sagte mein Vater dann. »Die beste Familie diesseits des Horizonts.«

Ich verstand damals noch nicht, was er damit meinte, aber ich freute mich.

* * *

Es war kurz vor sechzehn Uhr. Zum zweiten Mal an diesem Tag fuhren sie in Jelenas Wagen zur Herrenboutique. Evelyn schaute aus dem Fenster, einige Fußgänger auf der Berliner Allee gingen so schnell, als müssten sie fliehen.

»Was denkst du eigentlich, wie das Verhältnis zwischen Brook und Pahlberg war?«

Jelena sah zu ihr hinüber. »Du meinst, die beiden waren nicht nur Chef und Angestellter?«

»Könnte doch sein.«

»Wobei wir ja nicht Brooks Liebhaber suchen, sondern seinen Mörder«, meinte Jelena. »Aber ich gebe zu: Dabei könnte es sich auch um ein und dieselbe Person handeln. Wir müssen natürlich auch berücksichtigen, dass Brook eine bekannte Persönlichkeit war. Sozusagen Düsseldorfer Prominenz.«

»Du siehst Parallelen zum Fall Mooshammer? Wann ist das noch mal gewesen?«

»2005. Aber Brook war kein Modeschöpfer, sondern hat die Klamotten nur verkauft. Und er war bestimmt nicht so exaltiert wie Mooshammer, sondern bedeutend seriöser. Zumindest nach außen hin.«

Evelyn nickte. »Und sozial engagierter.«

Das Verbrechen in der Münchner Gesellschaft hatte auch im Düsseldorfer Präsidium für reichlich Gesprächsstoff gesorgt.

Ein prätentiöser Modezar fiel der Geldgier eines drogenabhängigen Strichers zum Opfer. Ein tödlicher Zusammenstoß zwischen Schickeria und Sex-Sumpf. *Klischees sind Wahrheiten* – diesen Satz hatte Kollege Waschke schon damals oft gebracht.

»Und jetzt, wo wir Brooks bescheidene Wohnung kennen?«, fragte Jelena. »Halten wir es da für wahrscheinlicher, dass Pahlberg der Mörder ist?«

»Warum sollten wir? Es sei denn, wir gehen davon aus, dass Pahlberg einen finanziellen Nutzen aus Brooks Tod ziehen kann.« Evelyn überlegte. »Aber wenn wir den Münchner Fall als Beispiel nehmen: Können wir uns denn vorstellen, dass Brook sich wie Mooshammer seine Liebhaber in der Stricherszene gesucht hat?«

»Warum nicht? Zumindest spricht doch wohl nichts dafür, dass Brook in einer festen Beziehung gelebt hat. Im Bad lag noch nicht mal eine zweite Zahnbürste.«

»Was aber nur bedeutet, dass er keinen Mann mit in seine Wohnung genommen hat.«

»Oder immer nur kurz«, Jelena bog in die Alexanderstraße ein.

»Möglich«, meinte Evelyn. »Wir wissen einfach noch zu wenig.«

Am Vormittag hatten sie hier problemlos einen Parkplatz gefunden, jetzt sah es schlechter aus. Jelena kurvte einmal ums Karree und landete schließlich im Parkhaus in der Stresemannstraße. Von dort aus war es ein kurzer Spaziergang bis zur Herrenboutique. Bei ihrem ersten Besuch vor fünf Stunden hatte Evelyn nicht auf den Schriftzug über der Eingangstür geachtet, jetzt schaute sie genauer hin: *Mann-O-Mann* stand da in orangefarbenen Lettern auf violettem Untergrund. Das auffällige Logo hatte auch Brooks Mercedes-Kombi stadtbekannt gemacht.

Jelena drückte die Ladentür auf. Max Pahlberg ging den Frauen entgegen. Evelyn merkte sofort, dass er sein Outfit gewechselt hatte. Am Vormittag war es noch ein graues Hemd gewesen, nun trug er ein hellgrünes mit offenem Kragen zu einem dunkelgrauen Anzug. Offenbar hielt er das für einen geschmackvollen Kompromiss zwischen Trauerkleidung und modischem Zugeständnis. Seine Kunden sollten ja noch nicht wissen, dass Bernd Brook nicht mehr lebte.

Vielleicht braucht Pahlberg die Anzugjacke, um seine Schwitzflecken zu verbergen, dachte Evelyn.

Im hinteren Bereich des Verkaufsraums stand ein hellblonder, junger Mann, der mit einem älteren Kunden sprach. Es schien sich um eine intensive Beratung zu handeln, denn der junge Verkäufer blickte nicht zu den Kommissarinnen herüber. Ansonsten waren keine Leute im Laden.

»Es ist ruhig heute«, erklärte Max Pahlberg. »Das passt gut, dann haben wir Zeit für Ihre Fragen.«

»Hatten Sie denn mehr Publikum erwartet?«, Evelyn musste sich Mühe geben, um die Frage nicht zynisch klingen zu lassen.

Pahlberg schluckte, Evelyns direkte Art schien ihn noch mehr einzuschüchtern. »Sie meinen, weil unsere Kunden doch schon wissen könnten, dass Herr Brook tot ist? Und deswegen kommen? Nein. Ich habe es jedenfalls niemandem erzählt – außer Christian natürlich«, er deutete mit dem Kopf in Richtung seines Mitarbeiters, der immer noch nicht herüber sah. »Bis jetzt hat niemand gefragt, warum Herr Brook nicht da ist. Das heißt: Es waren zwei Kunden da, die wissen wollten, ob er sie beraten kann. Und da habe ich gesagt, er hat heute im Versandhandel zu tun.« Unsicher sah er Evelyn an. »Das war doch richtig, oder?«

»Natürlich. So hatten wir es ja abgesprochen. In etwa zwei Stunden gibt die Polizei eine Pressemitteilung heraus. Dann können Sie alles ganz offen erzählen.«

Der Verkäufer nickte verständig.

»Wo können wir denn ungestört sprechen, Herr Pahlberg?«, fragte Jelena betont freundlich. »Sollen wir wieder in Ihr Büro gehen?«

»Vielleicht lieber in unseren Sozialraum. Falls Kunden kommen, müssen wir manchmal ins Büro und da in Lieferlisten nachsehen. Außerdem ist da schon alles vorbereitet.«

»Was denn vorbereitet?«

»Ich meine: Dort stehen Wasser und Kaffee bereit. Falls Sie Durst haben. Oder auch Tee.«

Die Kommissarinnen folgten ihm die acht Stufen hinunter in das Halbgeschoss. Gerade wollten sie nach links in den Sozialraum gehen, da fiel Jelena die breite Tür auf.

»Da geht es auch nach draußen?«

»Ja, das ist unser Lieferanteneingang.«

»Dürfen wir uns den mal ansehen?«

»Selbstverständlich.« Pahlberg öffnete die linke Seite der doppelflügeligen Tür.

Sie blickten hinaus auf eine Einfahrt und einen kleinen Parkplatz, der für drei bis vier Autos langte. Zurzeit stand nur ein einziger Wagen da: Ein älterer Ford Ka.

»Das ist meiner«, erklärte Pahlberg. »Ich brauche kein großes Auto. Herr Brook hat hier immer seinen Mercedes abgestellt, wenn er nicht gerade zu Fuß unterwegs war. Und unsere Lieferanten können hier natürlich auch parken.«

Jelena wies auf die Zufahrt. »Von wo kann man hier reinfahren? Ist das da hinten die Bahnstraße?«

»Ja genau«, erklärte Pahlberg. »Da ist eine Tordurchfahrt. Nur ein paar Meter von der *Kö* entfernt.«

Evelyn nickte. »Das schauen wir uns bei Gelegenheit mal näher an.«

Sie betraten den Sozialraum, die Einrichtung trug Brooks Handschrift: Eine Küchenzeile in hellem Kirschholzton, dazu eine passende Essecke, an der Wand ein schlichtes Sofa mit cremefarbenem Kunstlederbezug – lang genug, um sich darauf auszustrecken. Alles schien längst nicht so hochwertig wie in Bernd Brooks Wohnung, aber im Stil doch ähnlich. Auf dem Tisch standen Mineralwasser und Gläser, die Kaffeemaschine lief.

»Darf ich Ihnen etwas anbieten?«, fragte Pahlberg und wies auf die kleine Sitzgruppe.

Evelyn setzte sich auf die Eckbank. »Ich nehme gern einen Kaffee – ohne alles.«

»Für mich bitte auch«, Jelena zog sich einen Stuhl heran.

Pahlberg kramte in den Küchenschränken. Sein Rücken wirkte schmal, doch das mochte an der Anzugjacke liegen. Er schenkte Kaffee ein. »Was möchte die Polizei denn noch von mir wissen?«, fragte er.

»Zu Ihnen kommen wir später, Herr Pahlberg.« Evelyn fühlte an ihrer Tasse, der Kaffee war noch zu heiß. »Wenn Sie uns bitte erst mal Christian Zürns hereinschicken.«

»Sicher.« Er drehte sich um und ging zur Tür.

Zum ersten Mal nahm Evelyn an ihm einen schweren, pudrigen Duft wahr. Sie kannte den Geruch aus ihrer Kindheit: Moschus. Damals hatte Evelyns Vater so ein Rasierwasser von seiner Schwester geschenkt bekommen. Er hatte es nicht oft benutzt und irgendwann weggeworfen.

Pahlberg verließ den Raum.

Wenig später kam Christian Zürns herein – seinen Personalausweis hielt er schon in der Hand. »Es tut mir unendlich leid, was passiert ist. Und es ist alles entsetzlich. Aber natürlich stehe ich Ihnen gern zur Verfügung.«

Bei der Befragung zeigte er sich kooperativ, sprach deutlich und lächelte an den richtigen Stellen. Ab und zu fuhr er mit den Händen über seine Oberschenkel, die Situation strengte ihn offenbar mehr an, als er nach außen zugeben wollte. Jetzt, wo er Evelyn direkt gegenüber saß, erkannte sie, dass Christian Zürns nicht von Natur aus weißblond war. Haaransatz, Wimpern und Augenbrauen wirkten um etliche Nuancen dunkler. Eigentlich ein Frauentyp, dachte sie. Also noch so ein Klischee! Sie überlegte. Irgendwie kam Zürns ihr bekannt vor, doch sie wusste nicht, woher.

Der junge Verkäufer bestätigte, was Pahlberg bereits geschildert hatte: Bernd Brook hatte am Vortag um kurz vor zwanzig Uhr das Geschäft verlassen, weil er im Volksgarten joggen wollte. Er hatte ausgesehen wie immer. Er hatte sich verhalten wie immer. Um kurz nach zwanzig Uhr verließ Zürns das Geschäft, nur Pahlberg blieb noch da, um die Kasse zu machen und dann den Laden abzuschließen.

»Dimitri war gestern sein letzter Kunde. Dimitri Kasarakios. Ein Stammkunde, der wollte unbedingt von Herrn Brook persönlich bedient werden.«

»Warum?«, fragte Jelena.

»Er wollte sich neu einkleiden: Hose, Hemd, Weste, Krawatte. Und er meint immer, dass Herr Brook einen absolut sicheren Geschmack hat, darum lässt er sich so gern von ihm beraten. Natürlich hat Herr Brook das gern übernommen, und es hat dann ziemlich lange gedauert. Erst um Viertel vor acht ist Dimitri gegangen, und kurz danach ist Herr Brook zum Joggen in den Park gefahren, so wie jeden Mittwoch.«

»Und Sie, Herr Zürns? Was haben Sie gestern Abend noch gemacht?«

»Ich war erst zu Hause bei meiner Mutter und später noch im *Professor Jazz*.«

Evelyn nickte. Sie kannte den Jazzkeller an der Flingerstraße, allerdings war sie schon lange nicht mehr dort gewesen.

»Wie lange haben Sie sich bei Ihrer Mutter aufgehalten?«

»Von halb neun bis halb elf ungefähr. Dann bin ich direkt in die Altstadt gefahren, ab elf hatten wir im *Professor Jazz* eine Jam Session, die ging so bis kurz nach eins.«

»Sie spielen Saxophon, nicht wahr?«

»Genau. Ich spiele und unterrichte.«

»Gut, dann geben Sie uns doch bitte noch die Adressen von Ihrer Mutter und von diesem Dimitri.«

»Da müsste ich nur kurz ins Büro zu unserer Kundendatei.«

»Wir kommen gern mit.«

Die Kaffeetassen in der Hand folgten Evelyn und Jelena dem jungen Verkäufer die acht Stufen hoch zum Büro. Er schrieb Adressen und Telefonnummern auf.

»Danke, Herr Zürns«, Jelena nahm den Papierbogen entgegen.

Evelyn sah ihn eindringlich an. »Bevor Sie gehen, noch eine Frage.«

»Ja bitte?«

»Kann es sein, dass ich Sie schon einmal gesehen habe? Kennen wir uns irgendwoher?«

Er lächelte höflich. »Soweit ich weiß, sind wir uns noch nicht begegnet, Frau Hauptkommissarin. Aber mein Foto ist manchmal in der regionalen Presse. Ich engagiere mich parteipolitisch. Um präzise zu sein: Bei der *Partei für Bürgerliche Werte.*«

Evelyn nickte verhalten und schaute kurz zu Jelena hinüber, die keine Miene verzog. Evelyn überlegte, was sie erwidern sollte, doch da straffte Christian Zürns schon die Schultern und erklärte: »Mir ist bewusst, dass unsere Partei als rechtspopulistisch gilt. Das ist ein Schlagwort, ein Etikett, und wenn man die Mitbürger auf der Straße fragt, was rechtspopulistisch eigentlich bedeutet, haben sie keine Antwort darauf. Darum sage ich Ihnen. Die *Partei der Bürgerlichen Werte* hat ein urdemokratisches Grundverständnis. Wir grenzen niemanden aus, der sich für das Gemeinwohl engagiert. Und um auch das klar zu stellen: Ja, ich bin homosexuell. Ich weiß das seit meinem vierzehnten Lebensjahr. Ich bekenne mich offen dazu, und in unserer Partei werde ich deswegen nicht benachteiligt.«

Evelyn zögerte. »Ich verstehe nicht ganz ...«

»Warum ich Ihnen das alles erzähle?«, führte er Evelyns Satz fort. »Na, weil ich doch weiß, welche Fragen kommen, wenn ich mich zu meiner Partei bekenne. Welche Vorurteile die Leute haben, dass wir schwulenfeindlich seien oder fremdenfeindlich. Lauter Fehleinschätzungen. Und noch etwas: Herr Brook wusste selbstverständlich von meinem politischen Engagement. Und wir haben uns immer gut verstanden, als überzeugte Demokraten.«

Evelyn nickte. Es schien ihr wenig Sinn zu haben, in eine tiefere Diskussion einzusteigen. »Danke, Herr Zürns«, meinte sie sachlich. Damit haben Sie unsere bisherigen Fragen beantwortet. Sind Sie so nett und schicken jetzt Herrn Pahlberg zu uns?«

»Gerne, die Damen«, Christian Zürns verabschiedete sich mit einer Verbeugung. Offenbar war er zufrieden mit seinem Auftreten gegenüber der Polizei.

Als er den Raum verlassen hatte, stöhnte Jelena auf. »Was war das denn?!«

Evelyn atmete laut aus. »Werten wir das zu Christian Zürns' Gunsten mal als einen jugendlichen Temperamentsausbruch.« Sie hätte gern mehr dazu gesagt, doch da kam Pahlberg schon herein.

Der ist wenigstens nicht so ein Spinner, dachte sie erleichtert und fragte: »Sagen Sie, Herr Pahlberg? Wer hat sich hier eigentlich um die Verwaltung gekümmert? Um die ganze Büroarbeit und den Wareneinkauf und all das?«

Er antwortete prompt. »Unsere Verwaltungsabteilung sitzt in Lohausen, da stehen ja auch die Hallen für den Versandhandel. Dieses kleine Büro hier ist nur für die Boutique zuständig. Und um den Einkauf kümmert sich Herr Brook, jedenfalls, was den Versandhandel betrifft. Hier in der Boutique lässt er mir freie Hand. Wenn ich im Laden eine bestimmte Ware anbieten will, darf ich sie einkaufen, auch wenn Herr Brook diese Artikel nicht ins Versandsortiment aufnimmt.«

Evelyn nickte. Pahlberg sprach wieder in der Gegenwartsform von seinem Chef, aber das war nicht ungewöhnlich. Viele Zeugen brauchten eine gewisse Zeit, um zu verinnerlichen, dass der Mensch, über den sie sprachen, tatsächlich nicht mehr lebte.

»Wie viele Personen sind denn eigentlich in Herrn Brooks Versandhandel beschäftigt?«

»Einschließlich der Verwaltung so ungefähr zwanzig. Ganz überwiegend Frauen, viele auch in Teilzeit. Herr Brook setzt sich immer sehr dafür ein, dass unsere Mitarbeiterinnen Beruf und Familie gut vereinbaren können.«

»Dann hat er sich also auch ums Personalwesen gekümmert?«

»Ja, zusammen mit einer Sachbearbeiterin. Nur die Abrechnungen geben wir nach draußen zu unserem Steuerberater.«

»Hier in der Boutique gibt es also keine Verwaltungskraft?«, fragte Jelena.

»Nein. Die Büroarbeit hier ist überschaubar. Das können wir allein gut schaffen.«

»Dann kennen Sie also sämtliche Geschäftsvorgänge, Herr Pahlberg?«

»So ziemlich. Seit letztem Jahr bin ich offiziell als Prokurist eingetragen.«

»Aha. Ist Ihnen da irgendeine Unregelmäßigkeit aufgefallen? Vielleicht ein finanzielles Problem? Oder eine Geschäftsbeziehung, die sich besonders schwierig gestaltet?«

Er zögerte. »Wie meinen Sie das?«

»Na, zum Beispiel so: Es gibt da einen Geschäftspartner, in der Zusammenarbeit tritt ein Problem auf, und Sie merken, dieser Partner ist Herrn Brook nicht unbedingt wohlgesonnen.«

Pahlberg verstand die Provokation. Mit irritiertem Lächeln sah er zwischen den Kommissarinnen hin und her. »Und der ihn deswegen umgebracht hat? Meinen Sie das etwa?«

»So was kommt vor«, erwiderte Jelena ernst. »Manchmal durchschaut man im Geschäftsleben zu spät, mit wem man es da eigentlich zu tun hat.«

»Sie meinen die Mafia?!«

»Mafia?«, Evelyn atmete angestrengt ein und aus. »Mafia – das ist ein schwieriger Begriff. Das sagt alles oder nichts. Formulieren wir das doch besser so: Gab es in letzter Zeit Geschäftsbeziehungen, die nicht so korrekt abliefen, wie Sie es sich gewünscht hätten?«

»Nein!«, entgegnete Pahlberg unerwartet scharf. »So was gab es hier ganz sicher nicht. Wir arbeiten durch und durch seriös. Wenn uns ein Lieferant auch nur ein bisschen zweifelhaft erscheint, machen wir keine Geschäfte mehr mit dem. Da sind wir absolut konsequent.«

»Gut.« Jelena ließ ihren Blick über die Aktenordner mit den verschiedenfarbigen Aufklebern schweifen. Alles stand in Reih und Glied, ordentlich beschriftet und nach Jahrgängen sortiert. »Wenn Ihnen Herr Brook die Prokura anvertraut hat, wissen Sie dann vielleicht auch, ob er ein Testament hinterlassen hat? Und vielleicht kennen Sie sogar den Inhalt des Testaments?«

»Ja. Das weiß ich, denn er hat ganz offen mit mir darüber gesprochen. Er hatte sein Testament gerade geändert. Letzten Donnerstag.«

Evelyn erstarrte eine Sekunde lang. »Letzten Donnerstag? Sie meinen: genau vor einer Woche? Am Donnerstag vor Ostern?«

»Richtig«, Pahlberg schien den Moment zu genießen. »Vor einer Woche. Und weil Sie mich sowieso verdächtigen, sage ich es Ihnen gleich: Er hat mich als seinen Alleinerben eingesetzt.«

Evelyn reagierte ruhig. »Wie kommen Sie darauf, dass wir Sie verdächtigen, Herr Pahlberg?«

»Na, das merke ich doch! An der Art, wie Sie Ihre Fragen stellen. Und jetzt wissen Sie auch noch, dass ich Alleinerbe bin. Seit genau einer Woche. Da ist es doch klar, dass ich für Sie der Täter bin.« Energisch setzte er sich an den zweiten Schreibtisch, Evelyn genau gegenüber.

Jelena blieb stehen, sie lehnte sich an einen Aktenschrank. Die Kommissarinnen schwiegen.

Irritiert sah Pahlberg wieder zwischen ihnen hin und her und nahm erneut seine Verteidigung auf: »Mir ist schon klar, dass Sie das seltsam finden. Donnerstags ändert er sein Testament zu meinen Gunsten, und sechs Tage später wird er umgebracht. Aber ich habe trotzdem nichts damit zu tun, das können Sie mir glauben.«

Jelena nickte bedächtig. »Herr Brook hat also am Donnerstag letzter Woche sein Testament geändert. Demnach war bis zu diesem Tag jemand anders als Erbe eingesetzt?«

»Ja«, entgegnete Pahlberg trotzig. »Und zwar der AIDS-Helfer-Verein. Aber Samstagabend hat Herr Brook mir von der Änderung erzählt, und dann sind wir Essen gegangen und haben darauf angestoßen.«

»Welche Gründe hatte Herr Brook, Sie als Alleinerben einzusetzen?«

Pahlberg öffnete den Mund, doch er antwortete nicht gleich. Mit einer Hand lockerte er seinen Hemdkragen und griff dann zu einer Flasche Mineralwasser, die auf dem Schreibtisch stand. »Sie erlauben doch?«

»Bitte«, Evelyn lehnte sich in ihrem Stuhl zurück.

Angestrengt goss Pahlberg ein halbes Glas ein und trank aus. Seine Stimme zitterte. »Herr Brook sah in mir seinen Geschäftsnachfolger. Wir haben hier immer erstklassig zusammengearbeitet, und vor ein paar Wochen hat er gesagt, dass er sein Lebenswerk in guten Händen sehen will. Und dann hat er gleich Nägel mit Köpfen gemacht. Denn er war immer vorausschauend. Er hasste es, wenn es keinen Plan gab.«

»Herr Brook hatte also keinen Grund zu glauben, dass er nicht mehr lange leben würde?«

»Sie meinen wegen einer Krankheit?«

»Entweder das«, Evelyns Stimme bekam einen schneidenden Unterton, »oder wegen einer Bedrohung.«

»Sie meinen doch wohl nicht, er hat es gewusst? Dass ihn jemand umbringen wollte?« Pahlberg ließ keinen Zweifel daran, wie absurd er diesen Gedanken fand.

»Könnte doch sein.«

»Nein! Bestimmt nicht. Es ging Bernd einfach nur darum, dass sein Unternehmen in die richtigen Hände kommt.«

»Und die richtigen Hände, das heißt in diesem Fall: Ihre Hände?«

»Ja sicher. Sonst hätte er mich wohl kaum als Alleinerben eingesetzt.«

Jelena wurde direkt. »Wie standen Sie eigentlich privat zueinander, Herr Brook und Sie?«

»Wir waren Kollegen! Nicht mehr und nicht weniger! Und das war auch niemals anders, falls das wichtig ist für Sie.«

Evelyn überging die Spitze. »Dann wissen Sie ja bestimmt auch, ob Herr Brook in letzter Zeit einen festen Lebenspartner hatte?«

»Hatte er nicht. Er war oft in der Öffentlichkeit, aber als Privatperson lebte er sehr zurückgezogen und erzählte auch nicht viel über sich.«

»Waren Sie denn schon mal in seiner Wohnung, Herr Pahlberg?«

»Ja, genau einmal. Und das ist auch schon ein paar Jahre her.«

»Also kennen Sie seine Bibliothek?«

»Sicher. Aber ich habe mit niemandem darüber geredet. Die Bücher waren Bernds größte Leidenschaft. Er wollte nicht, dass andere Leute davon erfahren, und daran habe ich mich gehalten.«

»Hatte Herr Brook vielleicht früher einen festen Lebenspartner?«

»Soweit ich weiß, nicht. Zumindest hat er nie darüber gesprochen. Ganz früher war er ja mit Ingbert Fenn-Heindel zusammen. Das hat er immer offen erzählt, aber die beiden sind schon lange getrennt.«

»Fenn-Heindel? Der Adoptivsohn von der Heindel-Erbin?«

»Genau der«, meinte Pahlberg gewichtig. »Er und Herr Brook waren in den Achtzigerjahren zusammen. Die Sache hat wohl nicht sehr lange gehalten. Wobei die beiden immer noch guten Kontakt hatten, Herr Brook hat oft von seinem alten Kumpel Ingbert erzählt. Und wenn er danach wieder einen festen Partner gehabt hätte, wäre er bestimmt offen damit umgegangen. Den Mann an seiner Seite hätte er kaum verheimlicht.«

Evelyn nickte. Was der Prokurist sagte, ergab Sinn. Zu Bernd Brook hätte es nicht gepasst, seinen Lebenspartner zu verschweigen. Der Name Ingbert Fenn-Heindel ließ Evelyn aufhorchen. Auch er gehörte zum Kreis illustrer Düsseldorfer Persönlichkeiten. Begegnet war sie ihm nie, sondern kannte ihn bloß aus den Medien. Wie Brook engagierte sich auch Ingbert Fenn-Heindel für die Rechte Homosexueller. Seine Adoptivmutter Charlotte Heindel, eine Erbin des Düsseldorfer Chemie-Konzerns, hatte schon in den Fünfzigerjahren für Aufsehen gesorgt. Offen erklärte sie, Frauen zu lieben, und adoptierte im hohen Alter Ingbert Fenn, einen Geschäftsmann, der sich erst spät zu seiner Homosexualität bekannte. Nach ihrem Tod kümmerte er sich um die Verwaltung ihres Vermögens und wurde Vorsitzender der Charlotte-Heindel-Stiftung.

Evelyn hätte Pahlberg gern näher über die gescheiterte Liebe zwischen Brook und Fenn-Heindel befragt, doch sie hielt sich zurück. Es erschien ihr klüger, die Sache erst einmal mit Gercke zu besprechen. Ingbert Fenn-Heindel galt im Umgang als heikel und verfügte über gute Kontakte in verschiedene Ministerien. Das zumindest hatte Evelyn in der Zeitung gelesen.

Sie wechselte das Thema. »Und dieses neue Testament, Herr Pahlberg, wo befindet sich das?«

»Noch beim Notar, Kanzlei Roggenkamp an der Steinstraße. Wegen der Osterferien brauchen die wohl noch ein paar Tage für die Unterlagen. Jedenfalls hat Herr Brook das erzählt. Aber das Testament ist schon rechtsgültig.«

»Und wer weiß alles von der Testamentsänderung?«

»Der Notar, seine Angestellten und ich.«

»Der AIDS-Helfer-Verein also nicht?«

»Von Herrn Brook bestimmt nicht. Der hat die Leute vom Verein mit Sicherheit nicht informiert. Und ich habe natürlich auch nichts gesagt.«

»Sollte der Verein denn überhaupt nichts mehr erben?«

»Soweit ich weiß, nicht.«

»Und warum nicht?«, fragte Evelyn verwundert. »Es heißt, Herr Brook habe sich immer für den Verein engagiert. Gab es denn irgendwelche Unstimmigkeiten? Einen Streit oder so was?«

Pahlberg zuckte mit den Achseln. »Wohl nicht. Aber danach können Sie sich ja beim Notar erkundigen. Vielleicht weiß der was darüber.« Er zeigte auf einen Aktenschrank. »Eine Kopie vom alten Testament ist übrigens noch hier im Safe. Möchten Sie die vielleicht sehen?«

»Aber sicher. Gerne.«

Pahlbergs linker Mittelfinger strich über die Brosche an seinem Hals, er ging zum Schrank. Zwischen den Regalböden war in Kopfhöhe ein Safe eingebaut.

»Wann haben Sie den das letzte Mal geöffnet?«, fragte Jelena.

»Gestern Abend, da habe ich unsere Tageseinnahmen hineingelegt.«

Die Kommissarinnen blickten ihm über die Schulter. Seinem Nacken entströmte ein seltsamer Geruch, nicht mehr der gewohnte Moschusduft. Irgendwie säuerlich, dachte Evelyn. Pahlberg roch nach Angst.

Er brachte das Zahlenringschloss in Position. Die Safe-Tür sprang auf und gab den Blick frei auf einen Stapel Unterlagen und mehrere sortierte Bündel Geldscheine.

»Das sind die Umsätze von gestern und vorgestern«, erklärte Pahlberg. »Wir bringen Bargeld nur zweimal pro Woche zur Bank.«

»Und wie viel ist jetzt da drin?«

»Genau viertausendeinhundertdreißig Euro«, sagte Pahlberg nicht ohne Stolz. »Möchten Sie nachzählen?«

»Nicht nötig«, erwiderte Evelyn. »Wenn Sie für sich etwas abzweigen wollten, könnten Sie das doch jederzeit tun. Warum sollten wir Ihnen also nicht glauben, was Sie sagen?«

Der Verkäufer stutzte. Offenbar hatte ihn Evelyns Frage irritiert. »Das stimmt«, meinte er schließlich. »Aber ich habe wirklich nichts entwendet.«

»Schon gut.« Evelyn überlegte. Mehr als viertausend Euro hatte der Laden innerhalb von zwei Tagen eingenommen – und das mitten in der Woche. Kein schlechter Schnitt. Und es war nur das Bargeld. Wahrscheinlich zahlten viele Kunden auch mit Karte. »Dann schauen wir uns jetzt mal das Testament an, Herr Pahlberg.«

»Ja sicher«, er griff in den Safe und holte eine dünne Mappe heraus, über die Ecken waren schwarze Gummibänder gespannt. »Bitteschön.«

Jelena löste die Bänder. Nur ein einziges Blatt Papier lag darin. *Testament* stand in Großbuchstaben auf dem Dokument, es folgte ein kurzer Text, dann Brooks Unterschrift und *Düsseldorf, der 27. März 2001*. Sie überflog den Inhalt. »Stimmt. Damals hätte Herr Brook also sein gesamtes Vermögen dem Düsseldorfer AIDS-Helfer-Verein vererbt.« Fragend sah sie Pahlberg an. »Aber warum hat Herr Brook die Kopie von seinem alten Testament hier im Safe gelassen, statt sie zu vernichten? Dieses Testament ist doch offenbar nicht mehr gültig.«

»Weiß ich nicht genau. Wir hatten hier viel Arbeit in letzter Zeit. Wahrscheinlich hat er einfach nicht dran gedacht.«

»Das halten Sie für möglich?«

»Herr Brook hatte wirklich viel um die Ohren. Im Frühjahr kommen die neuen Kollektionen, und gleichzeitig müssen wir schon für den Herbst ordern.«

Jelena nickte. »Dürfen wir die Kopie mitnehmen?«

»Ja sicher. Ich brauche sie ja nicht mehr, und das neue Testament ist beim Notar gut aufgehoben.«

Nachdem sie sich auch von Christian Zürns verabschiedet hatten, gingen sie schweigend zurück zum Parkhaus. Die neuen Informationen waren zu brisant, darüber konnten sie sich auf der Straße nicht unterhalten.

Sie fuhren den kurzen Weg in die Steinstraße, Parkplätze gab es auch hier nicht. Jelena hielt in zweiter Reihe vor der Notarkanzlei. »Es ist zwanzig vor sechs, vielleicht ist da schon keiner mehr.«

»Den Versuch ist es wert.« Evelyn stieg aus dem Wagen und klingelte an, niemand öffnete. Auf dem Schild der Kanzlei stand die Telefonnummer, doch dort meldete sich nur der Anrufbeantworter. Sie kam zurück zu Jelena. »Morgen ab halb acht ist das Büro wieder besetzt.«

»Also dann«, Jelena ließ den Motor an. Sie fuhren zum Präsidium und erstatteten Gercke Bericht.

Die Obduktion

»Vor einer Woche ein neues Testament und seit gestern tot?« Gercke zog die Stirn kraus. »Da möchte man ja kaum an Zufall glauben. Gibt es denn sonst noch was, weswegen wir diesen Pahlberg etwas näher unter die Lupe nehmen sollten?«

»Eigentlich nicht«, meinte Jelena. »Falls er tatsächlich Brooks Alleinerbe ist, gehört er natürlich zu den Verdächtigen. Ansonsten fand ich ihn relativ unauffällig in seiner Art.«

»Ist mir auch so gegangen«, bestätigte Evelyn.

»Aber ich sehe das doch richtig: Er hat für die Tatzeit kein Alibi?«

»Zumindest kein handfestes. Er meinte nur, dass wir die Nachbarn fragen könnten. Er hat gekocht, und der Geruch sei wohl heftig durchs Treppenhaus gezogen. Wir haben ihm schon gesagt, dass wir das nicht als Alibi werten können.«

»Ist das ein Grund ihn festzusetzen?«, fragte Gercke. »Fluchtgefahr? Verdunklungsgefahr? Sonst irgendwas?«

Evelyn schüttelte den Kopf. »Sehe ich nicht. Er hat sofort ganz offen das neue Testament angesprochen.«

»Und Sie denken, wenn er hinter dem Mord stecken würde, hätte er das nicht getan?«

»Genau. Er hätte einfach abwarten können, bis der Notar aus dem Urlaub zurück ist und sich wegen der Testamentsänderung bei der Polizei meldet.«

»Nun gut. Also warten wir erst mal die Aussage des Notars ab. Dass Pahlberg flieht, ist ja wohl unwahrscheinlich, denn damit wäre sein Erbe futsch.« Gercke machte eine Pause und schien zu überlegen. »Was ist denn mit diesem Zürns? Die Fotos von dem kenne ich ja auch aus der Presse.«

»Wir hatten leider noch keine Zeit, uns über die Partei schlau zu machen«, räumte Jelena ein.

Gercke nickte. »Machen Sie das in Ruhe. Viel weiß ich übrigens auch nicht über diese *Partei für Bürgerliche Werte*. Der Vorsitzende ist ein gewisser Claus Tebbe, in den Achtzigerjahren war das hier ein bekannter Immobilienmakler, inzwischen aber längst pensioniert. Aber das nur nebenbei. Sie werden jetzt ja sicher erst mal das Alibi von diesem Zürns überprüfen.«

»Sicher, Chef.«

»Gut. Übrigens: Die Kollegen im Volksgarten sind fast fertig mit den Ermittlungen. An einem Strauch hing ein Stück Perlonschnur. Also eine Stolperfalle, genau wie wir schon angenommen haben. Und die Pressemitteilung ist auch gerade raus. Morgen neun Uhr findet die Obduktion statt. Da zähle ich auf Sie, meine Damen.«

Bei seinem letzten Satz sah Gercke ausschließlich Jelena an. Für Evelyn war klar, dass er längst von der Liebesbeziehung zwischen ihr und Professor Herxheimer wusste. Offen darauf angesprochen hatte er sie nicht.

»Natürlich, Chef«, entgegnete Jelena. »Wir werden pünktlich da sein.«

Sie verabschiedeten sich von Gercke, die Schreibarbeit wartete. Kurz besprachen sie sich, wer für welchen ihrer heutigen Einsätze das Protokoll schreiben sollte. Dann verschwanden sie in ihren Büros. Um zehn nach acht verließ Evelyn das Präsidium. Wie immer, wenn sie viel zu tun hatte, spürte sie keinen Hunger. Sie fuhr zurück nach Golzheim und stieg mit mechanischen Bewegungen die hundert Stufen zu ihrer Wohnung hinauf.

Für den nächsten Morgen war der Termin in der Rechtsmedizin angesetzt. Schon am Fundort hatte Lars Herxheimer die Leiche untersucht, alles deutete darauf hin, dass er auch die Obduktion vornahm. Evelyn würde ihm also begegnen. Doch noch war nichts geklärt seit ihrem Streit vom Vortag. Es war das eingetreten, was sie immer vermeiden wollte: ein heftiger Konflikt zwischen Beruf und Privatleben.

Einen Moment lang überlegte sie, einfach zum Termin zu gehen, stur und korrekt in ihrer Rolle als Kriminalhauptkommissarin. Klar und neutral könnte sie Professor Herxheimer nach seinem Urteil fragen. Er war ein sachverständiger Zeuge, nicht mehr und nicht weniger. Doch so etwas lag ihr nicht. Viel zu groß war ihre Angst, damit noch mehr zu verderben. Außerdem wollte sie nicht unvorbereitet auf die Situation zusteuern. Schweren Herzens rief sie ihn an.

Er war schon nicht mehr im Institut, sie erreichte ihn in seiner Wohnung. Er meldete sich schon nach dem zweiten Klingeln. »Hallo Evelyn«, sagte er freundlich.

Sie wartete darauf, dass noch mehr von ihm kam, doch er schien abzuwarten.

Sie räusperte sich. »Ich rufe an wegen morgen. Jelena und ich kommen zur Obduktion.«

»Ist gut.«

Sie achtete auf jede Schwingung seiner Stimme. Er wirkte nicht verstimmt, nur sehr zurückhaltend.

»Ich wollte dir das nur ankündigen, Lars. Damit wir den Termin gut hinter uns bringen.«

»Das werden wir«, entgegnete er rasch. »Wir sind doch Profis.«

»Ja, das sind wir.«

Wieder schwiegen sie einige Sekunden, schließlich fragte er: »Und sonst? Wie geht's dir?«

»Nicht gut. Ich muss nachdenken.«

»Mach dich nicht verrückt deswegen. Die Sache mit Brook kriegen wir hin, und was uns beide angeht, brauchen wir eben Zeit.«

»Danke«, sagte sie aufrichtig. »Bis morgen dann.«

Sie legte auf. Eigentlich hätte sie gern länger mit ihm gesprochen, aber eigentlich auch nicht. Der Streit stand noch zwischen ihnen. Nichts war geklärt.

Evelyn ging ins Bad. Den ganzen Tag hatte sie es nicht geschafft, der Hausverwaltung wegen des defekten Boilers Bescheid zu geben. Morgen würde sie wieder kalt duschen müssen. Lars ging ihr nicht aus dem Kopf. Sie war so glücklich gewesen, als sie im letzten Sommer ein Paar geworden waren. Endlich ein Mann, mit dem sie sich eine Zukunft vorstellen konnte. Die letzten Monate über hatte Evelyn sogar ausreichend essen können. Keine Spur mehr von ihrer alten Feindin, der Magersucht.

An diesem Abend würde sie keinen Hunger mehr bekommen, das wusste sie. Allein aus Gründen der Vernunft nahm sie sich eine Banane und schälte sie langsam auf. Vom süßlichen Geruch überkam sie eine leichte Übelkeit. Sie überwand sich und biss in das hellgelbe Fruchtfleisch, sie durfte nicht unterzuckert ins Bett gehen. Das letzte Viertel der Banane warf sie in den Abfall und trank ein Glas Mineralwasser nach. Die Ermittlungen im Fall Brook würden anstrengend werden, Evelyn musste auf sich aufpassen. Mindestens einmal am Tag sollte sie in Ruhe eine warme Mahlzeit zu sich nehmen. Aber wahrscheinlich würde sie auch diesen Vorsatz schon bald wieder über Bord werfen.

Es war kurz vor zehn, im Grunde noch zu früh, um zu schlafen, doch die Anspannung ließ nicht nach. Evelyn legte sich ins Bett und löschte das Licht. Eine halbe Stunde lang starrte sie in die Dunkelheit, ihre Gedanken kreisten. Endlich schlief sie ein.

* * *

Brigitte Ranzler war im Düsseldorfer AIDS-Helfer-Verein nicht nur die Vorsitzende, sondern auch die gute Seele. Hier wurde sie gebraucht. Sie lebte für den Verein und hielt das für eine schicksalhafte Bestimmung.

Mit siebzehn Jahren hatte sie ihren Sohn zur Welt gebracht, da war sie erst vier Monate verheiratet gewesen. Sascha blieb ihr einziges Kind. Als er aufs Gymnasium kam, trennte sie sich von ihrem Mann, diesem Säufer, und machte eine Ausbildung zur Erzieherin. Es waren schöne Jahre, die Brigitte und Sascha dann verbrachten. Jeden Nachmittag, wenn er aus der Schule und sie aus dem Kindergarten kam, plauderten sie bei Kakao und Keksen. Später ging Sascha mit Freunden aus, das fand Brigitte ganz normal, schließlich wollte sie ihn nicht an sich ketten. Er machte Abitur, dann Zivildienst im Krankenhaus, dann studierte er Jura. Irgendwann erkältete er sich, der Schnupfen ging nicht weg, schließlich wurde daraus eine Lungenentzündung, und dann wurden die Lymphknoten dick, aber Saschas Körper wurde immer dünner, und am Hals bildete sich ein violetter Hautkrebs. Brigitte saß an seinem Sterbebett und schwor sich, ihr weiteres Leben in den Dienst der Menschen zu stellen, die an dieser Krankheit litten. Dabei nahm sie keine Rücksicht auf ihr Alter und schon gar nicht auf ihr Gewicht. Die ehrenamtliche Arbeit strengte an.

Vor ein paar Monaten hatte sie ihren achtundsechzigsten Geburtstag gefeiert, gesundheitlich ging es ihr schon lange nicht mehr gut. Die Ärzte sagten, dass vor allem ihr Übergewicht daran schuld sei. Doch Brigitte konnte aufs Essen nicht verzichten, sonst hätte sie ihre vielen Aufgaben nicht erfüllen können. Vor einiger Zeit hatte sie links ein neues Hüftgelenk bekommen. Inzwischen konnte sie sich wieder gut bewegen, und gemessen an ihrem Gewicht war sie sogar erstaunlich wendig. Immerhin das lobten die Ärzte an ihr.

Sie lebte im Stadtteil Holthausen in einem winzigen Reihenhaus einer ehemaligen Arbeitersiedlung. Ihre Eltern hatten ihr das Häuschen gekauft, und sie mochte sich nicht davon trennen. Nach Saschas Tod hatte sie im Obergeschoss ein Büro eingerichtet. Im Laufe der Jahrzehnte waren die Aktenordner über die Arbeit der AIDS-Helfer immer mehr geworden, inzwischen nahmen sie die ganze obere Etage ein. Brigitte schlief in einer Dachkammer. Ein Treppenlift ließ sich in das Reihenhaus nicht einbauen, aber den vermisste sie auch nicht. Wenn Vereinskollegen fragten, ob man ihr nicht eine schöne, ebenerdige Wohnung suchen sollte, sagte sie: »Ich arbeite hier, solange ich kann. Und wenn ich nicht mehr kann, dann nehme ich Schlaftabletten und stülpe mir einen Plastiksack über den Kopf.« Und die Kollegen wussten: Brigitte meinte das ernst.

An diesem Donnerstag gegen zwanzig Uhr saß sie an ihrem Schreibtisch und schnitt Zeitungsberichte über die Arbeit der AIDS-Helfer aus. Später wollte sie die Artikel in Aktenordner kleben, im Laufe der letzten drei Jahrzehnte hatte sie fast hundert Ordner auf diese Weise gefüllt.

Das Telefon klingelte. Brigitte kannte ihn schon lange, den Adoptivsohn und Millionenerben Ingbert Fenn-Heindel. Im Laufe der Zeit waren sie gute Freunde geworden, Seite an Seite hatten sie sich für so manches Projekt des Vereins eingesetzt. Brigitte schätzte an Ingbert seine klare, unverstellte Art, darin waren die beiden sich ähnlich.

Als er jedoch an diesem Abend anrief, wünschte sie sich, er wäre behutsamer vorgegangen in dem, was er ihr mitteilte.

»Bernd ist tot«, sagte er ohne Umschweife. »Im Volksgarten mit einem Draht erdrosselt und mit rosa Farbe übergossen. Die Chefredaktion der *Rheinischen Nachrichten* hat gerade angerufen.«

Brigitte war entsetzt, sie musste sich sammeln, bevor sie das Gespräch fortsetzen konnte. Doch dann telefonierte sie noch lange mit Ingbert, sie trösteten sich gegenseitig, sprachen sich gut zu, stellten aber auch Mutmaßungen an. Brigitte legte auf und versuchte zu verarbeiten, was sie soeben erfahren hatte. Der Schock saß tief. Brigitte begann zu weinen. Bernd Brook hatte sich immer mit ganzer Kraft für die AIDS-Helfer eingesetzt und so manche Summe für die gute Sache beigesteuert. Brigitte wusste, sie würde lange brauchen, um den Verlust des Freundes zu verkraften.

Nachdem sie einige Zeit starr vor Trauer am Schreibtisch verbracht hatte, zog sie die unterste Schublade auf. Ganz hinten unter einem Stapel anderer Papiere verwahrte sie ein wichtiges Dokument. Es war eine Kopie von Bernd Brooks Testament mit Datum vom 27. März 2001. Brigitte las es nochmals durch – Wort für Wort. Kein Zweifel: Er setzte darin den AIDS-Helfer-Verein zum Alleinerben ein. Und jetzt war Bernd tot. Gleich morgen würde Brigitte zur Polizei gehen.

* * *

Der tiefe Blick eines Jungen traf mich zum ersten Mal, als ich neun Jahre alt war. Er ging in die Klasse über mir. Wir wohnten nicht weit auseinander und sahen uns manchmal auf dem Schulweg, dann grüßten wir uns mit einem kurzen Nicken. Seinen Namen kannte ich nicht.

Eines Mittags kam ich vollbepackt aus der Sporthalle. Außer dem schweren Ranzen hatte ich auch noch meinen Turnbeutel und einen großen Zeichenblock bei mir.

»Ich heiße André. Soll ich dir tragen helfen?«, seine Stimme war freundlich und schon ein bisschen rau vom beginnenden Stimmbruch.

Ich sagte meinen Namen und drückte André den Zeichenblock in die Hand. Er brachte mich bis nach Hause, der Umweg machte ihm nichts aus. Als wir ankamen, stand meine Mutter in der Haustür. André verabschiedete sich von mir und gab mir den Block zurück. Die Sonne schien ihm ins Gesicht, seine Pupillen waren klein, und ich konnte die grauen Punkte in seiner hellblauen Iris erkennen.

»Du hättest den Zeichenblock ruhig in der Schule lassen können«, sagte meine Mutter streng. »Du brauchst ihn doch erst nächste Woche wieder.«

Ich antwortete nicht und folgte ihr ins Haus. Schweigend aß ich meine Suppe.

Von da an gingen André und ich auf unserem Schulweg manchmal ein kleines Stück nebeneinander her. Wir sprachen nicht viel miteinander.

Im Jahr darauf wechselte er zur Realschule, die in einem anderen Stadtteil lag, und noch später zog er mit seinen Eltern nach Frankfurt. Wir begegneten uns nicht mehr, aber bis heute erinnere ich mich an seine Augen.

In der ersten Klasse auf dem Gymnasium waren wir damals neununddreißig Kinder, davon nur acht Mädchen. Einer der Jungen hieß Oliver. Eigentlich mochte ich ihn nicht besonders, aber er konnte gute Geschichten erzählen, darum stand ich manchmal in den Pausen mit ihm und ein paar anderen Kindern zusammen.

* * *

Am nächsten Morgen auf ihrem Weg zum Präsidium machte Evelyn einen Abstecher in die Steinstraße. Die Kanzlei lag im Erdgeschoss eines Bürohauses aus den Fünfzigerjahren, nach außen hin schlicht, aber gepflegt. Notar Helmut Roggenkamp genoss einen ausgezeichneten Ruf, entsprechend kompetent wirkte seine Mitarbeiterin. Simone Koch stand von ihrem Platz am Empfang auf und nahm Haltung an, noch bevor Evelyn ihr Anliegen vortragen konnte. Offenbar erkannte die Sekretärin in der morgendlichen Besucherin sofort eine Kriminalpolizistin. Evelyn stellte sich vor und zeigte ihren Dienstausweis, daraufhin nickte Simone Koch so heftig, als wollte sie sich selbst bestätigen, dass sie mit ihrer Vermutung richtig gelegen hatte.

»Ich nehme an, es geht um den Tod von Bernd Brook. Meine Kolleginnen und ich haben heute früh davon erfahren und sind tief bestürzt.«

»Ja«, sagte Evelyn einfühlsam. »Und nun würde ich gern mit Herr Roggenkamp sprechen.«

»Selbstverständlich. Aber wir haben strikte Anweisungen. Mündliche Auskünfte an die Polizei erledigt Herr Roggenkamp grundsätzlich persönlich. Wegen der juristischen Relevanz überlässt er das nur ungern uns Mitarbeitern.«

»Er ist also nicht im Haus?«

»Nein, Herr Roggenkamp ist noch im Osterurlaub, aber am Montag zurück. Wenn es aber um eine sehr dringende Auskunft geht, bin ich befugt, der Polizei seine Mobilnummer zu geben.«

»Wo hält er sich denn auf?«

»Auf den Kapverdischen Inseln.« Simone Koch sah auf ihre Armbanduhr. »Da ist jetzt allerdings noch sehr früher Morgen. Wenn Sie ihn vielleicht in drei oder vier Stunden anrufen möchten?«

Evelyn überlegte. So lange wollte sie nicht warten, Gercke wartete auf Informationen. Andererseits sah sie auch keinen Grund, einen angesehenen Notar zu nachtschlafener Zeit im Urlaub zu stören.

»Frau Koch, eventuell können Sie uns ja schon mit einer schlichten Auskunft helfen.«

»Ja bitte?«

»Stimmt es, dass Herr Brook am Donnerstag letzter Woche sein Testament geändert hat? Und dass Herr Roggenkamp das neue Testament bereits beurkundet hat?«

Simone Koch nickte. »So viel darf ich Ihnen sagen: Beides trifft zu. Leider sind wir noch nicht dazu gekommen, Herrn Brook die beurkundete Ausfertigung zuzusenden. Zwei meiner Kolleginnen sind auch noch im Urlaub.«

»Wäre es denn möglich, dass ich eine Kopie von dem neuen Testament mitnehme?«

»Natürlich. Darin sehe ich kein Problem, wir haben schließlich nichts zu verbergen.«

Simone Koch verschwand hinter eine Tür, die vom Empfangsbereich abging. Zwei Minuten später kam sie mit der Kopie zurück.

Evelyn bedankte sich und kündigte an, am Montagmorgen für eine persönliche Unterredung mit Herrn Notar Roggenkamp wiederzukommen.

Dann fuhr sie ins Präsidium, bis zum Termin in der Rechtsmedizin blieb ihr noch eine Stunde. An diesem Morgen hatte sie besonders viel gefrühstückt. Vor Obduktionen machte sie das immer so, schließlich wollte sie nicht unterzuckern. Doch das flaue Gefühl im Magen blieb.

* * *

Im Präsidium wünschte Gercke seinen Mitarbeiterinnen einen wunderschönen guten Morgen. Er freute sich über die aktuelle Kopie aus dem Notariat und legte sie zum Vergleich neben Brooks altes Testament. Die einzigen Unterschiede bestanden tatsächlich im Datum und in der Stelle, wo der Alleinerbe genannt war. Statt des AIDS-Helfer-Vereins stand dort nun Max Pahlberg eingetragen.

»Nach zwölf Jahren ein neuer Letzter Wille, und ein paar Tage später tot in rosaroter Farbe. Ich weiß nicht, was soll das bedeuten?«

»Sie meinen, man will uns auf die falsche Spur führen, Chef?«

»Entweder das oder der Täter wiegt sich in allzu sanfter Sicherheit. Oder die Sache mit dem Testament ist nur Zufall. Vielleicht weiß er gar nichts davon.« Gercke seufzte. »Übrigens, meine Damen. Professor Herxheimer hat vorhin schon angerufen und die ersten Befunde durchgegeben. Demnach ist die Leiche nicht entkleidet worden, auch nicht vorübergehend, und es finden sich keinerlei Hinweise auf sexuelle Handlungen. Fremde DNA-Spuren finden sich allerdings auch nicht.«

»Wobei wir ja davon ausgehen, dass der Täter Brook körperlich überwältigt haben muss«, meinte Jelena. »Wahrscheinlich hat er ja sogar auf Brooks Rücken gekniet, als er ihm die Garotte umgelegt hat.«

Gercke nickte. »Das alles weist auf eines hin: Der Täter hat peinlich genau darauf geachtet, seine eigene DNA schön für sich zu behalten. Mit Sicherheit hat er Handschuhe und Maske getragen. Wobei wir allerdings berücksichtigen müssen, dass es im Laufe der Nacht auf die Leiche geregnet hat, dadurch mögen Spuren verloren gegangen sein. Also auf zur Autopsie!«

Wenig später waren die Kommissarinnen in Jelenas Corsa unterwegs. Ein windiger Himmel bäumte sich über das Grau des Asphalts, es regnete nicht mehr. Der Verkehr auf der Corneliusstraße lief zäh. Wer um diese Uhrzeit in der Innenstadt Auto fuhr, durfte nicht verwöhnt sein. Evelyn starrte angespannt geradeaus.

Jelenas Seitenblick traf sie. »Obduktionen sind nie schön, aber in zwei Stunden haben wir's hinter uns.«

Evelyn versuchte zu lächeln. »Danke, geht schon.« Obwohl Jelena die Kollegin war, mit der Evelyn am engsten zusammenarbeitete, hatte sie mit ihr nie über die private Beziehung zu Herxheimer gesprochen. Auch loyale Kollegen ging das nichts an, fand Evelyn. Doch sie war sich sicher: Jelena wusste schon lange, was los war. Evelyn beließ es dabei.

Sie erreichten den weißen Flachbau auf dem Gelände der Universitätsklinik, ihr Weg führte sie wie gewohnt erst ins Sekretariat und dann in die Umkleide. Mit Kittel und Mundschutz betraten sie den Obduktionsraum.

Herxheimer war bekannt für seine zuverlässige Arbeitsweise. Im Grunde blieb den Kommissarinnen hier nicht viel zu tun. Sie erfüllten die gesetzliche Anwesenheitspflicht, und es hätte gereicht, wenn nur eine von ihnen erschienen wäre. Doch Gercke vertrat die Ansicht, dass Polizisten, die bei einem Tötungsdelikt in vorderster Front ermittelten, auch die Obduktion miterleben sollten. »Wer die inneren Organe des Opfers kennt, sucht viel beherzter nach dem Täter«, pflegte er zu sagen – und die Erfahrung gab ihm recht.

Offenbar fiel es Herxheimer leicht, sich vom privaten Streit mit Hauptkommissarin Eick nichts anmerken zu lassen. Auch Evelyn erfüllte ihre professionelle Rolle. Sie verhielt sich wie üblich, wobei sie direkten Blickkontakt mit Herxheimer vermied. Gern überließ sie Jelena den Platz am Sektionstisch und blieb selbst ein paar Schritte im Hintergrund. Trotz der vielen Berufsjahre hatte sie sich an den Leichengeruch nie gewöhnt. Unter dem Mundschutz, zwischen Oberlippe und Nase, trug sie eine gehörige Portion Menthol.

Ihr Blick fiel auf eine Wandtafel mit den wesentlichen Daten zur Leiche: *männlich, 63 Jahre, 173 cm, 66 Kilogramm.* Das tiefe Rot von Brooks Kopf endete mit einer klaren, rings um den Hals verlaufenden Grenze oberhalb des Adamsapfels. Der Übergang vom Dunkelrot zum Leichenweiß war so scharf, als würde der Kopf gar nicht zum Körper gehören. So etwas hatte Evelyn schon bei anderen Erdrosselungsopfern gesehen. Der Sektionsassistent fotografierte den Befund, an Brooks Kinn haftete noch immer die rosa Farbe.

»Die Mundhöhle bitte auch«, Herxheimer zog Brooks Unterkiefer nach unten. Zähne und Zunge waren mit der rosa Farbe überzogen. Jelena schauderte, Evelyn trat noch einen Schritt zurück.

»Die Farbe ist wasserlöslich und im Mund angetrocknet«, meinte Herxheimer. »Kunstharz wäre vermutlich schon ausgehärtet, dann müssten wir jetzt alles aufbohren.«

Seit achtunddreißig Stunden war Brook tot, inzwischen hatte sich die Leichenstarre gelöst. Die enzymatische Selbstzersetzung des Körpers war in vollem Gange, daran ließ der Geruch keinen Zweifel. Der Assistent drehte Brooks Kopf zur Seite und wusch mit einem Wasserstrahl die Mundhöhle aus.

Wie schnell der Tod einen Menschen entstellt, dachte Evelyn und versuchte, sich auf den Mentholgeruch unter ihrem Mundschutz zu konzentrieren. Aber viel besser ging es ihr damit nicht. Menthol, das erinnerte an Husten und Kinderarzt – auch keine schöne Assoziation.

»Das Gesicht ist stark angeschwollen durch die Flüssigkeitsstauung im Unterhautgewebe«, erklärte Herxheimer.

»So viel wissen wir schon mal: Die großen Blutgefäße am Hals wurden von der Garotte abgeklemmt, als Brook noch lebte.«

»Also hat der Täter ihn erst erdrosselt und dann seinen Mund mit Farbe gefüllt?«, fragte Jelena.

»Ja. Wir haben auch keine eindeutigen Kampfspuren gefunden. Wahrscheinlich hat der Täter ihn blitzschnell überwältigt.«

Etwas fiel Evelyn auf, sie trat doch wieder nah an die Leiche heran. »Hatte er sich etwa den Bart gefärbt?«

»Sieht ganz danach aus«, Herxheimer reichte ihr eine Lupe.

In der Vergrößerung betrachtete sie Bernd Brooks Schnauzbart. Vor der roten Haut zwischen Nase und Oberlippe zeichneten sich die hellgrauen Ansätze der Barthaare ab. Erst ein paar Millimeter oberhalb der Haarwurzeln begann die dunkelbraune Färbung. Zu Beginn der Polizeiausbildung hatte Evelyn noch gedacht, alle schwulen Männer trugen Schnäuzer – und dazu Pilotenbrillen. Sie musste an Waschkes ewigen Spruch denken: *Klischees sind Wahrheiten.* Etwas in Evelyn sträubte sich dagegen, dem Kollegen recht zu geben. So einfach durfte sie es sich nicht machen, das widersprach ihrer Berufsehre.

Herxheimer griff zum Diktiergerät. »Für die Todesart typische Einfluss-Stauung mit massiven petechialen Einblutungen in die Gesichtsunterhaut und deutlicher äußerer Drosselmarke. Abrupte Markierung der Strangulationsebene.« Er schaltete das Gerät ab und erklärte den Befund. »Solche Einblutungen in die Unterhaut kommen übrigens nur vor, wenn während des Drosselvorgangs noch arterielles Blut in den Kopf strömt.«

»Das sagt doch bestimmt was über den Ablauf der Tat?«, fragte Jelena.

»Richtig. Das bedeutet, dass die Zugwirkung am Strangwerkzeug zunächst nicht besonders stark gewesen sein kann. Die Halsarterien waren nicht von Anfang an vollständig abgeklemmt.«

»Aber der Täter hat doch eine Garotte benutzt. Damit geht das Erdrosseln doch besonders schnell. Sozusagen maximale Wirkung bei minimalem Kraftaufwand.«

»Das schon, aber es war wohl doch nicht so einfach, den Draht strammzuziehen. Vermutlich hat sich das Opfer noch gewehrt. Das hat wahrscheinlich etliche Sekunden gekostet, und in dieser Zeit ist weiterhin Blut in den Kopf geflossen.« Herxheimer wies auf Hautabschürfungen an den Kniescheiben und Handballen. »Es sieht danach aus, dass er der Länge nach hingestürzt ist und vergeblich versucht hat, sich abzufangen. Dabei hat der Täter sich von hinten auf ihn gestürzt und die Schlinge umgelegt.«

»Als wir ihn heute Morgen gefunden haben, lag er auf dem Rücken«, meinte Jelena. »Der Täter hat ihn also umgedreht, sobald er sich nicht mehr gerührt hat?«

»Das würde passen. Und gleich darauf hat er ihm die Farbe in den Mund geschüttet.«

»Kann man denn einschätzen, wie groß und wie kräftig der Täter war?«, fragte Evelyn. »Und ob das eigentlich ein Täter allein schaffen konnte?«

»Grundsätzlich kann das ein Einzeltäter gewesen sein, der einigermaßen kräftig und wendig war. Aber sonst kann ich leider kaum was dazu sagen, zur Körperlänge eigentlich gar nichts. Die starke Einfluss-Stauung spricht für einen langsamen Drosselvorgang.«

»Und was bedeutet das?«

»Das kann heißen, der Täter war nicht besonders stark, oder das Opfer hat sich anfangs so heftig gewehrt, dass der

Täter keinen starken Zug aufbauen konnte. Wie gesagt: Wir haben keine Anhaltspunkte für einen längeren Kampf. Noch nicht mal Hautfetzen oder Textilfasern unter den Fingernägeln«, Herxheimer band sich seine Sektionsschürze um, der unangenehmste Teil der Obduktion stand bevor. »Wahrscheinlich hat er es nach dem Sturz nicht mehr geschafft, sich noch mal aufzurichten. Auf dem Rücken haben wir reichlich Hämatome gefunden. Der Täter hat sich vermutlich mit ganzer Kraft auf den Rücken gekniet und die Garotte an den Handstücken langsam eingedreht.«

Jelena schluckte. »Weil er das Opfer quälen wollte?«

»Das lässt sich aus forensischer Sicht kaum beurteilen. Wie der Täter motiviert war, kann ich nicht sagen.«

»Aber wahrscheinlich war er körperlich eher schwach oder sadistisch?«

»Oder ein körperlich schwacher Sadist«, meinte Herxheimer. »Das müssen die Kriminalpsychologen beurteilen. Wir schauen uns das Ganze mal von innen an.«

Der Sektionsassistent öffnete die Haut mit einem Schnitt von der Kinnspitze bis zum Brustbein, dann stach er längs zwischen die Knorpelringe der Luftröhre. Gurgelnd entwich eine Mischung von Atemluft und Fäulnisgas, die sich unterhalb des Kehlkopfs angesammelt hatte. Bernd Brook stöhnte ein letztes Mal.

»Keine Acrylfarbe in der oberen Trachea«, diktierte Herxheimer. »Einblutungen in die kleinen Muskeln des rückflächigen Kehlkopfs, Hornfrakturen von Kehlkopf und Zungenbein unter Beteiligung der Schildknorpelplatte.« Er schaltete das Diktiergerät aus. »So viel ist schon mal klar: Eine suizidale Handlung oder einen Unfall können wir mit an Sicherheit grenzender Wahrscheinlichkeit ausschließen. Und die Farbe wurde ihm erst in den Mund gegossen, als er schon tot war.

Daran konnte er nicht mehr ersticken. Dann schauen wir uns jetzt noch die übrigen Organe an. Bitte klassische Eröffnung.«

Der Assistent setzte das Skalpell zwischen Brooks Schlüsselbeinen an. Evelyn wusste, was jetzt kam: Ein gerader Schnitt bis in den Unterleib. Es folgte die Öffnung des Bauchraums. Spätestens, wenn der Assistent den Darm herausnahm, würde der Gestank unerträglich. Trotz der Mentholpaste unter der Nase musste Evelyn noch ein paar Schritte zurücktreten. Sie lehnte sich an einen leeren Sektionstisch, von hier aus betrachtete sie das weitere Geschehen.

Zwanzig Minuten später lagen Brooks innere Organe auf wuchtigen Metalltellern.

»Das war's im Wesentlichen«, meinte Herxheimer launig. »Ich werde mich ausnahmsweise mal beeilen, heute Nachmittag maile ich euch den Befund. Aber das Wichtigste können wir schon mal zusammenfassen: Keine Hinweise auf sexuelle Handlungen. Tuberkulose, Hepatitis und HIV haben wir bereits serologisch ausgeschlossen. In den inneren Organen ein bisschen Fettleber und leichte Arterienverkalkung. Nichts, woran man in dem Alter sterben müsste.«

»Können wir den Todeszeitpunkt schon näher eingrenzen?«, fragte Jelena.

Der Sektionsassistent packte dicke Lagen von Zellstoff in den ausgehöhlten Leib. Herxheimer wandte sich vom Tisch ab und schaute in seine Akte. »Viel präziser als heute Morgen kann ich die Todeszeit nicht bestimmen. Nach allem, was wir jetzt wissen: zwischen einundzwanzig Uhr und 22.30 Uhr.«

»Aber die Joggerin hat ihn erst heute Morgen um Viertel vor sieben gefunden«, wandte Jelena ein.

»Meinst du, das passt nicht zusammen?«, fragte Evelyn.

Jelena zog die Stirn hoch. »Ich wundere mich nur, dass den ganzen Abend und die ganze Nacht über kein Mensch an dieser Stelle im Park vorbeigekommen ist. Sondern erst am nächsten Morgen.«

»Sieht aber ganz danach aus«, meinte Herxheimer. »Die Lage der Leiche und das Muster der Totenflecken stimmen überein. Es spricht nichts dafür, dass die Leiche an einen anderen Ort verbracht wurde. Alles Weitere kommt dann schriftlich. Die Toxikologie dauert wie immer etwas länger.«

Die Kommissarinnen verließen den Sektionssaal. Evelyn atmete hörbar aus.

»War doch gar nicht so schlimm«, meinte Jelena. »Hat Herxheimer wirklich gut gemacht. Und du auch.«

Evelyn ahnte, worauf Jelena anspielte. Doch auf sie war Verlass. Dankbar lächelte Evelyn der Kollegin zu.

Die Helferin

Im Präsidium traf sich die Mordkommission *Farbe*. Mehr als zwanzig Beamtinnen und Beamte, von denen viele aus anderen Abteilungen stammten, bildeten die Mordkommission unter Gerckes Leitung. Evelyn kannte die Kollegen. Auch Ansgar von Matt war dabei, ein Oberkommissar aus dem Einbruchdezernat. Schon im vergangenen Sommer hatte er mit Evelyn erfolgreich in einer Mordkommission zusammengearbeitet. Vor Jahren waren die beiden für kurze Zeit ein Paar gewesen, aber das war längst kein Problem mehr.

Gercke eröffnete die Sitzung und berichtete, wie weit die Kollegen von der Kriminaltechnik gekommen waren. Demnach wies Brooks violetter Mercedes keine Besonderheiten auf. Die Techniker hatten ihn komplett auseinandergenommen und nichts Auffälliges finden können.

»Bei der rosa Farbe in Brooks Mund handelt es sich übrigens um Mattlack auf Acrylbasis«, fuhr Gercke fort. »Eine gängige Marke, tausendfach im Umlauf. Allein der große Baumarkt in Lichtenbroich hat im ersten Quartal dieses Jahres mehr als hundertachtzig Dosen davon verkauft.«

»So viel Rosa?«, staunte Jelena.

»Ja. Die Abteilungsleiterin hat erzählt, dass dieser Farbton besonders bei kleinen Mädchen beliebt sei. Die lassen sich sämtliche Kinderzimmermöbel damit streichen.« Gercke seufzte. »Ehe die Sache hier noch absurder wird, fragen wir doch mal, was sich bei den Zeugen so tut. Haben wir da was?«

»Leider nichts, was uns wirklich weiterführt«, entgegnete Waschke. »Dabei haben wir jede Menge Hinweise, die Leute nehmen wirklich Anteil an dem Fall. Die üblichen Spinner und Wichtigtuer sind natürlich dabei, aber auch ernsthafte Leute: Jogger und Spaziergänger, die Bernd Brook schon öfter im Volksgarten gesehen haben. Trotzdem sind bis jetzt nur zwei Aussagen brauchbar, die beziehen sich nämlich auf die Zeit unmittelbar vor der Tat. Ein Nachbar aus der Bahnstraße hat gesehen, wie Brook abends gegen Viertel vor acht aus dem Laden kam und wegfuhr. Und dann hat sich noch ein Jogger gemeldet, der Brook gegen halb neun im Park gesehen hat.«

»Wo genau?«, fragte Gercke.

»In der Nähe des Übergangs zwischen dem alten Volksgarten und dem Südpark, an dem breiten Stück der Düssel.«

»Und dieser Mann kannte Brook näher?«

»Nein. Die sind sich nur regelmäßig beim Joggen begegnet und haben sich immer gegrüßt. Nur so im Vorbeilaufen, mit einem Kopfnicken. Das ist schon auffällig: Nicht einer von den Joggern kannte Bernd Brook näher. Alle haben gesagt, dass sie ihn aus den Medien kannten und ansonsten aus dem Park. Er hat immer freundlich gegrüßt, aber länger gesprochen hat keiner mit ihm.«

»Das passt«, Evelyn nickte. »Dasselbe hat sein Prokurist auch schon erzählt. Brook war nur in der Öffentlichkeit ein geselliger Mensch. Wenn es um seine Projekte ging, konnte er nicht genug Medienrummel haben. Aber privat war er völlig zurückgezogen.«

Gercke wandte sich wieder Waschke zu. »Und dieser Mann, von dem Sie gerade sprachen? Dieser Jogger? Das ist dann ja wohl der Letzte, der Brook lebend gesehen hat und von dem wir eine Aussage haben?«

»Sieht so aus, Chef. Zu der Uhrzeit waren nicht mehr viele Jogger im Park, es war schon ziemlich dämmerig, und es fing an zu nieseln. Ansonsten ist diesem Zeugen nichts Besonderes aufgefallen. Brook soll gewesen sein wie immer, ganz normal freundlich.«

»Und an die Uhrzeit Viertel vor neun erinnert der Zeuge sich so genau?«

»Ja. Nach der Begegnung mit Brook ist er zu seinem Auto gejoggt, das stand an der Brinckmannstraße. Losgefahren ist der Mann so ungefähr um sieben vor neun. Jedenfalls war er um kurz nach neun zu Hause in seiner Wohnung in Wersten. Das kommt zeitlich alles hin, und seine Frau haben wir auch schon angerufen. Die kann das alles bestätigen.«

»Also wissen wir immerhin das: Um Viertel vor neun hat Brook noch gelebt. Diese Stelle, wo die beiden sich begegnet sind? Wie lange läuft man von dort bis zum Tatort?«

»Vielleicht fünf Minuten.«

Gercke sah in seine Unterlagen. »Dann können wir zusammen mit den Ergebnissen der Rechtsmedizin zumindest die Tatzeit weiter eingrenzen: zwischen zehn vor neun und halb zehn abends. Und sonst, Herr Waschke? Keine Zeugen, die uns noch weiterbringen?«

»Bisher nicht. Es haben ein paar aufgebrachte Schwule angerufen. Die wollten uns sagen, dass so ein Mord beweist, wie Homosexuelle auch heute noch in unserer Gesellschaft geächtet werden.«

»Nun gut«, auf dieses Thema ging Gercke nicht näher ein. »Ich habe übrigens mit unserer Kriminalpsychologin gesprochen und ihr den Hergang geschildert. Insbesondere dass dem Opfer die rosa Farbe in den Mund geschüttet wurde. Sie sagt, dadurch wolle der Täter den Mund in seiner Bedeutung als sexuelles Organ betonen. Es könne aber gleichzeitig auch das vorliegen, was Psychoanalytiker als *Verschiebung* bezeichnen: Eine Handlung findet an einem bestimmten Körperteil statt, aber eigentlich ist ein anderes Körperteil gemeint. Im vorliegenden Fall hieße das, der Täter wollte mit der Farbe eigentlich den Enddarm markieren, hat aber für seine Handlung den Mund gewählt.« Gercke machte eine Pause. »Was natürlich rein praktische Gründe haben könnte: Der Täter brauchte die Leiche nicht zu entkleiden.«

»Aber die Farbmarkierung steht in jedem Fall als Symbol für eine sexuelle Handlung?«, fragte Ansgar von Matt.

»Ja, so habe ich das jedenfalls verstanden. Vielleicht hat sich der Täter nicht getraut, eine reale sexuelle Handlung an der Leiche zu vollziehen, deswegen die Farbe als Symbol dafür. Oder es schien dem Täter zu gefährlich, weil ein echter Sexualakt zu lange gedauert hätte. Oder es ging dem Täter tatsächlich nur um die Symbolik. Das ist alles spekulativ. Ich habe unsere Psychologin natürlich auch gefragt, inwieweit sich Rückschlüsse auf den Geisteszustand ziehen lassen. Aber auch darauf gibt es keine klaren Hinweise.«

Eine Kollegin, die aus dem Rauschgiftdezernat in die Mordkommission gekommen war, meldete sich zu Wort. »Wenn es nur darum ging, Brook aus dem Weg zu räumen, hätte der Täter die Farbe jedenfalls nicht gebraucht. Es sieht doch sehr danach aus, dass er damit Aufmerksamkeit erzeugen will. Weil er die Farbe im Mund für spektakulär hält, oder weil er damit Brooks Homosexualität in den Mittelpunkt rückt. Als Wink mit dem Zaunpfahl sozusagen.«

Gercke nickte. »Wobei wir überlegen müssen, ob sich der Täter dieses Ritual ausgedacht hat, um uns auf die falsche Fährte zu locken. Wir sollen jetzt nach einem Triebtäter oder sonst wie Verrückten suchen, der in Wirklichkeit gar keiner ist.«

»Also entweder ein geistesgestörter Täter wollte einen Homosexuellen töten?«, fragte Jelena. »Oder ein klar denkender Täter hat es gezielt auf die Person Bernd Brook abgesehen? Und zwar aus Gründen, die mit seinem Schwulsein zu tun haben könnten, aber nicht müssen?«

»So ungefähr.«

Waschke rieb sich die Stirn. »Mir ist das alles zu spekulativ. Wer könnte uns denn noch was Handfestes dazu sagen? Brook hatte doch bestimmt irgendwelche Hausangestellte. Wer so nobel wohnt, putzt kaum selbst.«

Ein Kollege nickte. »Wir haben den Hausmeister befragt. Es gibt zwei Reinigungsfrauen, die einmal in der Woche die Wohnung auf Vordermann bringen, immer gemeinsam. Aber außer Fensterputzen und Staubwischen hatten die wohl nicht viel zu tun, Brook war ein sehr ordentlicher Mensch.«

»Haben Sie mit den Frauen schon gesprochen?«, wollte Gercke wissen.

»Noch nicht. Wir haben eben noch mal versucht, sie anzurufen, bisher ohne Erfolg. Aber der Hausmeister sagt, dass die Frauen immer freitags gekommen sind. Letzten Freitag waren sie auch da, daran kann er sich gut erinnern.«

Gercke nahm die Brille ab und kniff kurz die Augen zusammen. »Was ist mit Brooks Angehörigen?«

»Wir konnten einen Bruder erreichen. Es gibt noch einen zweiten Bruder, eine Cousine und ein paar Neffen und Nichten. Zu allen hatte Brook nur noch sporadisch Kontakt, und keiner von denen hat ihn jemals besucht.«

»Weiß einer von denen, ob Brook einen festen Lebenspartner hatte?«, fragte Jelena. »Oder einen nicht ganz so festen?«

»Vermutlich nicht. Übrigens rechnet auch keiner der Verwandten mit einer Erbschaft. Brook hat denen wohl schon vor Jahrzehnten klar gemacht, dass sie nichts von seinem Geld sehen werden.«

»Und das haben die akzeptiert?«, fragte Gercke.

»Sie mussten wohl. Der Familienzusammenhalt ist anscheinend schon lange verloren gegangen, Brook hat sich früh abgesondert. Seine Eltern sind gestorben, Kinder hatte er nicht. Niemandem steht ein Pflichtteil zu.«

Gercke seufzte. »Keine liebevollen Angehörigen, dafür aber zwei Testamente. Dann können wir uns jetzt überlegen, ob der Mord mit der Testamentsänderung zusammenhängt.«

»Sie denken, es könnte ein Auftragsmord sein?«, fragte Jelena.

»Ja sicher. Gute Killer erledigen so was schnell und diskret.«

»Demnach wäre Pahlberg der Auftraggeber?«

»Entweder das«, meinte Gercke. »Max Pahlberg als Prokurist weiß als Einziger vom neuen Testament und lässt Brook sofort ermorden, um an das Geld zu kommen. Oder es wissen doch noch mehr Leute von der Änderung, nämlich die Nutznießer des ersten Testaments. Und die hoffen, das neue ist noch nicht rechtsgültig, und lassen Brook beiseite schaffen. In letzter Minute sozusagen.«

»Also der AIDS-Helfer-Verein?«, fragte Ansgar von Matt.

»Ganz genau. Der hat vor zwei Stunden nämlich schon Kontakt zu uns aufgenommen. Höchstpersönlich sogar. Um nicht zu sagen: als Leibhaftige.«

Waschke schmunzelte. »Brigitte Ranzler?«

»Richtig. Offensichtlich weiß sie noch nichts von dem neuen Testament. Jedenfalls hat sie mir erzählt, dass ihr Verein der Alleinerbe sei. Und dass sie lieber schon mal selbst komme, statt darauf zu warten, dass wir uns bei ihr melden. Offenbar hat sie Angst davor, wir könnten den Verein verdächtigen. Wenn sie nun zu uns kommt, kann sie diesen Verdacht abschütteln.«

Ansgar von Matt blies Luft aus den Wangen. »Und Sie haben ihr noch nichts von dem neuen Testament erzählt?«

»Selbstverständlich nicht. Und so wie sie auftritt, weiß sie offenbar wirklich nichts von der Testamentsänderung.«

Gercke wandte sich an Evelyn und Jelena. »Sie beide dürfen Frau Ranzler befragen, ich hatte vorhin dazu leider nicht die Zeit. Aber sie kommt um siebzehn Uhr wieder und freut sich darauf, als gute Bekannte und Mitstreiterin von Herrn Brook ausführlich vernommen zu werden. Genau so hat sie das jedenfalls formuliert.« Grinsend setzte er seine Brille wieder auf. »Bitte zügeln Sie Ihre Begeisterung, meine Damen. Bevor Sie das Vergnügen mit Frau Ranzler haben, müssen wir hier noch ein paar Punkte abarbeiten.«

Gercke wurde wieder ernst und brachte das Thema auf die weiteren Ermittlungsschritte. Anderthalb Stunden später, mit dem Ende der Sitzung, bat er Evelyn und Jelena zu sich. »Was haben Sie morgen auf dem Programm? Noch mehr Befragungen?«

»Ja, Moment.« Jelena blätterte in ihrem Notizblock. »Wegen des Alibis von Christian Zürns: seine Mutter und den Inhaber vom *Professor Jazz*. Dann ein gewisser Dimitri Kasarakios, das war der letzte Kunde, den Bernd Brook bedient hat. Und natürlich Ingbert Fenn-Heindel.«

»Gut. Die ersten drei teilen Sie bitte unter sich auf. Da reicht es wohl, wenn jeweils eine von Ihnen sich darum kümmert. Und Herrn Fenn-Heindel sollte ich mich wohl selbst widmen – angesichts dessen, was dran hängen könnte. Frau Eick, wie wär's, wenn Sie mir beim Protokoll helfen? Und Frau Borkuschewa kriegt mal ein paar Stunden frei, falls nichts ganz Akutes ansteht.«

»Gern«, Evelyn nickte. Ihr war es recht, den ganzen Samstag zu arbeiten. Das lenkte wenigstens von Lars ab.

* * *

Nach der Mordkommission-Sitzung gönnten Evelyn und Jelena sich einen Kaffee in der Kantine, dann gingen sie zurück zum Kommissariat. Dort saß sie: Düsseldorfs bekannteste AIDS-Helferin. Mit nach unten gestreckten Armen, beide Fäuste auf die Sitzfläche gepresst, hatte Brigitte Ranzler sich auf einer Wartebank vor der Tür von Jelenas Büro niedergelassen. Sie trug ihre braunweiß gestreifte Wolljacke, mit der sie immer wieder auf Zeitungsfotos zu sehen war.

»Endlich!« Sie erhob sich und ging den Kommissarinnen entgegen.

Evelyn konnte sich nur darüber wundern, wie agil die massige Frau sich bewegte. Auf den ersten Blick erinnerte Brigitte Ranzler an ein träges, feistes Tier, doch das täuschte; auf den zweiten Blick schien sie durchaus sportlich zu sein.

Evelyn wollte sich und Jelena vorstellen, doch Brigitte winkte ab. »Freut mich, freut mich, Ihr Chef hat mir schon erzählt, wie Sie beide heißen. Fangen wir bitte gleich an. Als Erstes sage ich Ihnen, was ich heute Morgen auch schon Ihrem Chef gesagt habe: Dass von unserem Verein nämlich ganz bestimmt keiner unseren Bernd ermordet hat. Das können sie ja auch daran sehen, dass ich direkt zu Ihnen komme. Die Geschichte ist furchtbar tragisch, und wir sind auch sehr traurig, aber trotzdem muss ja jetzt alles seinen korrekten Gang gehen.« Erwartungsvoll sah sie zwischen Evelyn und Jelena hin und her.

»Das soll es auch, Frau Ranzler«, Jelena schloss ihr Büro auf und ließ Brigitte eintreten. »Aber lassen Sie uns einen Moment, damit wir hier alles vorbereiten können. Und falls es Sie beruhigt: Wir haben keinen konkreten Verdacht gegen Sie.«

»Selbstverständlich nicht«, energisch nahm Brigitte auf einem der Besucherstühle vor dem Schreibtisch Platz. »Bernd war einer meiner besten Freunde. Ich weiß noch, wie er seine Boutique aufgemacht hat, 1972 als ganz junger Mann mit dem Geld seiner toten Großeltern. Was das damals für einen Aufstand gab bei den Düsseldorfer Einzelhändlern und auch im Stadtrat. Damals war ja alles noch stockkonservativ hier – trotz der Achtundsechziger und allem. Da saßen überall noch alte Nazis. Es hieß, das Gewerbeaufsichtsamt sollte den Laden sofort schließen. Und die Kirche organisierte Schweigemärsche wegen drohendem Sittenverfall und wegen Jugendgefährdung. Die versammelten sich sogar nachts vor Brooks Laden und blockierten bis zum nächsten Morgen den Eingang. Brook musste die Polizei holen, um die Boutique überhaupt zu betreten. Das können Sie mir glauben. Diese Zeiten sind zwar zum Glück vorbei, aber Sie sehen ja selbst, was passiert ist. Und Sie wollen mir doch wohl nicht erzählen, dass da keine militanten Schwulenfeinde dahinterstecken.«

Jelena setzte sich hinter den breiten Monitor. »Dazu kommen wir später, Frau Ranzler«, entgegnete sie freundlich. »Wir müssen bitte zunächst Ihre Personalien aufnehmen.«

Brigitte schnaubte. Sie machte ungeduldig, aber präzise die nötigen Angaben. Ohne zu murren holte sie sogar ihren Personalausweis aus der gestreiften Jacke. Nicht nur das altgediente Kleidungsstück sah zauselig aus, Düsseldorfs oberste AIDS-Helferin wirkte von Kopf bis Fuß verzottelt. Das mochte an ihren Haaren liegen, dachte Evelyn, vermutlich schnitt sie sich die grauen Fransen selbst. Immerhin roch sie nicht verschwitzt, sondern eigenartig süßlich nach Lavendel. Vielleicht besprühte sie die Wolljacke regelmäßig mit Lavendelöl. In Brigittes großem Herz gab es offenbar keinen Platz für Kleidermotten.

Mit vielsagendem Blick zog sie ein Schriftstück hervor – eine Kopie von Bernd Brooks altem Testament.

»Hier steht schwarz auf weiß, dass unser Verein Bernds Alleinerbe ist. Und ich will jetzt wissen, wann wir den Erbschein kriegen.«

»Wir kennen dieses Dokument«, erklärte Evelyn höflich. »Das Original liegt uns vor.«

»Umso besser. Sie ahnen gar nicht, wie dringend wir das Geld brauchen. Wir haben Projekte in Südafrika, in Bolivien und selbstverständlich auch bei uns. Überall warten Menschen auf Hilfe.«

»Unsere Ermittlungen sind aber längst noch nicht abgeschlossen. Vorerst wird das Gericht Ihrem Antrag auf einen Erbschein nicht stattgeben.«

»Es wäre aber absolut in Herrn Brooks Sinne!« Brigitte straffte die Schultern. »Er hat uns als Erben eingesetzt, und es kann nicht sein, dass die Behörden jetzt seinen Letzten Willen konterkarieren.«

Evelyn blieb ruhig. »Aber bestimmt verstehen Sie, dass es zunächst darum geht, Herrn Brooks Todesfall aufzuklären. Die Erbsache wird nachrangig behandelt. Ich verspreche Ihnen, dass ich Sie persönlich benachrichtige, wenn unser Staatsanwalt grünes Licht für den Erbschein gibt.«

Brigitte schwieg und schnaubte.

»Aber da Sie schon mal bei uns sind, Frau Ranzler, sagen Sie uns doch bitte, wo Sie am letzten Mittwoch zwischen zwanzig und zweiundzwanzig Uhr waren.«

»Das müssen Sie mich natürlich auch fragen.« In Brigitte kochte die Wut hoch. »Die Polizei will ja schließlich sichergehen, dass ich nicht einen meiner besten Freunde und Kollegen umgebracht habe.« Bevor die Kommissarinnen etwas entgegnen konnten, mäßigte sie sich. »Schon gut. Sie tun nur Ihre Pflicht. Darum sage ich Ihnen: Ich war Mittwochabend beim Blutspenden, so gegen halb neun. Für das Rote Kreuz in der Sankt-Cäcilia-Schule. Das ist eine Grundschule in Benrath.«

»Sie spenden in Ihrem Alter noch Blut?«, fragte Evelyn erstaunt.

»Seit ich zwanzig bin und auch weiterhin, ja. Eigentlich liegt die Grenze bei sechzig Jahren, aber manchmal gibt es Ausnahmen. Wenn man ganz gesund ist und es immer gut vertragen hat.«

Evelyn überlegte, ob es für Brigittes Hilfsbereitschaft irgendwelche natürlichen Grenzen gab. »Und dort waren Sie gegen 20.30 Uhr? So spät also noch?«

»Ja. Die bieten Abendtermine für Berufstätige an.«

»Wie lange haben Sie sich denn insgesamt in dieser Schule aufgehalten?«

»Ich war pünktlich um acht da und musste warten wegen des großen Andrangs. Um halb zehn bin ich nach Hause gefahren. Möchten Sie sonst noch was wissen?«

»Natürlich«, gab Evelyn zurück. »Ob Sie sich vorstellen können, wer Bernd Brook ermordet haben könnte?«

»Selbstverständlich nicht!« Brigitte Ranzler begann zu glühen – ob eher vor Zorn oder vor Eifer war nicht erkennbar. In einer gut dreiminütigen Tirade ließ sie sich aus über die Schwulenfeindlichkeit in der modernen Gesellschaft.

Jelena tippte die wichtigsten Sätze mit. Als es darum ging, das Protokoll zu unterschreiben, zeigte Brigitte sich auffallend zahm. Offenbar hatte sie sich ausgetobt. Auch ihr Ärger über den noch nicht vorliegenden Erbschein schien wie weggeblasen. Jelena und Evelyn zogen es dennoch vor, Brooks neues Testament nicht zu erwähnen.

Sobald Brigitte gegangen war, riefen sie die Blutspendezentrale vom Deutschen Roten Kreuz an. Dort bestätigte man gern, dass es Abendtermine für berufstätige Spender gab.

Doch die Kommissarinnen erfuhren noch etwas – und das ließ sie aufhorchen.

* * *

Olivers Eltern hatten die Gaststätte Bärenstube, *über der sie auch wohnten. Ganz oben im Dachgeschoss gab es einige Fremdenzimmer.*

»Wir sind nicht so gut wie ein Hotel, aber besser als eine Pension«, sagte er, wenn wir ihn fragten, was das denn für Menschen seien, die dort Zimmer mieteten.

Meistens berichtete er dann von Leuten, die in der Stadt arbeiten mussten. Oder die zu Besuch waren, aber bei ihren Gastgebern nicht übernachten konnten. Solche Herrschaften wohnten in den Fremdenzimmern über der Bärenstube.

Eines Morgens erzählte Oliver von einem Mann, der ein paar Tage im Dachgeschoss gewohnt hatte. In der Nacht hatte er sich erschossen. »Mit einem Schrotgewehr, ganz dicht unters Kinn gehalten und mit einem Schluck Wasser im Mund. Der ganze Kopf war Matsch.«

»Auch mit Gehirn und so?«, fragte ein anderer Junge.

»Ja, alles mit Blut voll, auch Gehirn und Zunge und Augen. Alles totaler Matsch.«

Wir wollten natürlich wissen, warum der Mann das gemacht hatte. Da zog Oliver uns nah an sich heran und erzählte, dass der Mann irgendwie Kummer mit einem zweiten Mann hatte. Und beide Männer waren andersrum.

Die meisten von uns verstanden nicht gleich, was Oliver meinte, darum zeigte er auf seinen Hosenschlitz. »Die machen da was zusammen.«

Die anderen Kinder sagten »Aaah!« und kicherten, als wüssten sie jetzt Bescheid. Ich gehörte zu den Jüngsten in der Klasse, richtig verstanden hatte ich das immer noch nicht, und ich wollte auch niemanden fragen. Immerhin wusste ich jetzt: Es gibt Männer, die sind andersrum, *und das ist gefährlich. So gefährlich, dass diese Männer sich sogar selbst erschießen, und dann ist der Kopf nur noch Matsch.*

* * *

Um halb acht verließ Evelyn das Präsidium. Sie fühlte sich erschöpft. Normalerweise wäre sie jetzt ins Fitness-Studio gefahren, beim Sport konnte sie sich beweisen, was trotz zwölf anstrengender Stunden noch in ihr steckte. Doch an diesem Abend machte sie sich auf nach Wittlaer zu ihrem Bruder Stefan. Schon vor einer Woche hatte er sie zum Essen eingeladen, und sie hatte gern zugesagt.

Den Tod des Vaters vor einem halben Jahr hatte Stefan schlechter verkraftet als Evelyn, er litt schon lange unter seiner Einsamkeit. Inzwischen war er seit fast anderthalb Jahrzehnten geschieden, in dieser Zeit hatte keine andere Frau in seinem Leben Platz gefunden. »Es muss richtig passen, sonst verzichte ich lieber ganz«, meinte er dazu. Doch vor ein paar Monaten hatte er angefangen, sich zu verändern. Er wirkte ausgeglichener und deutlich besser gelaunt. Als Evelyn ihn darauf ansprach, erzählte er, dass er ein neues Hobby für sich entdeckt hatte: das Kochen. Sie freute sich mit ihm, auch wenn sie sich nur darüber wundern konnte, was der Zeitgeist anrichtete. Wahnhaft in den Töpfen rührten selbst solche Menschen, die kurz zuvor noch mit einer Tütensuppe zufrieden gewesen waren. Doch bei ihrem Bruder zeigte sie sich verständnisvoll: Ihm machte das Kochen sichtlichen Spaß, er war beschäftigt, er ernährte sich gut. An diesem Abend kam ihr die Einladung besonders entgegen, ihre Arbeit hatte sie hungrig gemacht.

Sie lenkte ihren Golf in Richtung Norden, die Schnellstraße führte an einem Wall entlang, der das Gelände des Flughafens begrenzte. Evelyn musste an Bernd Brook denken. Hinter dem Flugfeld im Gewerbegebiet standen die Hallen vom *Mann-O-Mann-Versand*. Eine Kollegin aus der Mordkommission beschäftigte sich mit Brooks finanziellem Hintergrund. Von ihr wusste Evelyn: Mit dem Versandhandel hatte Brook das richtig große Geschäft gemacht, die Boutique in der Innenstadt war dagegen nur ein kleines Licht in der Gesamtbilanz.

Es fing an zu nieseln, Evelyn stellte den Scheibenwischer auf eine niedrige Stufe. Für die Nacht war noch mehr Regen angekündigt. Sie nahm sich vor, bis spätestens elf Uhr zurück zu sein, aber wahrscheinlich würde sie das sowieso nicht schaffen, schließlich wollte sie Stefan nicht kränken, wenn er so aufwändig für sie kochte.

Nach ein paar weiteren Kilometern bog Evelyn in die Auffahrt zum ehemaligen Bauernhof, ihr Bruder hatte die Wegbeleuchtung schon für sie eingeschaltet. Zu beiden Seiten des Zufahrtswegs erstreckten sich Rasenflächen zwischen Buchsbaumhecken, hier lag Stefans Tierfriedhof. Er war gelernter Schreiner und zimmerte die Särge selbst. Seine Kunden vertrauten ihm. Sie konnten sicher sein, dass er ihre Lieblinge wirklich beisetzte und nicht etwa heimlich an den Abdecker verkaufte.

Neben dem Wohnhaus waren weitere Teile des ehemaligen Gehöfts stehen geblieben. Die Ställe dienten inzwischen als Wirtschaftsräume und Garagen, die Werkstatt zur Sargfertigung hatte Stefan in der alten Remise untergebracht. In diesem Anwesen war Evelyn aufgewachsen und bei Vater und Bruder geblieben, als die Mutter wegen eines anderen Mannes die Familie verlassen hatte. Damals war Evelyn zwölf gewesen, mit neunzehn hatte sie ihre Ausbildung bei der

Polizei begonnen und in verschiedenen Städten gearbeitet. Seit gut zwei Jahren lebte sie wieder in Düsseldorf, in einer eigenen Wohnung nicht weit vom Zentrum. Den Schlüssel zu ihrem Elternhaus hatte sie immer behalten. Evelyn parkte den Golf direkt vor der Tür.

Stefan kam ihr im Flur entgegen und umarmte sie vorsichtig, er trug eine fleckige Schürze. Sie sah in sein Gesicht. Immer wieder erkannte sie darin ihre eigenen Züge und wunderte sich darüber, dass ein Mensch, der so ganz anders tickte als sie selbst, doch ihr Bruder war. Vierzehn Jahre lagen zwischen den Geschwistern, für das kommende Jahr plante Stefan eine große Feier zum Fünfzigsten. Sein spärlicher Haarwuchs ließ ihn eher noch älter aussehen.

»Komm rein. Ich zeige dir meine neuste Errungenschaft, und du darfst gleich helfen.«

Sie betraten die Küche, Evelyn staunte. Auf dem alten Esstisch mit der massiven Holzplatte prangte in glänzendem Chrom eine riesige Nudelmaschine.

»Gute Gebrauchsqualität«, meinte Stefan bescheiden, »und rein mechanisch, ganz ohne Strom. Das sind die besten.« Er lächelte. »Jetzt begrüß deine Fans, und dann legen wir los.«

Evelyn kniete sich hin. Wladimir und Vitali waren aus ihrem Korb gekommen, um sich vom Frauchen streicheln zu lassen. Im letzten Sommer, nach dem Abschluss eines schwierigen Mordfalls, hatte Stefan ihr die beiden kleinen Kater geschenkt. Anfangs überlegte Evelyn, sie mit zu sich zu nehmen, dann entschied sie sich anders. Hier auf dem ehemaligen Bauernhof ging es den Katzenbrüdern besser als in der Stadtwohnung. Sie hatten sich prachtvoll entwickelt und auch die Kastration gut überstanden. Damit sie nicht fett wurden, fütterte Stefan sie kaum und ließ sie Mäuse jagen.

Evelyn kraulte ihre Lieblinge, derweil holte Stefan ein in Frischhaltefolie geschlagenes Päckchen aus dem Kühlschrank.

»Lass mich raten«, sie richtete sich auf, die Kater strichen ihr um die Füße. »Nudelteig zum Plattwalzen?«

»Genau. Und daraus stechen wir schöne Kreise aus.«

»Dann wasche ich mir erst mal die Hände.«

»Tu das«, Stefan wickelte den Teig aus der Folie.

Als sie aus dem Badezimmer kam, war er dabei, Mehl auf die Tischplatte zu sieben. Sie ließ ihre Handflächen berieseln. »Was für Nudeln machen wir eigentlich?«

»Ravioli mit Ricotta-Lauch-Füllung. Und darüber gießen wir ein hübsches Sößchen aus Sahne und Trüffelbutter.«

»So was Edles? Nur für uns beide?«

Er lachte auf. »Was wäre mir schon zu teuer für dich? Außerdem muss ich üben. Ich habe mich angemeldet. Für ein Single-Dinner.«

Evelyn kannte solche Veranstaltungen nur aus dem Fernsehen. Menschen, die sich nicht kannten, bekochten sich gegenseitig und lernten sich dabei kennen. Ihr selbst wäre nie eingefallen, daran teilzunehmen. Und das hatte nichts damit zu tun, dass sie nicht kochen konnte. Diese Art von Freizeitgestaltung erschien ihr erzwungen, verkrampft und peinlich. »Wenn du dich damit wohlfühlst, ist es bestimmt in Ordnung«, meinte sie freundlich.

»Das ist ganz seriös«, verteidigte Stefan sich. »Eine Agentur vermittelt das, und die hat einen Ruf zu verlieren. Wir treffen uns zu sechst. Drei Männer, drei Frauen, alle zwischen dreißig und fünfzig. Nur die Männer kochen und bewirten, und zwar in den eigenen Wohnungen. Die Frauen dürfen genießen. Jeder Mann bereitet einen Gang zu, und die Agentur fährt von einem Ort zum nächsten.«

»Lass mich noch mal raten: Deine Nudeln sind die Vorspeise, und ich bin dein Versuchskaninchen?«

»Genau«, Stefan klemmte die Nudelmasse zwischen die Walzen der Maschine und kurbelte, Evelyn zog vorsichtig daran. Nach weiteren Durchgängen entstand ein Teig von knapp einem Millimeter Dicke, behutsam breiteten sie das zarte Gebilde auf der Tischplatte aus.

»So«, meinte er zufrieden, »das Schlimmste ist geschafft. Jetzt darfst du erzählen, was los ist. Dir geht es nicht gut, das merke ich doch.«

»Die Arbeit«, meinte sie ausweichend und wusste doch, dass sie seinen Fragen nicht entgehen konnte. »Wir haben einen neuen Fall.«

»Und sonst?«, fragte er prompt. »Was ist mit Lars?«

Zweimal hatte sie Lars zu Treffen mit Stefan mitgebracht, und ihr Bruder hatte ihr gratuliert zu diesem Mann.

»Ist nicht so einfach mit uns in letzter Zeit.«

Stefan sah seine Schwester kritisch an. »Du weichst aus.«

»Ja, tue ich«, entgegnete Evelyn mit unterdrückter Wut. Sanfter fuhr sie fort: »Wir haben uns gestritten. Und jetzt geht es irgendwie nicht weiter.«

»Weil ihr Angst habt, dass ihr dann noch mehr streiten könntet? So sehr, dass ihr dann vielleicht sogar die ganze Sache beendet?«

Sie starrte auf den Nudelteig. »Ja, so ähnlich. Jedenfalls kann ich im Moment nicht mehr dazu sagen.«

Doch Stefan ließ nicht locker. »Wenn da ein dickes Problem zwischen euch steht, bleibt euch doch gar nichts anderes übrig, als das zu bereden. Da müsst ihr euch eben auseinandersetzen.« Er lächelte. »Ja, ja. Ich weiß schon, was du sagen willst. Ich habe keine Ahnung von all dem. Ich habe ja selbst eine Ehe vor die Wand gefahren und danach keine neue Frau mehr gefunden.«

»Das meine ich nicht«, erwiderte Evelyn leise. »Aber auch wenn du mir noch so gute Ratschläge gibst: Ich kann nicht mit dir darüber reden. Und auch mit niemandem sonst.«

Stefan nickte und fragte nicht weiter. Mit einem dünnwandigen Trinkglas stach er sechzehn Kreise aus dem Nudelteig.

»Für uns muss das ja als Hauptspeise reichen.«

Er löffelte die Ricotta-Lauch-Füllung auf die Teigscheiben und formte halbrunde Ravioli, mit einer Gabel drückte er die Ränder ein.

»Die Sahne habe ich schon eingekocht. Da kommt gleich nur noch die Trüffelbutter dran. Dazu gibt es Riesling oder Weißburgunder.« Er wies auf zwei Weinflaschen. »Mach bitte beide auf. Wir probieren, welcher besser passt.«

Evelyn griff zum Korkenzieher. »Aber du weißt schon, dass ich nicht viel trinken darf? Ich muss heute Abend noch nach Hause.«

»Musst du nicht«, entschied Stefan, »du kannst doch hier übernachten.«

»Nein, ich fahre. Wir haben morgen noch Zeugenbefragungen und eine Pressekonferenz.«

»Interessiert nicht. Zur Arbeit kommst du auch von hier aus.«

Evelyn gab sich geschlagen. Sie goss die Weine ein und probierte. »Zur Trüffelsoße passt der Weißburgunder wahrscheinlich besser. Der Riesling ist vielleicht eine Spur zu trocken.«

»Ja, habe ich auch schon überlegt.«

Zehn Minuten später saßen sie am Tisch, Evelyn nahm den ersten Bissen und schloss verzückt die Augen. »Alles ganz wunderbar.«

»Na, dann hau rein.«

Beide genossen das Essen, Evelyn berichtete vom neuen Fall. Bei Stefan waren ihre Dienstgeheimnisse gut aufgehoben, sie brauchte jemanden, dem sie sich anvertrauen konnte. Und als der Weißburgunder zur Neige ging, erzählte sie doch von dem Streit zwischen ihr und Lars: Seine Noch-Ehefrau hatte einen neuen Partner, nun beanspruchten die beiden Töchter ihren Vater stärker für sich. »Er muss ständig für die beiden da sein. Sie rufen an, und er soll sofort auf der Matte stehen.«

»Und er lässt sich darauf ein?«

»Meistens jedenfalls. Mit mir kann er kein Wochenende mehr in Ruhe planen.«

»Also konkurrierst du mit zwei Kindern«, meinte Stefan gelassen. »Wie alt sind die noch mal?«

»Zehn und zwölf. Patrizia und Nina.«

»Kurz vor der Pubertät also, oder schon drin. Tja. Ich habe zwar keine eigenen Erfahrungen, aber es heißt ja immer, dass eine Vaterfigur für Mädchen in diesem Alter besonders wichtig ist.«

»Schon«, entgegnete Evelyn mit Nachdruck. »Ich will denen ja auch nicht ihren Vater wegnehmen. Aber bei der wenigen Freizeit, die Lars und ich haben, sehen wir uns doch sowieso kaum noch. Da könnte man sich doch wenigstens darauf einigen, dass er jedes zweite Wochenende ohne die Kinder verbringt. Das geht in anderen Familien doch auch.«

»Aber Lars will das nicht?«

»Nein. Er meint, er muss für die Mädchen zeitlich flexibel bleiben.«

Stefan sah seine Schwester kritisch an. »Ich glaube, das ist gar nicht der Punkt. Es ist doch wohl eher so, dass du eifersüchtig auf die Kinder bist, weil du gern eigene mit ihm haben möchtest.«

Es hatte keinen Sinn, ihm zu widersprechen. »Ja klar«, sagte sie. »Findest du das so unverständlich?«

Er lächelte. »Nein. Natürlich nicht. Und ich würde es dir von ganzem Herzen gönnen. Aber solange seine bisherigen Kinder noch so klein sind und eure gemeinsamen Kinder noch nicht da sind, wird er sich um seine Töchter kümmern. Aber ihr könnt bestimmt eine Lösung finden. Gib ihn nicht einfach auf. Er ist das Beste, was dir seit Langem passiert ist.«

Evelyn starrte auf ihren Teller, sie kämpfte gegen die Tränen.

»Alles gut. Ihr schafft das schon«, Stefan nahm ihre Hand.

Einige Momente schwiegen sie. »Und welchen Wein soll ich nun nächste Woche nehmen? Diesen Weißburgunder, oder?«

Evelyn blickte auf und versuchte zu lächeln. »Ja sicher.« Sie weinte nicht. Stefan war auf ihrer Seite, das wusste sie, auch wenn er ihr manchmal weh tat.

Die beiden blieben noch lange am Tisch sitzen und tauschten sich aus. Erst gegen zwölf Uhr lag Evelyn im Bett ihres alten Mädchenzimmers - übersatt, aber zufrieden.

Der Freund

Um halb acht weckte Stefan seine Schwester, er hatte schon das Frühstück bereitet. Ihm zuliebe aß sie zwei Scheiben Toast. Es regnete, unter einem schwarzen Schirm begleitete er sie zum Wagen. »Wenn dir noch was zu den Ravioli einfällt, also irgendwas, das ich noch besser machen könnte, dann rufst du mich an, ja?«

Sie versprach es und fuhr ins Stadtzentrum zurück.

Die Mutter von Saxophonist und Aushilfsverkäufer Christian Zürns wohnte gegenüber dem Zoopark, nah an der B8, die sich hier als Brehmstraße durch das Stadtviertel zog. Evelyn sah an der Fassade des Mehrfamilienhauses aus dem späten 19. Jahrhundert empor. Das Haus hatte sicherlich bessere Zeiten erlebt, heute waren die Bewohner heftigem Verkehrslärm ausgesetzt, sobald sie die Fenster zur Vorderseite öffneten. Eine breite geschwungene Holztreppe führte in den dritten Stock.

Über den Besuch wunderte Mildred Zürns sich nicht. »Christian hat schon erzählt, dass Sie ihn vernommen haben. Kommen Sie bitte rein.«

Sie führte Evelyn in ein kleines, zum Garten gelegenes Wohnzimmer. Die Einrichtung war schlicht und offenbar schon älter, dabei gut gepflegt. Evelyn erkannte Regale und Sessel aus einem bekannten Möbelkatalog, dort gehörten sie zu den Klassikern. Auch im eigenen Äußeren ließ Mildred Zürns ihren Sinn für eine gewisse Zeitlosigkeit erkennen. Sie war großgewachsen und dreiundsechzig Jahre alt, wirkte durch den weißblonden Kurzhaarschnitt jedoch bedeutend jünger.

»Es ist so tragisch, was passiert ist«, mit einer Handbewegung bot sie Evelyn an, Platz zu nehmen. »Herr Brook war so ein feiner Mann. Und ein gutes Vorbild für seine Angestellten. Ausgerechnet er musste derartig grausam sterben. Wirklich sehr, sehr traurig.«

»Das ist es«, bestätigte Evelyn und begann mit der Befragung. Die Angaben von Mildred Zürns deckten sich mit dem, was Christian bereits ausgesagt hatte.

»Gab es denn im Haus noch jemand anderen, der Ihren Sohn um diese Zeit gesehen hat?«

Mildred Zürns überlegte einen Moment. »Ja«, sagte sie erleichtert. »Ja, sicher. Unsere Nachbarn, die Kornmüllers. Ein altes Ehepaar, direkt gegenüber auf der Etage. Die wohnen hier schon seit über dreißig Jahren. Und jetzt schaffen sie die vielen Treppen nicht mehr so gut. Darum helfe ich immer, wenn die was Schweres hoch tragen müssen. An dem Abend hat Christian für die Kornmüllers einen Kasten Wasser aus dem Keller geholt. Daran kann ich mich noch erinnern, er hat mir nämlich auch gleich eine Kiste mit hochgebracht, und eine Flasche davon haben wir dann zum Essen getrunken.«

Evelyn machte sich Notizen. »Noch was anderes, Frau Zürns: Wie ist denn eigentlich Ihr Verhältnis zu Ihrem Sohn?«

»Gut. Sehr gut«, sagte Mildred Zürns sofort, zögerte dann aber doch. »Wie meinen Sie das? Wollen Sie wissen, wie ich finde, dass er homosexuell ist?«

»Das vielleicht auch. Ich meinte die Frage eher allgemein. Aber wenn Sie möchten, können Sie natürlich auch dazu etwas sagen.«

»Also im ersten Moment war das für mich nicht einfach«, erwiderte Mildred Zürns auffallend schnell. »Und für seinen

Vater auch nicht. Wir haben uns scheiden lassen, als Christian vierzehn war, aber die beiden haben immer guten Kontakt gehabt. Dass er schwul ist, hat er uns mit siebzehn gesagt. Wir haben das inzwischen akzeptiert. Es ist eben so, und Christian ist damit glücklich. Seit zwei Jahren hat er sogar einen festen Freund. Torben, ein ganz feiner Junge. Die beiden wollen zusammenbleiben und später sogar Kinder adoptieren. Wir hoffen alle, dass das bald auch in Deutschland erlaubt ist. Christian und Torben wären ganz sicher wunderbare Väter.«

»Das ist schön.«

»Ja. Mein Ex-Mann und ich, wir freuen uns schon so auf unsere Enkelkinder. Und die Eltern von Torben freuen sich auch.«

Evelyn lächelte höflich. »Eine Frage noch, Frau Zürns.«

»Aber sicher.«

»Ihr Sohn hat uns erzählt, dass er sich auch politisch engagiert. In der *Partei für Bürgerliche Werte*. Wie ist denn Ihre Haltung dazu?«

Mildred Zürns lachte auf. »Das kann ich Ihnen gern sagen: Ich finde Christians Engagement ganz wunderbar. Ich unterstütze ihn da, wo ich kann«, sie strahlte Evelyn an. »Hat mein Sohn Ihnen auch von Claus Tebbe erzählt, dem Parteivorsitzenden? Wir sind gute Bekannte, eigentlich Freunde. Um genau zu sein. Seine Ehefrau Katharina und ich sind gute Freundinnen.«

»Aha«, Evelyn gab sich verbindlich. »Nein, davon hat er nicht erzählt. Aber das trifft sich ja sicher gut, wenn über das Politische hinaus auch noch eine private Bindung besteht.«

»Absolut«, Mildred Zürns nickte heftig. »Haben Sie denn sonst noch Fragen, Frau Kommissarin? Wir helfen Ihnen gern.«

Evelyn überlegte. Hatte es Sinn, mit dieser Frau über die politische Überzeugung ihres Sohns zu sprechen? Oder die Inhalte der Partei? Wohl kaum, jedenfalls nicht im Moment. »Vielen Dank, Frau Zürns. Für die Polizei ist damit erst einmal das Wichtigste geklärt.« Evelyn stand auf und ließ sich in den Flur begleiten.

Bevor sie das Haus verließ, klingelte sie an der Nachbarwohnung. Sieglinde Kornmüller öffnete, eine aufgeweckte Dame von achtundsiebzig Jahren. Sie versicherte, dass Christian Zürns ihr an besagtem Abend gegen einundzwanzig Uhr eine Kiste Wasser aus dem Keller geholt hatte. Evelyn bedankte sich und fuhr zurück ins Präsidium.

Jelenas Befragungen bei Dimitri Kasarakios und beim Geschäftsführer von *Professor Jazz* hatten keine Neuigkeiten ergeben, beide bestätigten die vorliegenden Aussagen.

Kurz darauf begann die Pressekonferenz. Wie erwartet stieß der Mordfall Brook auf starkes Interesse, dicht gedrängt füllten die Vertreter der Medien den Konferenzsaal. Gercke saß auf dem Podium, neben ihm Polizeipräsident Prybilski, Polizeirätin Beck und Staatsanwalt Dausmann. Trotz der Brisanz des Falls verlief die Konferenz an diesem Tag auffallend ruhig. Viele der Medienvertreter kannten Bernd Brook von unzähligen Interviews, er hatte den Ruf eines engagierten und fairen Gesprächspartners gehabt. Es kam Evelyn vor, als wären der Respekt für Brook und die Trauer über seinen Tod auch hier im Saal spürbar.

Nach einer Stunde beendete der Polizeipräsident die Veranstaltung. Evelyn registrierte Gerckes Erleichterung, als sie sich eine Viertelstunde später in seinem Büro trafen.

»Den heftigsten Programmpunkt haben wir für heute geschafft, Frau Eick. Und der zweitheftigste kommt gleich.«

»Also haben Sie Fenn-Heindel erreicht?«

»Ja, und er wirkte am Telefon erstaunlich handzahm. Jedenfalls hat er nicht raushängen lassen, dass er mit dem Innenminister privat verkehrt.«

»Hatten Sie vorher schon mal mit ihm zu tun?«

»Nicht persönlich. Ich habe aber mitbekommen, was für hohe Wellen es damals schlug, als Charlotte ihren Privatsekretär adoptierte. Es gab das Gerücht, dass er ihr jugendlicher Geliebter sei, dabei war das ja insofern Quatsch, weil sich beide zu ihrer Homosexualität bekannten.«

»Er gilt ja wohl als sehr korrekt?«

Gercke nickte. »Zumindest führt er die Stiftung ganz ordentlich. Er legt Wert darauf, alle Entscheidungen transparent zu machen. Jedenfalls betont er das immer wieder und veröffentlicht die Bilanzen im Internet.«

Evelyn hätte gern noch weiter gefragt, doch da klopfte es an der Tür.

»Und pünktlich ist er auch«, lobte Gercke und öffnete.

Ingbert Fenn-Heindel trat ein, zweiundsiebzig Jahre alt, formell gekleidet und ausgesprochen höflich. Evelyn begrüßte er mit angedeutetem Handkuss. Gercke verkniff sich ein Grinsen und bot dem Zeugen an, in der Sitzgruppe Platz zu nehmen. Evelyn setzte sich an den Computer und begann mit dem Protokoll.

Rasch und präzise machte Fenn-Heindel die Angaben zu seiner Person. Trotz seiner gepflegten Kleidung gab es einiges, was in der äußeren Erscheinung nicht zusammenpasste: Der fast kugelrunde Bauch und die dünnen Gliedmaßen. Die geweiteten Äderchen auf seinen Wangen, die wuchernden, grauen Augenbrauen und das volle, dunkelbraune Haar, bei dem es sich vermutlich um ein Toupet handelte. Noch aus der Entfernung von drei Metern konnte Evelyn jeden seiner Atemzüge hören. Es kam ihr vor wie ein dumpfes Schnaufen, vermutlich war er herzkrank. Sie überlegte, ihn zu fragen, ob er sich der Befragung körperlich gewachsen fühle. Aber eigentlich war das die Aufgabe ihres Chefs, er leitete schließlich die Vernehmung. Gercke jedoch fragte nicht danach. Geistig zumindest schien Fenn-Heindel voll auf der Höhe, seine Sätze waren schnell, klar und eindringlich. Obwohl er so schwer atmete, schien ihn die Situation nicht anzustrengen.

»Auch wenn ich Ihnen jetzt gefasst gegenüber sitze, ich bin tief traurig über Bernd Brooks Tod. Ich glaube zwar nicht, dass ich Ihnen helfen kann, Bernds Mörder zu finden. Aber ich unterstütze die Polizei gern.«

Gercke nickte. »Soweit wir wissen, kannten Sie Herrn Brook gut.«

»Richtig. Ich will ganz offen sein. Wir waren vierzehn Monate lang ein Paar, etwa Mitte der Achtzigerjahre. Wir haben uns geliebt, und dann ging es zu Ende, wie so was eben passiert. Aber wir sind immer Freunde geblieben.«

»Und wann haben Sie ihn das letzte Mal gesehen?«

»Das steht sogar in meinem Kalender: Am 15. März war er abends bei mir. Wir hatten uns zum Schachspielen verabredet, und er verhielt sich ganz normal. Er hat hoch konzentriert gespielt, so wie immer. Und er hat nichts Ungewöhnliches erzählt. Also nicht, dass er in einer bedrohlichen Situation wäre oder sonst wie Schwierigkeiten hätte.«

»Wissen Sie denn etwas über sein Testament? Hat er das irgendwann erwähnt? Vielleicht sogar an diesem letzten Abend?«

»Da nicht, aber vor Jahren schon. Damals hat er mir gesagt, er will alles dem AIDS-Helfer-Verein vererben. Ich habe es zur Kenntnis genommen, und wir haben nie wieder darüber gesprochen. Schließlich ging es mich nichts an.«

Gercke nickte, über den Monitor hinweg konnte Evelyn erkennen, wie ihr Chef sein Gegenüber fixierte.

»Sie sollten wissen, Herr Fenn-Heindel: Sechs Tage vor seinem Tod hat Bernd Brook sein Testament geändert und den AIDS-Helfer-Verein vollständig enterbt. Stattdessen ist nun Max Pahlberg als Alleinerbe eingesetzt.«

Evelyn hätte mit einer heftigeren Reaktion gerechnet. Fenn-Heindel hob lediglich die Brauen. »Davon höre ich zum ersten Mal, aber es erstaunt mich nicht wirklich. Bernd liebte Pahlberg abgöttisch. Leider waren seine Gefühle sehr einseitig.«

»Das hat er Ihnen erzählt?«

»Ja. Pahlberg hat Bernds Gefühle nicht erwidert. Er hat Bernd geschätzt, aber nicht geliebt.«

Gercke überlegte. »Ich verstehe Sie jetzt so: Herr Brook hat gehofft, wenn er Pahlberg zum Alleinerben macht, dann würde er ihn doch noch für sich gewinnen können?«

Fenn-Heindel nickte verhalten. »Das hat Bernd zwar nicht in dieser Deutlichkeit gesagt, aber es würde gut passen.«

»Denken Sie denn, das hätte funktionieren können? Hätte Pahlberg sich mit der Aussicht auf Brooks Erbe doch noch auf eine Liebesbeziehung eingelassen?«

»Wohl nicht«, entgegnete Fenn-Heindel, und es kam Evelyn vor, als ob sein Schnaufen lauter wurde. »Aber Bernd war vernarrt in ihn. Er war zerfressen von Sehnsucht nach der großen Liebe.«

»Was denken Sie denn, warum er sie nicht gefunden hat?«, fragte Gercke einfühlsam.

»Das Übliche: Es passte nie so richtig. Und Brook war ein Mensch, der ungern Kompromisse machte. Mit zunehmendem Alter immer weniger. Er hat alles dafür getan, nach außen hin beliebt zu sein.« Fenn-Heindels Augen wurden schmaler. »Aber Bernd war ein schwieriger Mensch, das konnte er selbst nie begreifen.«

»Denken Sie denn, dass es eine sexuelle Beziehung gab zwischen Brook und Pahlberg?«

»Nein. Und zwar aus einem einfachen Grund: Auf losen Sex hätte Bernd sich nie eingelassen. Er wollte immer geliebt werden. Darum wollte er Pahlberg ganz für sich haben oder eben gar nicht. Aber Pahlberg wollte immer seine Freiheit, was Sex betrifft. Und diese Freiheit hätte Brook ihm nicht gelassen. Er hätte dafür bezahlt, dass Pahlberg ihm treu bleibt.«

»Pahlberg hat also oft wechselnde Partner?«

Fenn-Heindel lächelte böse. »Bringen wir es ruhig auf den Punkt: Pahlberg hat laufend neue Sexpartner, und er ist dafür bekannt in der Szene.«

Gercke schwieg, was Fenn-Heindel offenbar irritierte.

»Ich weiß schon, was Sie denken, Herr Hauptkommissar. Pahlberg wirkt nach außen hin seriös. Vielleicht sogar altmodisch, jedenfalls wenn es um das Geschäftliche geht. Da ist er sehr korrekt. Aber das muss nichts heißen. Er hat eine ganz andere Seite. Vermutlich ist es sogar so, dass er seinen Männerkonsum braucht, um sich besser zu fühlen. Der schnelle Sex gibt ihm Bestätigung, zumindest glaubt er das. Aber solche Art von häufigem Partnerwechsel kommt auch bei Heteros vor. Na gut, bei uns Schwulen wahrscheinlich öfter, aber das ist hier wohl nicht das Thema. Und Pahlberg mag ein loser Hund sein, aber dass er für Geld einen Mord begeht, kann ich mir nicht vorstellen. Nicht mal für sehr viel Geld. Um es kurz zu machen: Ich weiß nicht, wer Bernd getötet haben könnte, aber ich wünsche mir, dass sie es so schnell wie möglich herausfinden. Auch wenn wir schon lange kein Paar mehr waren: Ich habe Bernd geliebt und liebe ihn noch immer.«

Während der letzten Sätze nahm Fenn-Heindels Gesicht ein bedrohliches Rot an, laut schnaubend zog er ein Stofftaschentuch hervor und wischte sich die Stirn. Evelyn rechnete jeden Moment damit, dass er in Tränen ausbrechen würde. Doch das tat er nicht, er bewahrte Haltung. Sein Atmen wurde leiser, er bat um ein Glas Wasser. In kleinen Schlucken trank er es aus, unterschrieb das Protokoll und verabschiedete sich.

* * *

Evelyn bestätigte eine Binsenweisheit: Nicht nur der Täter kehrt immer an den Tatort zurück – die Polizei auch. Am Abend stellte sie ihren Wagen in der Brinckmannstraße ab und ging in den Volksgarten. Es war Samstag, 20.46 Uhr, der Mord an Brook lag zweiundsiebzig Stunden zurück. Die Dämmerung hatte eingesetzt, heute ging die Sonne ungefähr sechs Minuten später unter als noch vor drei Tagen.

Evelyn joggte los, zuerst den äußeren Parkweg entlang. Auf dieser Strecke fühlte sie sich sicher, von hier aus konnte sie jederzeit in Sekundenschnelle die benachbarten Straßen erreichen. Ein paar andere Jogger kamen ihr entgegen, sie grüßte jedes Mal, alle grüßten zurück, alle lächelten. Niemand schien befangen. Dass hier vor drei Tagen ein Mensch ums Leben gekommen war, schien niemanden zu ängstigen.

Vielleicht sind es ja nur die besonders Mutigen, die heute hier laufen, überlegte Evelyn. Oder die Jogger sind überzeugt davon, dass der Mord an Bernd Brook eng mit seinem Schwulsein zusammenhing. Alle anderen brauchten also keine Angst zu haben.

Sie lief zum Tatort im Rhododendren-Tal. Die Kollegen hatten den Weg wieder freigegeben, das rotweiße Absperrband war entfernt. Nichts deutete mehr auf den Mord hin.

Evelyn blieb stehen und schloss die Augen. Ihr Herz klopfte schnell – nicht nur, weil das Laufen sie anstrengte. Sie horchte. Vom benachbarten Sportplatz drangen Rufe und Gejohle herüber. Was mochte in Bernd Brook vorgegangen sein, bevor sein Mörder ihn überwältigte? Was beschäftigte ihn, als er bei Regen durch den dämmrigen Park lief?

Evelyn begutachtete den schmalen Weg, der zu beiden Seiten von dichten Stauden gesäumt war. Sie dachte an die Stolperfalle. Es war vermutlich kein Problem gewesen, einen Perlonfaden an die Sträucher zu binden und sich selbst im Gebüsch zu verstecken. Auf den Wangen spürte Evelyn die feuchte Luft, es roch nach Moder. Ihr Herz schlug noch immer zu schnell. Sie machte ein paar Dehnübungen und schaute sich um. Niemand war zu sehen. Evelyn fröstelte.

War Brook auf diesem Weg wirklich ganz allein gewesen, bevor sein Mörder kam? War der Täter aus den Büschen gesprungen? Kannte Brook den Menschen, der ihn ermorden wollte? War er sogar mit ihm verabredet?

Sieben oder acht Erdrosselungsopfer hatte Evelyn in ihrer Berufslaufbahn bisher gesehen. Einige von denen hatten den typischen hochroten Kopf, andere waren auch im Gesicht ganz blass. Der Carotis-Knoten war ein sensibles Gebilde an der Gabelung der Halsschlagader. Wenn er getroffen wurde, trat der Tod schnell ein, das hatte sie damals auf der Fachhochschule gelernt. Herxheimer vermutete, dass es bei Brook langsam gegangen war – quälend langsam.

Evelyn lief wieder los, hundert Meter in Richtung Schrebergärten, dann wieder zurück, an der Mordstelle vorbei und weitere hundert Meter in die entgegengesetzte Richtung. Insgesamt viermal lief sie diese Strecke. Sie lief schnell. Schneller als sonst beim Training. Die Dämmerung schritt voran, an dieser Stelle im Park war Evelyn allein. Sie rannte zum Auto zurück.

* * *

Auf dem Gymnasium in Bonn war alles neu für mich, viel größer und unübersichtlicher als auf der Grundschule. Ich erinnere mich noch an den Sportunterricht in der fünften Klasse, er fand immer freitags am frühen Morgen statt, eine Doppelstunde Sport direkt vor der großen Pause. Unsere Turnhalle war riesig, auch das kannte ich von der Grundschule nicht. Und direkt neben der Umkleide gab es einen großen Duschraum – natürlich beides nach Geschlechtern getrennt. Damals war ich noch nicht daran gewöhnt, jeden Tag zu duschen. Ich war doch erst elf Jahre alt und schwitzte noch nicht stark. Meine Mutter meinte, dass es reichte, wenn ich mich morgens am Waschbecken wusch und einmal in der Woche badete. Mehr sei gar nicht gut für die Haut, schon gar nicht für ein Kind. Von zu Hause kannte ich es nicht, dass man nackt durch die Wohnung lief, meine Eltern waren da schamhaft, und ich war es auch. Jeder schloss sich im Badezimmer ein. Sobald ich den Schlüssel sicher bedienen konnte, durfte ich mich auch einschließen, wenn ich mich wusch oder zur Toilette musste. »Ein gesundes Keuschheitsgefühl ist wichtig«, sagte meine Mutter dazu. »Das wird dich auch später im Erwachsenenleben schützen.« Ich habe ihr immer geglaubt.

Aber nun kam der Sportunterricht mit der großen Pause im Anschluss. Die meisten Kinder aus unserer Klasse nutzten diese Zeit, um zu duschen. Aber ich wollte das nicht. Ich dachte an die Worte meiner Mutter und sah keinen Grund, warum ich mich vor den anderen ganz ausziehen sollte. Wenn ich nach der Sportstunde schon wieder meine normale Kleidung anzog, hörte ich, wie die anderen in den Duschräumen johlten. Sie riefen Wörter, die ich nicht kannte. An der Art, wie sie dann lachten, erkannte ich, was sie meinten. Die Tür zwischen dem Umkleideraum und den Duschen stand immer offen. Ich sah nicht hin. Ich drehte mich mit dem Gesicht zur Wand mit den Kleiderhaken. Die Gedanken kamen in meinen Kopf. Ich stellte mir vor, wie sie nackt aussahen. Manchmal kniff ich mir unauffällig in die Haut zwischen meinen Beinen. Wenn der Schmerz brannte, waren die Gedanken nicht mehr so schlimm.

»Ich muss nicht duschen, ich schwitze kaum«, sagte ich, wenn die anderen mich darauf ansprachen.

»Na klar, du bist ja auch streng katholisch«, höhnten sie.

Sie haben mich auch verspottet, weil ich im Sport nicht besonders gut war. Ich war körperlich eher steif und hatte keine gute Motorik. Das hatte ich von meinen Eltern geerbt, die hatten beide auch nie gute Noten im Sport gehabt. »Dafür kannst du schnell denken«, munterten sie mich auf. »Und du bist gut in Deutsch und Englisch.«

Meine Eltern konnten mich damit nicht trösten. Es tat mir weh, wie die anderen Kinder sich über mich lustig machten. Aber wehren konnte ich mich nie.

* * *

Den Sonntag verbrachte Evelyn mit Papierkram im Präsidium – und dachte immer wieder an Lars. Sie würden beide noch Zeit brauchen, darin waren sie sich einig gewesen, doch das beruhigte sie nicht. Wann würde er sich wieder bei ihr melden? Und was würde er sagen? Oder wartete er darauf, dass sie sich bei ihm meldete? Hatte diese ganze Wartezeit überhaupt einen Sinn? Um den Kopf frei zu bekommen, joggte sie abends noch eine halbe Stunde am Rheinufer entlang. Eher von der Büro-Arbeit als vom Laufen erschöpft fiel sie ins Bett.

Am nächsten Morgen, auf ihrem Weg zum Dienst, machte sie einen Abstecher in die Kanzlei Roggenkamp. Der Notar war aus seinem Urlaub zurück. Für einen zweiwöchigen Aufenthalt auf den Kapverdischen Inseln fand Evelyn ihn erstaunlich blass. Vermutlich sorgt er für einen guten Sonnenschutz, dachte sie. Er nahm die Warnungen der Dermatologen offenbar ernst.

Tief entsetzt über Brooks Ermordung bestätigte Roggenkamp, was seine Mitarbeiterin schon ausgesagt hatte: Das neue Testament war sechs Tage vor der Tat rechtsgültig geworden. Er überreichte Evelyn das beurkundete Original.

»Können Sie schon Angaben über die Höhe des Erbes machen?«, fragte sie.

»Leider noch nicht. Erst muss ich mir ein genaueres Bild verschaffen. Aber das darf ich sagen: Allein der Versicherungswert der Bibliothek liegt im mittleren siebenstelligen Bereich. Es sind viele wertvolle Bücher dabei.«

»Sie kennen die Sammlung?«

»Nicht genau. Ich war nur ein einziges Mal dort. Herr Brook hat kaum jemanden in die Wohnung gelassen. Dabei war er ja ein Menschenfreund. Aber er hat immer wieder betont, wie wichtig ihm seine Wohnung als Rückzugsort sei.«

Evelyn nickte, bedankte sich für die Auskünfte und verabschiedete sich. Dann fuhr sie ins Präsidium und brachte den Kollegen von der Kriminaltechnik das Originaltestament. Es blieb noch Zeit für eine Kaffeepause mit Jelena, dann machten die beiden sich auf zu einem weiteren Besuch in der Herrenboutique.

* * *

Schon zum zweiten Mal innerhalb weniger Tage belieferte Lukas Spenge die *Mann-O-Mann*-Boutique mit Jacken im Patchwork-Stil. Pahlberg hatte recht gehabt mit seinem Riecher für Mode: Die Wolljacken verkauften sich gut. Als Lukas Spenge eintrat und die Kartons neben der Tür abstellte, sah Pahlberg ihn eindringlich an. So seriös und zurückhaltend, wie er sich auch nach außen gab, so erfolgreich war er darin, junge Männer für sein Bett zu gewinnen. Wobei diese Begegnungen nur selten im Bett stattfanden – und meistens auch nur ein einziges Mal.

Spenge stellte die Kartons auf den Boden und richtete sich auf. In diesem Moment machte Pahlberg einen Schritt auf ihn zu und breitete die Arme aus. Doch Spenge wich einen Schritt zurück. Es schien ihm nicht peinlich zu sein. Seine Miene war ernst.

Pahlberg blieb stehen und schloss für einen Moment die Augen. Ich bin ihm zu alt!, dachte er. Ich kann ihn nicht bekommen! Er steht nun mal nicht auf ältere Männer!

Eine Welle heißer Wut stieg in Pahlberg auf, doch er beherrschte sich. Und der hohe Hemdkragen mit der Brosche, den er sonst mit solchem Stolz trug, wurde ihm plötzlich zu eng.

* * *

Der Berufsverkehr drängte Richtung Innenstadt. Sie stellten den Golf im Parkhaus am südlichen Ende der Berliner Allee ab.

»Wir könnten diesmal zum Hintereingang gehen«, meinte Jelena. »Pahlberg hat doch erzählt, morgens zwischen halb zehn und zehn nimmt er Lieferungen entgegen. Mal sehen, was sich da heute so tut.«

Evelyn war einverstanden. In der Bahnstraße fanden sie die Toreinfahrt, die zum Liefereingang der Boutique führte. Geschützt von einer Mauernische konnten sie den kleinen Parkplatz beobachten. Neben Pahlbergs altem Ford Ka stand dort jetzt ein weißer Renault Kangoo mit Krefelder Kennzeichen, vermutlich von einem Lieferanten. Evelyn und Jelena warteten, es ging auf zehn Uhr zu.

Nach einigen Minuten kam Pahlberg mit einem anderen Mann heraus – ungefähr Mitte zwanzig und mit Mozartzopf. Zwischen der Ladentür und dem Kastenwagen blieben die beiden im Abstand von gut einem Meter stehen. Pahlberg hob kurz die Hand, dann ging er in die Boutique zurück und schloss die Tür. Der junge Mann blickte Pahlberg nicht hinterher. Er wandte sich zur Fahrertür. Bevor er einstieg, zog er eine kleine, rote Tüte aus seiner Jackentasche. Mit den Zähnen riss er das Plastik auf und schüttete sich etwas vom Inhalt in den Mund, offenbar handelte es sich um Lakritz. Evelyn und Jelena duckten sich in der Nische, weniger als einen Meter entfernt fuhr der Renault an ihnen vorbei, Sekunden später bog er in die Bahnstraße. Die Kommissarinnen erhoben sich aus der Deckung.

»Irgendwie seltsam«, meinte Evelyn. »Die verabschieden sich ohne jedes Wort.«

Jelena zuckte mit den Achseln. »Vielleicht haben die das ja schon drinnen erledigt. Oder die haben sich einfach wenig zu sagen. Nur weil die Geschäftspartner sind, müssen die sich ja nicht gut verstehen.«

»Kann sein«, Evelyn klang wenig überzeugt. »Sollen wir jetzt zum Vordereingang gehen?«

»Einverstanden.«

Sie umrundeten den Block und steuerten um genau zehn Uhr auf den Haupteingang der Boutique zu. Max Pahlberg ließ das Rollgitter hoch und schloss auf. Er schien nicht überrascht über den erneuten Besuch der Polizei, zumindest setzte er eine freundliche Miene auf. »Noch ist niemand hier, wir können ungestört reden.«

»Gut«, begann Jelena. »Das aktuelle Testament von Herrn Brook liegt jetzt vor. Die Erbsache wird allerdings erst behandelt, wenn der Staatsanwalt den Fall frei gibt. Aber Sie haben ja Prokura. Damit können Sie das Geschäft auch ohne Erbschein weiterführen. Oder sehen Sie da ein Problem?«

»Nein, das geht schon. Danke.« Es schien, als wollte er den Satz weiterführen, doch dann schwieg er.

»Wir möchten Ihnen noch etwas mitteilen«, meinte Jelena milde. »Unsere Kollegen haben den Mercedes untersucht, Sie können ihn im Präsidium abholen.«

»Und? Haben Ihre Kollegen darin irgendwas Auffälliges gefunden?«

»Das werden wir Ihnen nicht sagen, Herr Pahlberg. Aber Sie dürfen ab sofort über den Firmenwagen verfügen. Melden Sie sich bitte im Präsidium bei der Kriminaltechnik.«

Pahlberg nickte, das Auto schien ihn nicht besonders zu interessieren.

»Wir würden Sie gern noch etwas fragen.«

»Ja bitte?«

»Haben Sie derzeit einen festen Partner?«

Pahlberg zögerte keine Sekunde. »Nein. Und ich hatte auch lange keinen. Schon sehr lange. Das sollen Sie ruhig aus meinem Mund hören, ehe Sie mühsame Erkundigungen in der Szene machen.« Sein Ton wurde ironisch. »Und wofür ist das wichtig?«

Evelyn räusperte sich. »Weil wir uns fragen, inwieweit Herr Brook sich für Sie interessiert hat. Als Geschäftspartner hatte er Sie schon gewonnen, offenbar hielt er ja große Stücke auf Sie. Aber vielleicht hätte er Sie gern auch als Lebenspartner gehabt.«

Pahlberg nickte angestrengt. »Auch da bin ich ganz offen. Er hat mich umworben, aber ich konnte seine Gefühle nicht erwidern.« Herausfordernd sah er zwischen den Kommissarinnen hin und her. »Das ist manchmal so im Leben, auch bei uns Schwulen. Und ich kann mir schon denken, was Sie als Nächstes fragen. Nämlich ob Bernd mich deswegen zu seinem Alleinerben gemacht hat. Weil er gehofft hat, dass ich mich dann doch noch privat auf ihn einlassen würde.«

»Genau das«, entgegnete Evelyn unbeirrt. »Und?«

»Klare Antwort: Ich habe Bernd immer gesagt, dass sein Geld mich nicht interessiert. Dass ich ihn einfach nicht lieben kann, und dass er sein Geld ruhig den AIDS-Helfern vererben soll.«

»Aber trotzdem hat er Sie als Alleinerben eingesetzt.«

»Ja. Das war seine eigene Entscheidung.«

»Herr Pahlberg«, meinte Evelyn gedehnt. »Wie es aussieht, werden Sie bald ein reicher Mann sein. Wissen Sie schon, was Sie mit dem Geld machen wollen?«

»Noch nicht genau. Aber in jedem Fall werde ich die Büchersammlung nicht behalten. Und ich will sie auch nicht verkaufen, denn das wäre ganz bestimmt nicht in Bernds Sinne. Ich werde sie als Dauerleihgabe zur Verfügung stellen, einem Museum oder einer anderen Bibliothek oder sonst was, da muss ich mich noch erkundigen. Und ich werde die Boutique hier erweitern.« Pahlberg zeigte auf eine Wand. »Da ließe sich ein Durchbruch zum Nachbarhaus machen, und ich könnte noch hundert Quadratmeter dazu mieten. Für eine Übergrößen-Abteilung, danach fragen unsere Kunden immer öfter. Und selbstverständlich spende ich auch gern was an den AIDS-Helfer. Wie viel weiß ich noch nicht, aber der Verein soll nicht leer ausgehen.«

Evelyn und Jelena bedankten sich für die Auskunft. Pahlbergs Miene rührte sich kaum, als er sie an der Tür verabschiedete und sich gleich darauf umdrehte. Gerade wollten die Kommissarinnen wieder in den Golf steigen, da klingelte Evelyns Handy.

»Brooks neues Testament ist von der KTU zurück«, teilte Gercke mit. »Die Kollegen konnten nichts finden, was den Notar widerlegen würde. Unterschriften und Siegel sind echt, keine Hinweise für Falschdatierung. Sie können gern Frau Ranzler die frohe Kunde überbringen.«

* * *

Zwanzig Minuten später klingelten Evelyn und Jelena an der Tür des kleinen Reihenhauses unweit der Heindel-Werke. Innen näherten sich schwere, schnelle Schritte. Brigitte Ranzler öffnete, der Besuch schien sie nicht zu wundern.

»Schönen guten Morgen. Kommen Sie rein. Ich könnte sie ja jetzt ins Wohnzimmer führen, aber vielleicht möchten Sie ja auch mal das Büro von unserem Verein sehen.« Sie wies auf eine schmale Treppe, die kaum einen Meter hinter der Haustür lag. »Einfach hoch. Ist alles sehr übersichtlich hier.«

Im winzigen Flur roch es nach Zitronenreiniger. Evelyns Blick fiel auf die Wand neben der Stiege, sie schaute genauer hin: Zwischen einigen Fotos hingen längliche Gegenstände. »Sind das Blasrohre?«, fragte sie. Evelyn erinnerte sich an ihren Ballistik-Unterricht in der Fachhochschule.

»Ja. Die braunen sind aus Bambus«, freute Brigitte sich, »und die grünen aus anderen Pflanzen, den Namen weiß ich jetzt nicht. Ich habe alles aus Bolivien mitgebracht, da unterstützt unser Verein ein Hilfsprojekt. Aber das hier sind natürlich nur kleinere Blasrohre – sie mussten ja in meinen Koffer passen. Die Ureinwohner jagen mit welchen, die bis zu drei Metern lang sind. Und die Pfeile sind mit Curare präpariert«, sie machte eine kleine Pause. »Als Polizistinnen wissen Sie bestimmt, was das ist.«

»Ein Zellgift, das die Muskulatur lähmt«, entgegnete Jelena.

»Genau. Die Jäger gewinnen das Gift aus einer bestimmten Lianen-Art. Es führt zu einer schlaffen Lähmung der Muskeln, und das getroffene Tier erstickt, weil seine Atemmuskulatur versagt. Aber man kann das Fleisch problemlos essen, denn über den Mund eingenommen wirkt das Gift nicht. Es wird von der Magensäure zerstört. Tödlich ist es nur, weil es durch die Pfeile in die Blutbahn gerät. Ich finde das unglaublich interessant.«

Brigitte führte die Kommissarinnen in die erste Etage und öffnete die Tür zu einem Raum von etwa drei mal vier Metern. »Und dies ist nun unser Büro, früher war es Saschas Zimmer. Wir haben nach seinem Tod nicht mehr tapeziert – als Erinnerung an ihn.«

Evelyn und Jelena sahen sich um. An den Wänden standen deckenhoch Regale, dicht mit Aktenordnern gefüllt.

Auf den kleinen Flächen zwischen den Fenstern und um den Lichtschalter herum war die alte Tapete noch erkennbar. Das Bildmotiv darauf wiederholte sich alle dreißig Zentimeter: Männer in blauen Overalls standen mit entschlossenen Gesichtern neben roten Rennwagen.

»Wie alt ist Ihr Sohn denn geworden?«, fragte Evelyn einfühlsam.

»Dreiundzwanzig. Und bis zuletzt hat er hier gewohnt.«

Dass ein erwachsener Mann zwischen Wänden mit solcher Tapete lebte, schien Evelyn absurd, doch das äußerte sie nicht.

Brigitte bot den Kommissarinnen Stühle an, sie selbst ließ sich auf den Drehstuhl hinter dem Schreibtisch sinken. »Also:

Was führt sie her?« Hektisch schob sie sich ein paar graue Haarsträhnen aus dem Gesicht.

»Herr Brook hat kurz vor seinem Tod ein neues Testament verfasst«, erklärte Jelena. »Demnach geht *AIDS-Helfer e.V.* leer aus. Das aktuelle Testament ist notariell beurkundet und wurde von unserer Kriminaltechnik untersucht. Es ist seit dem 28. März rechtsgültig.«

In Brigittes Gesicht regte sich nichts. Sie starrte an die Zimmerdecke. Dort baumelte ein Doppeldecker, offenbar aus einem Modellbausatz. Eine Puppe in Flieger-Overall saß auf dem Pilotensitz. »Rechtsgültig«, wiederholte Brigitte verbittert und sah die Kommissarinnen an. »Schauen Sie sich mal um, liebe Damen. Der Schreibtisch hier stammt vom Sperrmüll, die Stühle auch. Wir haben das alles selbst restauriert. Ich stelle mein Haus als Vereinssitz zur Verfügung, unsere Verwaltungskosten sind extrem niedrig. Jeder Cent, auf den wir verzichten können, fließt direkt in unsere Hilfsprojekte. Herr Brook hat mir immer wieder versichert, dass unser Verein sein gesamtes Vermögen erben wird. Und jetzt sollen wir nichts bekommen? Gar nichts?«

»Herr Brook wollte das so«, entgegnete Evelyn ruhig.

Brigitte Ranzler sog Luft ein, ihre Augen wurden schmal. »Wie viel?«, fragte sie wütend. »Sagen Sie schon!«

»Was meinen Sie? Wie viel was?«

»Sie haben mich richtig verstanden: Wie viel hätten wir AIDS-Helfer denn geerbt, wenn Bernd Brook nicht letzte Woche sein Testament geändert hätte? Wenn Sie das neue Testament gefunden haben, dann wissen Sie doch wohl, was drinsteht. Also wie viel?«

»Das wissen wir nicht. Herr Brooks Notar prüft noch die Zahlen, aber selbst wenn wir es wüssten, dürften wir es Ihnen nicht sagen.«

»Das dürfen Sie mir also nicht sagen. So so. Dann rechne ich doch mal ein bisschen: Die Wohnung mit der Bibliothek, der Versand, der Laden, die ganzen Waren und wahrscheinlich noch Reservegelder. Ich denke mal fünf Millionen Euro? Vielleicht auch zehn?« Brigitte seufzte. »Dann sagen Sie mir wenigstens: Wen hat Bernd denn jetzt als Erben eingesetzt?«

»Auch darüber dürfen wir mit Ihnen nicht sprechen.«

»Und warum Bernd sein Testament überhaupt geändert hat?«, fragte Brigitte zornig. »Das können Sie mir wahrscheinlich auch nicht sagen?«

»So ist es«, erwiderte Evelyn gelassen, »zumal wir darüber selbst nur Vermutungen haben.«

Brigitte starrte wieder auf das aufgehängte Flugzeug, ihre Stimme wurde leise. »Ich werde es herausfinden. Und jetzt gehen Sie bitte.«

»Sofort, Frau Ranzler. Aber eine Frage ist noch wichtig.«

»Ach ja!?«

»Ja. Wir würden gern noch wissen, wo Sie am Mittwochabend letzter Woche Blutspenden waren?«

»In der Sankt-Cäcilia-Schule in Benrath. Das habe ich Ihnen schon gesagt.«

»Stimmt.« Evelyn lehnte sich im Stuhl zurück. »Daraufhin haben wir beim Roten Kreuz angerufen und erfahren, dass die einzige Blutspende auf Düsseldorfer Stadtgebiet an diesem Abend nicht in Benrath stattfand, sondern in Oberbilk. Um präzise zu sein: im Finanzamt an der Kruppstraße. Und dort wurden Sie um 20.40 Uhr als Spenderin registriert.«

»Richtig«, Brigitte schien unbeeindruckt. »Es war in der Kruppstraße. Aber in der Cäcilia-Schule war ich auch schon oft spenden. Wahrscheinlich habe ich das einfach nur verwechselt.«

»Sie haben das also verwechselt«, entgegnete Jelena ruhig. »Dann also weiter: Bei Ihrer ersten Befragung sagten Sie, dass Sie um 21.30 Uhr nach Hause gefahren sind.«

»Genau.«

»Dabei bleiben Sie? Um halb zehn sind Sie vom Finanzamt in Oberbilk hierher nach Holthausen gefahren?«

»Selbstverständlich.«

Evelyn beugte sich im Stuhl vor. »Wir haben jetzt aber folgendes Problem, Frau Ranzler: Die Cäcilia-Schule in Benrath ist eine Viertelstunde Fahrzeit vom Volksgarten entfernt. Dagegen liegt das Finanzamt Kruppstraße nur ein paar Fußminuten von der Stelle, an der Bernd Brook getötet wurde. Deswegen deckt Ihr Alibi nicht den möglichen Tat-Zeitraum ab, und wir überlegen, ob Sie sich bei Ihrer ersten Befragung nur rein zufällig mit der Ortsangabe geirrt haben.«

»Also unterstellen Sie mir, dass ich bewusst gelogen habe? Um mir so ein Alibi zu verschaffen?«

»Wir unterstellen Ihnen gar nichts«, erwiderte Jelena, »aber zunächst drängt sich diese Überlegung auf. Der vermutliche Tatzeitpunkt ist durch die Medien gegangen. Sie konnten also wissen, über welchen Zeitraum wir Sie nach einem Alibi fragen würden.«

Brigitte ließ sich schnaubend im Stuhl zurückfallen. »Sie glauben, ich habe Bernd getötet? Einen meiner besten Freunde? Den wichtigsten Kollegen hier im Verein?«

»Frau Ranzler«, Evelyn stand auf, »so ist das nun mal: Wenn wir einen Widerspruch finden, gehen wir dem nach. Und jetzt respektieren wir Ihre Aufforderung und verabschieden uns. Sollten wir weitere Fragen haben, kommen wir wieder auf Sie zu.«

Die AIDS-Helferin schwieg.

»Sie können gern hier oben bleiben«, auch Jelena erhob sich.

»Nein«, entgegnete Brigitte streng. »Sie befinden sich in meinem Haus, und ich begleite Sie zur Tür. Das gehört sich so.«

Sie ging voran, die Kommissarinnen folgten die Stiege hinab. Noch einmal ließ Evelyn den Blick über die Blasrohr-Sammlung schweifen.

Im Präsidium besprachen sie mit Staatsanwalt Dausmann die Falschaussage. Er sah weder Flucht- noch Verdunklungsgefahr. Brigitte Ranzler war eine stadtbekannte Persönlichkeit und außerdem eine kranke alte Frau. Für eine Festnahme bestand kein Grund.

Das Wohnheim

An der Werstener Landstraße, nicht weit vom riesigen Komplex der Heindel-Werke, stand das *Bunte Haus* – ein Seniorenwohnheim speziell für homosexuelle Menschen. Deutschlandweit war es eines der ersten dieser Art und galt als Vorzeigeprojekt.

Anstoß dafür hatte ein ehemaliger Chemie-Arbeiter und bekennender Schwuler gegeben, der in einem ganz normalen Altenheim zusammen mit heterosexuellen Männern und Frauen lebte. Er hatte in einer Düsseldorfer Zeitung geschildert, wie seine Mitbewohner ihn immer wieder anfeindeten. Nach langen Diskussionen kam der Trägerverein des Heims zu einer bedauerlichen Einsicht: Der Aufruf zu mehr Toleranz hatte kaum Sinn. Die alten Menschen waren in einer Zeit aufgewachsen, als Homosexualität ins Gefängnis oder Konzentrationslager führen konnte – und nicht jeder hatte seitdem dazugelernt. Wer seine Vorurteile gepflegt hatte, der kam auch im hohen Alter meist zu keiner anderen Einsicht mehr. Gut gemeinte Aufklärungsarbeit nutzte nichts. Erste Stimmen wurden laut, Altenheime speziell für Homosexuelle anzubieten. Zu Beginn des neuen Jahrtausends griff die Düsseldorfer Oberbürgermeisterin diese Idee auf und konnte als Investorin eine prominente Bürgerin gewinnen: Charlotte Heindel wollte das Projekt mit ihrer Stiftung großzügig unterstützen.

Zunächst ging es darum, eine geeignete Immobilie zu finden. Obwohl die Häuser an der Werstener Landstraße wunderbar große Gärten mit altem Baumbestand hatten, galt die Lage als unattraktiv. Charlotte Heindel kaufte ein großes

Mehrfamilienhaus und ließ es so umbauen, dass der Straßenlärm nicht mehr störte. Im Erdgeschoss lagen die Gemeinschaftsräume, darüber fünfzehn Einzel- und zehn Doppel-Apartments, jeweils mit Kochnische, Bad und Balkon zum Garten. Fünfunddreißig Bewohnerinnen und Bewohner konnten hier betreut werden, wer allerdings eine intensivere Pflege brauchte, musste dann doch wieder in ein konventionelles Heim umziehen. Kurz nach der Eröffnung des *Bunten Hauses* starb Charlotte Heindel im Alter von neunundsiebzig Jahren, ihr Adoptivsohn Ingbert Fenn-Heindel übernahm die Leitung der Stiftung.

An diesem Montagabend klopfte Brigitte Ranzler an das Apartment ihres langjährigen Freundes Helmut Schelling. Seit seiner Kindheit litt er an schwerer Diabetes, der Blutzucker ließ sich auch mit modernem Insulin nicht mehr ausreichend regulieren. Inzwischen hatte die Krankheit die Netzhaut geschädigt, trotz Brille sah er nur noch schlecht.

Helmut war schon lange ein guter Freund und Unterstützer der AIDS-Helfer. Wenn Brigitte ihn im Heim besuchte, freute er sich besonders, denn sie las ihm aus seinen alten Krimis vor. Er hätte sich jederzeit Hörbücher aus der Stadtbücherei mitbringen lassen können, aber mit Brigitte war es schöner. Sie saß neben ihm auf dem Sofa und gab sich Mühe, langsam und mit Betonung vorzulesen. Ihre tiefe, vom Alter schon etwas brüchige Stimme passte so schön zu den Geschichten aus den schmalen, roten Taschenbüchern. Helmut liebte diese Stunden.

Wie alle Bewohner im *Bunten Haus* hatte auch Helmut die Nachricht von Bernd Brooks Tod tief erschüttert. Einige Heimbewohner fingen sofort an zu spekulieren. Von rechtsradikalen Schwulenfeinden war die Rede. Oder von kriminellen Strichern, die ihre Opfer für ein paar hundert Euro über den Jordan brachten. Helmut zeigte sich zurückhaltend. An den Spekulationen über Brooks Mörder beteiligte er sich nicht. Er trauerte still und nahm sich vor, zu Bernds Beerdigung zu gehen, auch wenn der Termin dafür noch nicht feststand.

Als Brigitte ihren alten Freund Helmut an diesem Abend besuchte, sprachen die beiden selbstverständlich auch über Bernds Tod. Seite an Seite saßen sie auf dem Sofa und erinnerten sich an all die schönen und aufregenden Momente, die sie mit ihm erlebt hatten. Heute lasen sie keine Kriminalromane.

»Ich muss dir noch was Wichtiges erzählen«, meinte Brigitte schließlich. Die braunweiß gestreifte Alpaka-Jacke lag neben ihr über der Sofalehne. Sie nahm Helmuts Hand. »Stell dir vor, was passiert ist: Letzte Woche hat Bernd noch sein Testament geändert. Nur sechs Tage vor seinem Tod. Jetzt soll unser Verein keinen Cent mehr kriegen.«

Helmut erschrak. »Warum das denn? Er hatte doch gar keinen Grund dazu.«

»Das ist es ja gerade. Keiner versteht, was da in ihn gefahren ist.«

Helmut schüttelte entschieden den Kopf. »Ich würde so was jedenfalls nie tun. Darauf könnt ihr euch verlassen.«

Brigitte tätschelte seinen Handrücken. »Das weiß ich doch, Helmut.«

Die beiden sprachen noch lange über das anstehende Hilfsprojekte in Bolivien, gegen zweiundzwanzig Uhr zog Brigitte ihre Jacke über und verabschiedete sich.

* * *

Am Dienstagvormittag, kurz vor Ladenöffnung, machte Max Pahlberg sich Gedanken über seinen Geschäftspartner Lukas

Spenge. Erst am Vortag hatte er wieder ein paar Kartons von den Wolljacken im *Patchwork-Style* gebracht. Pahlberg hatte sich vorgewagt und dem jungen Lieferanten seine Zuneigung gestanden, doch der hatte reserviert reagiert, vermutlich stand er nicht auf Männer in Pahlbergs Alter. Es gab nun mal junge Schwule, die sich auf ältere Partner nicht einlassen wollten oder konnten, damit musste Pahlberg sich abfinden.

Nachdenklich strich Pahlberg einige Seidenhemden glatt, die auf transparenten Bügeln an Stahlträgern hingen. Seit Bernd Brooks Tod hatte sich einiges geändert, die Boutique stand im Zentrum des Interesses. Viele neue Kunden hatte Pahlberg gewonnen, und alte waren wiedergekommen, nachdem sie sich lange nicht mehr hatten blicken lassen. Alle zeigten ihre Anteilnahme, manche fragten nach Einzelheiten zum Mord. »Ich weiß auch nur, was in den Zeitungen steht«, sagte Pahlberg dann.

Um drei Minuten vor zehn wusch er sich die Hände, um Punkt zehn schloss er die Ladentür auf. Kurz darauf betrat ein Kunde die Boutique, ein älterer Mann, der vor einigen Tagen zum ersten Mal hier gewesen war. Pahlberg lächelte ihm entgegen. Wenn ein neuer Kunde innerhalb einer Woche zum zweiten Mal kam, war das ein gutes Zeichen. Der Mann interessierte sich für Oberhemden.

»Da haben wir ganz neue Modelle herein bekommen«, sagte Pahlberg und führte ihn zu den Stahlträgern mit den Hemden. Gerade wollte er auf die hohe Qualität der Seide hinweisen, da stürmte Brigitte Ranzler herein, grüßte laut und steuerte auf Pahlberg zu. Er kannte Brigitte gut, sie war oft im Laden gewesen, um Bernd Brook einen Besuch abzustatten. Ab und zu hatte sie auch etwas gekauft, nichts Teures, bloß ein Halstuch oder eine Krawatte für ein Geschenk im Freundeskreis. Doch danach schien sie heute nicht zu suchen. Pahlberg ahnte nichts Gutes und bat den neuen Kunden um einen Moment Geduld.

»Letzte Woche habe ich von eurem Projekt in Südamerika gelesen, Brigitte«, sagte er liebenswürdig. »Wirklich toller Einsatz, mein Respekt. Was kann ich denn für dich tun?«

»Mit mir sprechen, Max«, entgegnete sie harsch. »Sofort und allein.«

»Das ist im Moment leider ganz ungünstig. Könntest du ein wenig warten oder später wiederkommen?«

Doch Brigitte legte noch einen Zahn zu. »Entweder du gehst jetzt mit mir in dein Büro, oder wir klären das hier mitten im Laden. Du kannst dir ja wohl denken, warum ich hier bin.«

Pahlberg lächelte dem Kunden entschuldigend zu und musste feststellen, dass der sich offenbar für Brigittes Auftritt interessierte. Erwartungsvoll sah er zwischen beiden hin und her. Unangenehm berührt wandte Pahlberg sich wieder seiner Besucherin zu. »Brigitte, warum kommst du nicht einfach später wieder? Dann können wir alles in Ruhe bereden.«

»Jetzt oder gar nicht, Max. Und wenn du mir nicht zuhörst, verspreche ich dir, das hier wird nicht gut enden.« Sie schlug ihre Faust mit solcher Wucht auf einen Tisch aus Acrylglas, dass die Hemden darauf vom Stapel rutschten und zu Boden fielen.

Hektisch bückte Pahlberg sich, dabei warf er seinem Kunden einen hilflosen Blick zu. Der Mann verabschiedete sich höflich und verließ in Sekundenschnelle den Laden.

»Na also«, fauchte sie Pahlberg an. »Jetzt hast du ja wohl Zeit für mich.« Schwungvoll setzte sie sich auf den Tisch, die Acrylplatte bog sich unter der ungewohnten Last, noch mehr Hemden fielen zu Boden. »Du sollst wissen: Ich werde nicht zulassen, dass du dir unrechtmäßig Bernds Erbe unter den Nagel reißt.«

In diesem Moment fasste Pahlberg einen Entschluss. »Sekunde bitte, ich bin sofort zurück.«

Er eilte ins Büro. Von dort aus rief er die Schutzpolizei an und gleich auch noch die Kripo. Als er in den Laden zurückkehrte, saß Brigitte noch immer auf dem Tisch. Offenbar war sie doch naiver, als er dachte.

* * *

Eine Viertelstunde nach Pahlbergs Notruf betrat Evelyn die Boutique. Vor ihr waren zwei uniformierte Kollegen eingetroffen, offenbar war es ihnen rasch gelungen, den Streit zu schlichten. Zu viert standen sie im Laden und blickten Evelyn entgegen.

Brigitte lächelte. »Frau Hauptkommissarin, ich habe Herrn Pahlberg nur gefragt, ob er weiß, was in dem aktuellen Testament steht. Und ob er jetzt selbst was von Bernds Vermögen erbt.«

Evelyn nickte und besprach sich mit den uniformierten Kollegen, kurz darauf verließen die beiden Männer das Geschäft. Sie waren kaum aus der Tür, da stieß Pahlberg hervor: »Ich bin in keiner Weise dazu verpflichtet, Frau Ranzler Auskunft über das Testament von Herrn Brook zu geben. Das haben mir die beiden Polizisten eben bestätigt. Trotzdem hat Frau Ranzler mich bedrängt. Ich fühlte mich gezwungen, meinen Kunden aus dem Laden zu bitten und die Polizei zu verständigen. Ich werde gegen Frau Ranzler Anzeige erstatten, und zwar wegen Nötigung und Geschäftsschädigung.«

»Was ich mir an deiner Stelle gut überlegen würde!« Brigitte zog ihre braunweiße Jacke über der Brust zusammen »Tschö, Max. Ich hoffe, du kommst zur Vernunft.« Dann ging sie grußlos.

Anscheinend hatte Pahlberg nicht damit gerechnet, Brigitte nun so schnell loszuwerden. Irritiert führte er Evelyn in den Sozialraum und schenkte zwei Gläser Wasser ein. Seine Argumente klangen vernünftig. Wie er schon am Vortag erläutert hatte, wollte er den Laden ausbauen. »Und wenn dann Geld übrig ist, spende ich das Brigittes Verein. Ganz bestimmt. Gern auch eine größere Summe.«

Evelyn nickte, die Ladenglocke erklang, Pahlberg ging in den Verkaufsbereich.

»Schönen guten Morgen«, begrüßte er einen Kunden, »einen Moment bitte, ich bin gleich bei Ihnen.«

Er kehrte zu Evelyn in den Sozialraum zurück, sie verabschiedete sich und fuhr ins Präsidium. Dort gab es Neuigkeiten. Vor einer Viertelstunde hatte Brigitte Ranzler angerufen und mitgeteilt: Noch heute wolle ihr ehrenamtlich tätiger Rechtsanwalt bei Gericht Klage einreichen. Der AIDS-Helfer-Verein werde Bernd Brooks neues Testament anfechten.

* * *

Der alte Mann stand in der Tür und lächelte. »Guten Abend.« Freudig ging er in sein Wohnzimmer voran. Es war so einfach, ihn zu überwältigen. Das ätherdurchtränkte Tuch berührte seine Nase, er zitterte wehrlos. Es schien, als müsste er darüber nachdenken, was er tun sollte. Er sank zu Boden, so langsam, dass Zeit blieb, sich hinter ihn zu stellen und ihn sanft abzufangen. Dann lag er auf dem Rücken, als ob er schliefe, immer noch das Tuch vor der Nase. Leicht ließ sich sein Kopf heben und die Schlinge zuziehen, der blanke Draht der Garotte. Fast von allein öffnete der alte Mann den Mund. Die flüssige rosa Farbe füllte die dunkelrote Höhle, umschlang die Zunge, quoll zwischen den Zähnen hervor, benetzte die Lippen, lief die Mundwinkel hinab über den Draht der Garotte, tropfte vom Kinn auf die Griffe, grob abgesägte Stücke aus einem Besenstiel, die nun nahezu symmetrisch links und rechts vom Hals liegen geblieben waren.

* * *

Um 6.11 Uhr klingelte Evelyns Diensthandy.

»Wir haben den nächsten Mord, Frau Eick«, sagte Gercke. »Wann können Sie am *Bunten Haus* sein?«

Evelyn sammelte ihre Gedanken. Das *Bunte Haus* lag an der Werstener Landstraße im Süden der Stadt. »In einer knappen halben Stunde, Chef.«

»Gut. Ich fahre jetzt los, bis gleich dann.« Er legte auf.

Evelyn sprang aus dem Bett. In solchen Situationen hatte sie einen Notfallplan für ihre Morgentoilette. Sie verzichtete auf Haarwäsche und Make-up, unter dem kalten Wasser der Dusche verbrachte sie kaum zwei Minuten, das Heißwassergerät war immer noch nicht repariert.

Gercke hatte eben gefragt, wann Evelyn am *Bunten Haus* sein könnte. Dabei wusste er ja, wo sie wohnte. Wenn er sich trotzdem erkundigte, wie lange sie für den Weg brauchen würde, konnte das nur heißen: Er war sich nicht sicher, ob sie zu Hause war oder vielleicht im Bett eines Liebhabers. Gercke machte sich also Gedanken über ihr Privatleben. Seufzend zog sie sich an und verließ dreizehn Minuten nach seinem Anruf das Haus. Die Zeit für die Anfahrt hatte sie gut kalkuliert. Nach insgesamt siebenundzwanzig Minuten fuhr sie auf den Besucherparkplatz neben dem *Bunten Haus*. Gerckes Auto konnte sie nicht erblicken, er wohnte linksrheinisch in Meerbusch-Langst und würde über die Brücke bis in den Düsseldorfer Süden wohl noch ein paar Minuten brauchen. Sie stieg aus dem Wagen und ging die Straße entlang auf das Haus zu. Zwischen den Fensterreihen waren quer über die ganze Fassade mehrere große Regenbögen gemalt. Im Grau des Morgens ließen sich die Farben nur erahnen. Vor der weit geöffneten Haustür stand ihre Kollegin Kerstin von der Schutzpolizei, Evelyn kannte sie aus gemeinsamen Einsätzen.

»Norbert Waschke erwartet dich, Evelyn. Er ist oben am Tatort. Zweiter Stock links, Apartment 208.«

»Irgendwas Besonderes vorab?«

»Nicht viel. Alle Bewohner haben erst mal die Anweisung, in ihren Zimmern zu bleiben. Und der Heimleiter bittet uns, unsere Arbeit so ruhig wie möglich zu machen. Viele der Bewohner sind herzkrank und brauchen Schonung.« Die uniformierte Kollegin lächelte hilflos. »Dabei liegt es ja am wenigsten an uns, wenn hier Unruhe entsteht.«

»Das stimmt wohl, Kerstin. Bis später dann.« Evelyn betrat das Haus. Gleich hinter der Pforte lag die breite Stahltür des Fahrstuhls. Zwischen dem Eingang und der gegenüberliegenden Wand gab es eine kleine Pförtnerloge. Evelyn trat nah an die Glasscheibe, in dem kleinen Raum dahinter war niemand zu sehen.

Sie ging die Treppe hinauf, es war totenstill. Einen Moment lang dachte sie daran, was die alten Menschen hinter den Türen jetzt wohl fühlten. Alle Wohnungen lagen zur Gartenseite, das hatte Evelyn bei der Einweihung des Heims in der Zeitung gelesen. Unmittelbar hinter der Front des Hauses verliefen die Flure, von denen die Apartments abgingen. Diese Innenarchitektur schützte die Bewohner vor Verkehrslärm, und die zur Straße gelegenen Fenster brachten viel Tageslicht auf die Flure.

Im zweiten Stock ging Evelyn nach links und erblickte die quer über den Flur gespannte, rotweiße Banderole. Norbert

Waschke und drei Kollegen von der Spurensicherung waren dabei, Einzelheiten zu dokumentieren. Vor der geöffneten Tür eines Apartments blieb Evelyn stehen. Ein alter Mann im Sportanzug lag auf dem Rücken vor einem Bett, den Kopf leicht in den Nacken gekippt. Um seinen Hals war ein dünner Draht geschlungen, die untere Hälfte seines Gesichts war mit rosaroter Farbe übergossen, die auf beiden Seiten seines Kopfes auf den Teppich gelaufen war und dort zwei Pfützen bildete. Der Anblick kam Evelyn bizarr vor – und gleichzeitig friedlich.

»Helmut Schelling, dreiundsiebzig Jahre«, erklärte Norbert Waschke. »Die Hauswirtschafterin hat ihn gefunden, als sie ihm wie jeden Morgen seinen Tee bringen wollte. Er hat seit neun Jahren hier gewohnt und war schwerer Diabetiker.«

Evelyn nickte. »Der gleiche Tathergang wie bei Brook?«

»Im Wesentlichen schon, aber als die Wirtschafterin reinkam, stank es heftig nach Äther. Riecht man übrigens immer noch.«

Evelyn sog Luft ein und nahm nun auch das widerlich süße Aroma wahr. »Haben wir schon erste Ergebnisse?«

»Höchstwahrscheinlich ein relativ ruhiger Verlauf. Kein Einbruch, kein Kampf, keiner hat was gehört. Dazu ein altbewährtes Betäubungsmittel, er konnte sich vermutlich kaum noch wehren. Muss alles ziemlich schnell gegangen sein. Das ist hier wohl auch der Tatort, wir haben jedenfalls keinen Hinweis für eine Lageveränderung.«

Sie hörten Gercke näher kommen. Neben Evelyn blieb er stehen und grüßte allseits in die Runde. »Ich habe eben vom Auto aus mit dem Heimleiter telefoniert. Er möchte, dass wir ihn und seine Kollegin möglichst bald befragen, damit der Tagesablauf für die Bewohner nicht noch mehr durcheinandergebracht wird. Und die Rechtsmedizin ist auch schon vorgefahren.«

Lass es nicht Lars sein!, fuhr es Evelyn durch den Kopf, doch dann hörte sie schon seine Schritte. Unwillkürlich sah sie ihm entgegen, und für einen Moment war ihr, als müsste sie zu ihm stürzen, ihn umarmen und ihm sagen, dass nun alles wieder gut sei. Aber das stimmte ja nicht. Ihr Streit stand ungeklärt zwischen ihnen, es tat immer noch weh. Beherrscht starrte Evelyn auf die Leiche.

Lars Herxheimer erreichte den Tatort. »Guten Morgen, die Herrschaften. Moin, Gregor.« Gercke und Herxheimer kannten sich schon lange.

Evelyn grüßte kurz und freundlich. Er grüßte zurück. Dabei vermied er ebenso wie sie, dass ihre Blicke sich begegneten.

Die Spusi-Kollegen traten ein paar Schritte zurück. »Sie können ran, Herr Professor«, sagte einer der Männer.

»Danke«, Herxheimer zog sich Handschuhe an und beugte sich über die Leiche.

In diesem Moment sprach Gercke sie von der Seite an. »Frau Eick? Wie wäre es denn, wenn Sie sich schon mal dem Heimleiter und der Wirtschafterin widmen? Die warten doch schon auf uns.«

Evelyn fühlte sich unangenehm berührt. Ahnte Gercke, was sich zwischen ihr und Herxheimer abspielte? Falls ja, ging er zumindest sensibel damit um. »Mach ich gern, Chef.«

»Gut. Dann gebe ich Ihnen vorab schon mal ein paar Informationen.« Er führte sie ein paar Meter den Flur entlang, in einer Mauernische konnten sie einigermaßen ungestört sprechen. »Wissen Sie, wer hier die Hauswirtschaft leitet?«, fragte er leise.

»Jemand Interessantes?«

»Kann man so sagen. Es ist Diana Fenn, die Tochter von Ingbert Fenn-Heindel.«

Evelyn stutzte. »Er hat eine Tochter? Ich dachte ...?«

Gercke schmunzelte. »Ja. So, wie er sich uns bei der Befragung präsentiert hat, könnte man das durchaus annehmen. Aber das Schicksal des Ingbert Fenn-Heindel hat einige interessante Wendungen genommen. Als er und Bernd Brook ein Liebespaar waren, galt er auf dem Papier noch als verheiratet.«

»Mit einer Frau?«

»Natürlich. Wir sprechen über die späten Achtzigerjahre, da war an so was wie Homo-Ehe längst noch nicht zu denken. Fenn-Heindel hieß damals einfach nur Fenn und war verheiratet mit Vera, geborene Krömer. Aus dieser Ehe stammt Diana.«

»Und das wussten Sie schon, als Sie Fenn-Heindel am Samstag befragt haben?«

»Ja. Ich kann mich ganz gut daran erinnern, weil es ausführlich in der Zeitung stand. Damals, als Fenn sich von Charlotte Heindel adoptieren ließ«, Gercke machte eine Pause, er legte den Kopf auf die Seite. »Und jetzt bitte ich Sie um einen Gefallen, Frau Eick.«

»Ja?«

»Ich könnte Ihnen an dieser Stelle noch mehr über die Familie Fenn erzählen. Aber das möchte ich erst tun, nachdem Sie die Hauswirtschafterin Diana Fenn und auch den Heimleiter befragt haben. Und dafür bitte ich Sie um Ihr Verständnis.«

Evelyn verzog das Gesicht. »Weil ich sonst zu befangen sein könnte?«

»Genau«, Gercke lächelte. »Sehen Sie mir das nach. Ich bin ein alter Kripohund, der manchmal ganz gut weiß, was für junge Kollegen das Richtige ist. Machen Sie ganz normal die Befragungen. Konzentrieren Sie sich auf den aktuellen Fall, danach erzähle ich Ihnen mehr.«

»In Ordnung.« Evelyns Stimme ließ keinen Zweifel daran, wie eigenartig sie Gerckes Vorgehen fand.

»Danke, Frau Eick«, er klopfte ihr kurz auf die Schulter und kehrte zu den Kollegen zurück.

Evelyn ging hinunter ins Erdgeschoss, dort lagen die Verwaltungsräume.

* * *

Jedes Jahr im Mai feierten meine Eltern ihren Hochzeitstag mit einem großen Fest, zu dem sie Freunde und Bekannte einluden. Und jedes Mal erzählten sie die Geschichte, wie sie sich kennengelernt hatten. Weil sie das immer zu fortgeschrittener Stunde taten, also dann, wenn alle genug Alkohol getrunken hatten, hörten die Gäste ihnen begeistert zu – jedes Jahr aufs Neue.

Meine Oma war arm gewesen, doch sie hatte sich dafür eingesetzt, dass meine Mutter eine solide Berufsausbildung bekam. Bei einer katholischen Organisation bewarb sie sich erfolgreich um ein Stipendium und zog in ein Wohnheim für junge Frauen nach Köln. Dort ließ sie sich in einer privaten Fachschule zur Fremdsprachenkorrespondentin ausbilden. Mein Vater war der einzige Junge in der Klasse. Anfangs fanden die beiden wenig Interesse aneinander, aber kurz vor Ende der Ausbildung funkte es zwischen ihnen.

»Er war so gut erzogen und höflich«, erzählte meine Mutter immer. »Kein Rüpel, wie viele andere junge Männer, sondern zurückhaltend. Er hat mich als Frau respektiert. Außerdem kam er aus gutem Haus. Schon bevor wir unsere Abschlusszeugnisse in den Händen hielten, hatte er eine Stelle bei einer angesehenen Firma mit Sitz im Bonner Regierungsviertel.«

»Was für ein Glück ich hatte«, meinte mein Vater dazu und gab an dieser Stelle der Geschichte meiner Mutter einen Schmatzer auf die Wange. »Selbstverständlich hatte ich mich auch unter den

anderen Mädchen umgeschaut.« Er zwinkerte. »Und ganz schön heftig geflirtet. Aber keine war dabei, die es mir so richtig angetan hätte. Manchmal kommt die Liebe eben erst auf den zweiten Blick.«

»Oder den zehnten oder zwanzigsten«, ergänzte meine Mutter.

Und mein Vater fuhr fort: »Dann habe ich bei meiner künftigen Schwiegermutter um die Hand der einzigen Tochter angehalten. 1965 war das, da machte ein anständiger junger Mann das noch so. Was soll ich sagen: Mein Wunsch stieß auf offene Ohren. Wir haben uns sofort verlobt und ein Jahr später geheiratet. Mit kirchlicher Trauung und weißem Kleid und Kutsche und allem Drum und Dran. Und es hat gehalten! Bis heute sind wir glücklich!«

An dieser Stelle der Geschichte küssten meine Eltern sich jedes Mal lange auf den Mund, und die Gäste hoben ihre Gläser und jubelten. Natürlich habe ich mit gejubelt.

* * *

Evelyn betrat das Büro. Dort saßen sich Francisco Gonzales und Diana Fenn am Schreibtisch gegenüber, beide mit roten Augen und verquollenen Wangen, vermutlich hatten sie bis eben geweint. Im ersten Moment kam es Evelyn vor, als hätte sie ein Geschwisterpaar vor sich, so sehr glichen die beiden sich mit ihren kurzen, dunkelbraunen Haaren. Doch dann bemerkte sie den hellen Ansatz auf dem Kopf der Hauswirtschafterin, offenbar eiferte sie der Haarfarbe ihres Kollegen auf künstliche Weise nach. Gonzales trug zur Jeans ein himmelblaues Polohemd, exakt dieser Blauton wiederholte sich in Revers und Ärmelaufschlägen von Dianas türkisgrünem Kittelkleid. Dumm nur, dass die fröhliche Farbigkeit so gar nicht zu einem Mord passte. Nicht mal zu einem Mord, in dem Rosarot eine zentrale Rolle spielte.

Sie standen auf, als Evelyn hereinkam.

»Guten Morgen«, grüßte sie. »Sie haben sich gewünscht, dass wir die Befragung so bald wie möglich vornehmen. Allerdings würde ich gern einzeln mit Ihnen sprechen.«

»Wir haben keine Geheimnisse voreinander, Herr Gonzales und ich.« Diana Fenn straffte den Rücken, ihr Kittelkleid spannte über der Brust.

»Das glaube ich Ihnen gern. Aber die Einzelbefragung ist trotzdem nötig und entspricht den Vorschriften.«

Ohne zu zögern, ging Diana Fenn zur Tür. »Sie finden mich dann in der Küche.« Sie sagte das nicht unfreundlich, trotzdem klang Missmut in ihrer Stimme.

Evelyn nahm Dianas Platz am Schreibtisch ein. Zügig machte Gonzales die nötigen Angaben zu seiner Person. Er war gebürtiger Spanier und als Zwanzigjähriger nach Deutschland gekommen, hatte dank seiner guten Auffassungsgabe rasch die Sprache gelernt und dann Sozialarbeit studiert. Das Heim leitete er seit der Gründung vor gut zehn Jahren.

Es kam Evelyn vor, als ginge trotz der Ereignisse eine tiefe Gelassenheit von diesem Mann aus. Seine Augen ruhten auf ihr, nicht unangenehm, eher als suchte er nach etwas Einvernehmliche, nach einer harmonischen Verbindung.

»Bevor Sie weitere Fragen stellen, würde ich Ihnen gern etwas über unser Wohnkonzept erzählen, Frau Kommissarin. Damit Sie nachvollziehen können, warum wir Helmut erst heute Morgen gefunden haben.«

»Bitteschön«, sagte Evelyn. Zu ihrem eigenen Erstaunen ging die Ruhe des Heimleiters nicht auf sie über. Etwas an diesem Mann machte sie nervös, eher unwillig hörte sie ihm zu.

»Es ist so: Wir verstehen uns als Angebot des kameradschaftlichen Miteinanders. Viele unserer Bewohner haben ihr Leben lang allein gelebt, bevor sie zu uns kamen. Sie haben

Ablehnung und Ausgrenzung erlebt, viele auch Hass und Gewalt. Zumindest einen Teil dieser schlimmen Erfahrungen möchten wir hier auffangen. Darum verzichten wir auch auf übermäßige Kontrollen. Die Bewohner sollen ihr Leben so gut es geht eigenständig gestalten. Wir sind keine Pflegeeinrichtung. Spätestens ab Pflegestufe Eins im Sinne der Gesetzlichen Krankenkassen müssen unsere Bewohner in ein übliches Heim umziehen. So leid uns das auch immer wieder tut. Aber mehr können wir hier nun mal nicht leisten.« Gonzales seufzte, bevor er fortfuhr: »Jedes Apartment verfügt über einen Monitor, der sich automatisch einschaltet, sobald jemand an der Haustür klingelt. Und über eine Sprechanlage. Jede Bewohnerin und jeder Bewohner kann selbst entscheiden, wen er oder sie empfangen möchte und wen nicht.«

»Einen Monitor? Also eine Kamera, die zeigt, wer unten vor der Tür steht?«

»Genau.«

»Demnach gibt es keine Video-Aufzeichnung?«

»Nein, bisher nicht. Aber ich habe eben schon mit Herrn Fenn-Heindel telefoniert. Wir werden sofort eine Aufzeichnungsanlage nachrüsten«, wieder seufzte Gonzales. »Herr Fenn-Heindel ist übrigens auch tief erschüttert.«

»Das ist doch absolut verständlich«, erwiderte Evelyn. Noch im selben Moment ärgerte sie sich über ihre Floskel. Gonzales löste etwas in ihr aus, das sie nicht verstand. Er war freundlich, gesprächig und kooperativ, doch irgendetwas an ihm fiel ihr heftig auf die Nerven. An seiner Homosexualität hatte sie keinen Zweifel. Er gehörte zu den Männern, die ihr Schwulsein mit selbstverständlichem Charme vertraten, ohne tuntig zu sein. Männer, wie viele Frauen sie gern als Freunde haben. Zu dieser Sorte Frauen gehörte Evelyn nicht. Warum das so war, hätte sie nicht sagen können.

»Wenn ich Sie richtig verstehe, Herr Gonzales, dann glauben Sie, dass der Mörder von Helmut Schelling von außen kam? Es war also niemand aus dem Heim, glauben Sie?«

»Davon sind wir fest überzeugt«, entgegnete der Heimleiter, ohne die Stimme zu heben. »Hier im Haus hätte niemand ein Motiv gehabt, Helmut umzubringen. Alle mochten ihn. Er hatte so ein sonniges Wesen.«

»Und Sie gehen davon aus, dass Herr Schelling dem Täter selbst die Tür aufgemacht hat?«

»Ja. Mit dem elektrischen Türöffner im Apartment.«

»Was bedeuten würde, dass er den oder die Besucher kannte? Oder könnte es auch sein, dass er ganz fremde Menschen hereingelassen hätte? Versicherungsvertreter zum Beispiel? Oder Spendensammler?«

»Nein. Das hätte nicht zu ihm gepasst. Da war er eher misstrauisch. Er konnte ja nicht mehr gut sehen. Ganz Unbekannte hätte er vermutlich nicht empfangen, jedenfalls nicht um die Uhrzeit.«

»Von wem bekam er denn üblicherweise Besuch?«

»Vor allem von Leuten aus dem AIDS-Helfer-Verein. Da hat er sich bis zuletzt engagiert. Jedenfalls so gut er das noch konnte.«

»Sie glauben, jemand von den AIDS-Helfern hat ihn ermordet?«

»Nein«, erwiderte Gonzales entsetzt. »Selbstverständlich nicht. Aber ich halte es für vorstellbar, dass jemand vorgegeben hat, dem Verein anzugehören. Und deswegen hat Helmut ihn reingelassen.«

»Aber eben sagten Sie doch noch, Herr Schelling sei eher misstrauisch gewesen.«

»Leider nicht ganz. Leute, die zum Verein gehörten, waren seine Freunde. Da fasste er schnell Vertrauen, das habe ich einige Male selbst erlebt.«

»Aha? Das heißt, es könnte sich so abgespielt haben: Jemand klingelt bei Herrn Schelling an und gibt sich als Mitglied des Vereins aus, und er öffnet, auch wenn er den oder die Besucher nicht persönlich kennt?«

Gonzales fuhr sich seufzend mit beiden Händen über die Schläfen. »Ja. So furchtbar das auch klingen mag, so einfach könnte es gewesen sein. Wenn der Täter dann noch gesagt hätte, dass Brigitte Ranzler ihn schickt, hätte Helmut vermutlich alles geglaubt.«

»Er war mit Frau Ranzler befreundet?«

»Ja, sie kam regelmäßig zu Besuch.« Gonzales schreckte auf. »Nicht, dass Sie mich falsch verstehen, Frau Kommissarin. Selbstverständlich ist Frau Ranzler nicht die Mörderin! Aber dass sie und Helmut befreundet sind, wussten so ziemlich alle hier. Die beiden standen sogar schon zusammen in der Zeitung. Die kannten sich noch aus der Zeit, als der Verein gegründet wurde. Kurz danach starb Helmuts Freund an Aids. Genau wie Frau Ranzlers Sohn.«

Evelyn schwieg einige Sekunden lang, dabei begegnete sie dem ruhigen Blick des Heimleiters. Schließlich fragte sie: »Und dass Herr Schelling erst heute Morgen gefunden wurde?«

»Lag daran, dass niemand etwas gehört hat«, entgegnete Gonzales prompt. »Das habe ich vorhin ja auch schon Ihrem Chef gesagt. Frau Fenn und ich waren gestern bis einundzwanzig Uhr im Haus, so wie immer. Dann kam unsere Nachtwache. Sarah van Alen, eine junge Medizinstudentin. Wir haben eine ganz normale Übergabe gemacht, und heute Morgen, als Frau Fenn wieder ins Haus kam, haben die beiden sich natürlich auch besprochen. Sarah hat keine besonderen Vorkommnisse beobachtet. Auch keine unbekannten Besucher.«

»Wann haben Sie oder Ihre Kollegen denn Helmut Schelling zum letzten Mal gesehen?«

»Beim Mittagessen im Speisesaal.«

»Und danach?«

»Frau Fenn und ich haben ihn jedenfalls seitdem nicht mehr gesehen. Und von den Bewohnern, mit denen wir bis jetzt gesprochen haben, auch niemand. Das war nicht ungewöhnlich bei Helmut. Er hat sich oft nach dem Mittagessen in sein Apartment zurückgezogen und ist dann den ganzen Tag lang nicht mehr herausgekommen. Sein Abendbrot hat er sich immer selbst gemacht.«

»Aber Frau Fenn und Sie sind doch bestimmt nicht das gesamte Personal?«

»Natürlich nicht. Tagsüber sind wir noch mehr Kollegen: Vier Damen für die Reinigung der Räume, dann noch Gisela Wilms, unsere Köchin. Und Markus Stettner, ein Sozialarbeiter im Anerkennungsjahr. Aber nachmittags ab fünf sind normalerweise nur noch Frau Fenn und ich da. Und um kurz vor neun kommt der Nachtdienst.«

»Wie ist das denn überhaupt mit der Nachtwache hier?«, fragte Evelyn. »Sitzt die unten und hat die Haustür im Blick?«

»Ja«, Gonzales nickte angestrengt. »Die meiste Zeit hält sie sich in der Pförtnerloge auf. Aber manchmal kann es natürlich auch sein, dass sie hoch muss, um jemandem zu helfen. Zur Sicherheit lässt sich die Haustür nachts nur von innen öffnen. Der elektrische Öffner ist dann außer Betrieb. Übrigens: Gestern war Sarah van Alen sogar schon um Viertel vor neun da. Wir haben eben schon versucht, sie zu erreichen. Aber nach dem Nachtdienst legt sie sich schlafen und stellt solange ihr Telefon ab. Ab Mittag dürfte sie wieder erreichbar sein«, sein Blick wurde eindringlicher. »Wir alle hier sind uns sicher, dass der Täter es gezielt auf Bernd Brook und Helmut Schelling abgesehen hat. Dass da ein durchgeknallter Schwulenhasser am Werk ist – oder vielleicht auch eine ganze Gruppe. Und wir würden uns nicht wundern, wenn da noch mehr Morde kommen würden. Wahrscheinlich eine ganze Serie.«

Evelyn atmete tief durch. »Wie kommen Sie darauf?«

Gonzales senkte den Blick. »Wenn Sie mich jetzt fragen, ob wir hier einen bestimmten Verdacht haben: Nein, den haben wir nicht. Aber wir wissen, dass unsere angeblich so liberale Gesellschaft sich heftig in die Tasche lügt: Wir tun so, als wäre es selbstverständlich, homosexuelle Menschen zu tolerieren. Oder sogar unterhaltsam zu finden. Oder wenigstens interessant. Aber ich sage Ihnen was: Auch wenn wir in Deutschland nicht jeden Tag in der Zeitung lesen, dass Gewalt gegen Schwule und Lesben ausgeübt wird, gibt es immer noch einen heftigen Unmut gegen Homosexuelle. Um nicht zu sagen: einen tiefen Hass. Und was die Fälle von Brook und Schelling angeht: Da können wir uns gut vorstellen, dass die Täter aus dem rechtsradikalen Milieu stammen. Irgendwelche durchgeknallten Dumpfbacken. Oder ein Geistesgestörter. Dass der Täter den Mund seiner Opfer mit rosa Farbe füllt, ist doch absolut bizarr.«

Der eben noch so besonnene Heimleiter redete sich in Rage. Evelyn reagierte ruhig. »Selbstverständlich verfolgt die Kripo auch solche Zusammenhänge. Aber jetzt konzentrieren wir uns auf Helmut Schelling. Sie haben ja sicherlich eine Akte über jeden Bewohner?«

»Selbstverständlich«, der Heimleiter stand auf und ging zu einem Büroschrank. Evelyn fiel sein drahtiger Körper auf. Die dunklen Haare trug Francisco Gonzales im Nacken auffallend lang, dabei war er schon siebenundvierzig Jahre alt. Er reichte Evelyn eine Akte. »Die kann ich Ihnen gern vorübergehend überlassen.«

»Danke. Wir schauen alles gründlich durch, eine Frage aber schon mal vorab: Wie hat Helmut Schelling seinen Heimplatz finanziert?«

»Aus eigenen Mitteln. Er gehörte zu den wenigen Bewohnern, bei denen die Rente zur Vollfinanzierung reichte. Im Monat elfhundertfünfzig Euro im Einzel-Apartment, zuzüglich die Kosten für das Essen. Helmut war früher bei der Stadt beschäftigt, im Einwohnermeldeamt, Gehobener Dienst. Da hat er nicht schlecht verdient. Für die meisten unserer Bewohner gilt das leider nicht. Da trägt die Heindel-Stiftung zumindest einen Teil der Kosten.«

Evelyn nickte. »Wissen Sie auch, ob Helmut Schelling ein Testament hinterlassen hat?«

»Sicher. Wir bieten allen Bewohnern an, ihre Testamente hier im Bürosafe aufzubewahren. Helmut ist in Finanzdingen immer ganz offen zu uns gewesen. Und einen entsprechenden Eintrag in unsere Akten gibt es auch: Helmut vererbt sein gesamtes Vermögen dem AIDS-Helfer-Verein. Ein Sparbuch mit siebenhundertfünfzig Euro und eine Schallplattensammlung von Freddy Quinn, so an die zweihundert Stück«, Gonzales lächelte. »Diese Musik hat er geliebt. Aber mehr als ein paar tausend Euro sind die Platten natürlich auch nicht wert.« Die Stimme des Heimleiters wurde bitter. »Helmuts Erbe kann zumindest kein Grund gewesen sein, ihn umzubringen.«

Evelyn wurde hellhörig. Warum sprach Gonzales so ausführlich über Helmut Schellings Erbe? Sie hegte eine Vermutung: Wahrscheinlich hatte sich in der Szene längst herumgesprochen, dass Bernd Brook kurz vor seinem Tod sein Testament geändert hatte und die Polizei in diese Richtung ausführlich ermittelte. Im Gegensatz zu Brook verfügte Helmut Schelling über kein nennenswertes Vermögen. Wenn die Morde an Brook und Schelling also eine gemeinsame Wurzel hatten, dann ging es kaum um Geld. Lag Gonzales also richtig mit seinem Verdacht? Sollte die Kriminalpolizei sich stärker auf die Suche nach einem extremistischen Schwulenhasser machen? Im Neonazi-Milieu? Oder eher einem geisteskranken Einzeltäter?

Evelyn wechselte das Thema. »Herr Gonzales, uns liegen noch keine Angaben der Rechtsmediziner zum genauen Todeszeitpunkt von Helmut Schelling vor. Aber nehmen wir mal an, Sie haben recht mit Ihrer Vermutung, dass der Täter von außen kam. Nehmen wir an, es hat sich so abgespielt: Helmut wurde am Spätnachmittag oder früheren Abend getötet, und der Täter verließ dieses Haus, bevor die Nachtwache eintraf. Sagen wir mal: Die Tat fand statt zwischen siebzehn Uhr, als die meisten Angestellten schon gegangen waren, und 20.45 Uhr, also dem Beginn der Nachtwache. Wo waren Sie während dieser Zeit?«

»Klare Antwort: hier im Büro.«

»Die ganze Zeit über? Wir sprechen von immerhin fast vier Stunden.«

»Ich weiß. Aber ich habe im Moment extrem viel mit der Verwaltung zu tun. Ich muss eine Steuerprüfung vom Finanzamt vorbereiten. Zwischen fünf Uhr und Viertel vor neun war ich einmal in der Küche und habe mir einen Kaffee geholt. Und sicher musste ich in dieser Zeit auch mal zur Toilette, die ist hier gleich nebenan. Aber das war alles. Ansonsten habe ich das Büro nicht verlassen, da bin ich mir sicher.«

»Und Frau Fenn? Wo war die?«

»Das fragen Sie sie ja sicher auch selbst.«

»Werde ich tun«, Evelyn nickte bekräftigend. »Aber jetzt frage ich erst einmal Sie, Herr Gonzales. Vielleicht ist Ihnen Frau Fenn in dieser Zeit begegnet?«

»Ja. In der Küche, als ich mir einen Kaffee geholt habe.«

»Wann genau war das denn?«

»Um kurz vor sechs, später am Tag trinke ich nämlich keinen Kaffee mehr.«

»Und was hat Frau Fenn in der Küche gemacht?«

»Sie hat Suppe gekocht.«

»Suppe?«

»Ja, zur Verpflegung hier gehört ein warmes Mittagessen, daran nehmen alle Bewohner teil. Frühstück und Abendbrot macht jeder für sich. Aber wer abends gern noch was Warmes möchte, für den bieten wir eine Suppe an. Die kocht Frau Fenn jeden Abend und verteilt sie auch.«

»Eben sprachen Sie noch von einer Köchin.«

»Richtig. Gisela Wilms. Die kümmert sich aber ausschließlich ums Mittagessen, darum ist sie immer nur von zehn bis halb drei im Haus.«

»Gut«, Evelyn nickte. »Die Nachtwache kam also um Viertel vor neun. Ab dann hatten Frau Fenn und Sie Feierabend?«

»Richtig. Gleich darauf sind wir zusammen zur Chorprobe gefahren. In die *Weichsel* an der Aachener Straße. Da proben wir im Nebenraum, jeden Dienstag um neun.«

Evelyn kannte die Studentenkneipe mit dem polnischen Wirt. »Um einundzwanzig Uhr findet da noch eine Chorprobe statt? So spät?«

»Ja. Viele von uns haben Jobs, bei denen man abends nicht eher loskommt. Darum treffen wir uns eben erst um neun.«

»Und in diesem Chor singen Sie beide: Frau Fenn und Sie?«

Gonzales hörte offenbar den Zweifel in Evelyns Stimme, denn er bemühte sich um eine ausführliche Erklärung. »Wir singen da schon seit Jahren zusammen, Frau Fenn bei den Altstimmen und ich im Tenor. Der Chor heißt *Gay and Friends*, wir sind ungefähr dreißig Mitglieder, und unser Repertoire besteht überwiegend aus Popsongs, immer a cappella und mindestens vierstimmig. Zur Zeit bereiten wir unser Sommerprogramm vor. Dann haben wir mehrere Auftritte, im Juni sogar auf den Tonhallen-Terrassen. Ich schreibe Ihnen die Nummer von unserem Chorleiter auf«, Gonzales griff zu einem kleinen Zettelblock. »Peter Bernklau heißt der, da können Sie ja anrufen.«

Evelyn überlegte. Von einem Chor namens *Gay and Friends* hatte sie noch nie gehört. Aber das musste nichts heißen, für A-cappella-Pop-Chöre interessierte sie sich nicht besonders.

»Dann noch eine Frage.« Sie sah dem Heimleiter in die Augen, während sie den Zettel entgegen nahm. »Wann genau haben Sie von Herrn Schellings Tod erfahren?«

Gonzales hielt ihrem Blick stand. »Heute Morgen um fünf nach sechs. Ich habe auf die Uhr gesehen, als Dianas Anruf kam. Mein Wecker geht immer erst um Viertel nach sechs.«

»Und was genau hat Frau Fenn Ihnen mitgeteilt?«

»Dass Helmut Schelling ermordet in seinem Apartment liegt und alles genauso aussieht wie das, was über Bernd Brooks Mord in der Zeitung stand. Und natürlich, dass Frau Fenn schon die Polizei angerufen hat. Ich habe mich sofort fertiggemacht und bin hergekommen.«

Evelyn bedankte sich. Vorerst hatte sie keine weiteren Fragen an Francisco Gonzales. »Dann gehe ich jetzt mal zu Frau Fenn. Wo finde ich denn die Küche hier?«

»Links in den Flur und gleich wieder links«, erklärte der Heimleiter. »Sie werden sie bestimmt nicht verfehlen. Schon allein, weil Diana heute Blechkuchen backt.«

»Und den sollte ich probieren?«

»Unbedingt«, er versuchte zu lächeln.

Evelyn verließ das Büro. Als ihr auf dem Flur der Duft von frischem Gebäck in die Nase stieg, musste sie zugeben: In diesem Moment hatte sie verdammt große Lust auf Kaffee und Kuchen.

Die Tochter

Evelyn musste an Gerckes Worte denken: Er hatte bewusst etwas über Diana Fenns Biografie verschwiegen, weil er befürchtete, dass Evelyn sonst befangen sein könnte. Noch immer zweifelte sie am Sinn seiner Vorgehensweise, aber sie musste akzeptieren, was ihr Chef entschied. Also würde sie sich bemühen, Diana Fenn unvoreingenommen zu befragen. Dies war allerdings schon deswegen nicht einfach, weil deren Vater beste Kontakte zum Innenminister unterhielt. Nun denn. Evelyn betrat die Küche des *Bunten Hauses*. Diana Fenn stand am Tisch und bestrich einen goldbraun gebackenen Blechkuchen mit flüssiger Butter. Ihr Gesicht war noch immer verquollen. Sie sah Evelyn entgegen. »Der hier ist noch zu heiß. Aber ich habe noch welchen von gestern. Möchten Sie ein Stück? Und Kaffee dazu?«

»Gern«, sagte Evelyn. »Herr Gonzales hat gemeint, dass ich Ihren Kuchen unbedingt probieren sollte.«

»Na, dann setzen Sie sich doch.« Frau Fenn versuchte zu lächeln, als sie sich aufrichtete. Das türkisfarbene Kittelkleid spannte über Brust und Hüften, dabei schien es noch relativ neu.

Vielleicht hat sie erst in letzter Zeit an Gewicht zugelegt, dachte Evelyn und nahm Platz.

Die Wirtschafterin stellte Kaffee und Kuchen vor Evelyn.

»Und Sie selbst möchten nichts, Frau Fenn?«

»Ich hatte eben schon.« Diana zog ein Papiertuch aus der Kitteltasche und wischte sich über die Wange. »Ich bin völlig runter mit den Nerven, das können Sie ja sicher verstehen. Aber stellen Sie einfach Ihre Fragen, ich schaffe das schon.«

Evelyn schaltete ihr Diktiergerät an. »Dann fangen wir bitte mit Ihren Personalien an.«

Zu Evelyns Erstaunen zog Diana sofort ihren Personalausweis aus ihrem Kittel. Sie war fünfundvierzig Jahre alt, wirkte aber älter. Das mochte an ihrem verweinten Gesicht liegen oder an den dunkel gefärbten Haaren, die zum hellen Teint einen starken Kontrast bildeten. Ihrem Vater Ingbert Fenn-Heindel sah sie nicht besonders ähnlich.

Evelyn probierte den Kuchen. »Wirklich gut, da hat Ihr Kollege nicht zu viel versprochen.«

»Danke.« Wieder versuchte Diana zu lächeln. »Ich backe fast jeden Tag ein Blech davon. Nach einem alten Rezept mit ganz fein geriebenen Mandeln und echter Vanille. Und wenn der Kuchen ein, zwei Tage alt ist, kann man ihn so schön in den Kaffee stippen. Dann braucht man kaum noch zu kauen. Das ist praktisch für unsere Bewohner, wenn sie Schwierigkeiten mit der Zahnprothese haben.«

Offensichtlich kostete es Diana viel Kraft, ihre Tränen zu unterdrücken. Beherrscht schilderte sie den Ablauf des Vortags: Helmut Schelling hatte gut gelaunt am Mittagessen teilgenommen und sich dann für den Rest des Tages in sein Apartment zurückgezogen. Heute Morgen wollte Diana ihm wie üblich seinen Tee bringen. Da lag er erdrosselt und mit der Farbe im Mund auf dem Wohnzimmerboden.

»Haben Sie ihm den Tee immer um sechs Uhr gebracht?«, fragte Evelyn.

»Ja, aber nicht nur ihm. Es gibt noch ein paar Bewohner, die genießen es, wenn sie schon mal eine Tasse Tee im Magen haben, bevor sie sich das Frühstück machen.«

Evelyn nickte. »Wie ging es Herrn Schelling denn überhaupt? Meine Kollegen haben mir eben schon gesagt, er war Diabetiker?«

»Ja. Seit seiner Jugend. Er musste sich Insulin spritzen, damit wurde er ganz gut fertig. Wir haben immer darauf geachtet, dass sein Insulin-Pen richtig eingestellt war, Helmut konnte ja nicht mehr gut sehen. Aber ansonsten ist er gut damit klargekommen.«

»Wie sah denn ein typischer Tagesablauf bei ihm aus?«

»Eigentlich lebte er relativ zurückgezogen, aber er hatte fast immer gute Laune. Bei schönem Wetter hielt er sich gern im Garten auf.«

»Hatte er denn auch Kontakte außerhalb des Hauses?«

»Nicht mehr viele. Er ging nicht gern einkaufen, und auf längere Spaziergänge hatte er meist auch keine Lust. Was er brauchte, ließ er sich normalerweise mitbringen.«

»Von wem?«

»Manchmal von mir, denn ich bin ja sowieso oft unterwegs für die Einkäufe hier. Aber auch von anderen Bewohnern. Er hatte ja keine großen Ansprüche. Sein bester Freund hier war Rudolf Offczyk. Ein sehr netter Kerl. Die beiden haben sich gut verstanden.«

»Waren die beiden ein Paar?«, fragte Evelyn behutsam.

»Soweit wir wissen, wohl nicht. Aber falls doch, dann wäre das doch schön gewesen.«

»Selbstverständlich«, sagte Evelyn rasch. »Bekam Herr Schelling denn auch Besuch von außen? Ich meine: nicht nur von Mitbewohnern?«

»Eher selten, aber das hat ihn nicht gestört.« Diana Fenn seufzte. »Die meisten unserer Bewohner haben den Kontakt zu ihren Familien irgendwann eingestellt. Helmut hatte eine jüngere Schwester, mit der er sich manchmal schrieb. So richtig herzlich war das Verhältnis nicht, aber doch ganz freundschaftlich. Immerhin hat sie ihn nicht angefeindet, weil er schwul war. Das haben andere Männer hier mit ihren Familien ganz anders erlebt. Jedenfalls: Helmuts Schwester lebt in Karlsruhe, und wir haben sie schon informiert. Sie war natürlich entsetzt und furchtbar traurig. Aber sie will morgen kommen und uns helfen, alles zu regeln.«

»Aber die beiden haben sich nur geschrieben? Seine Schwester hat ihn nicht besucht?«

Diana Fenn schüttelte den Kopf. »Nein, das nicht. Wenn jemand relativ häufig zu ihm kam, dann Brigitte Ranzler. Die las ihm dann immer aus seinen alten Krimis vor, das mochte er sehr.«

Evelyn horchte auf. »War Frau Ranzler gestern Abend auch da?«

»Davon weiß ich nichts. Zumindest hat Helmut gestern Mittag nicht davon gesprochen, dass Brigitte noch kommen wollte. Und normalerweise kündigte sie sich an.«

»Wann war sie denn das letzte Mal bei ihm?«

Diana Fenn zuckte mit den Schultern. »Es tut mir leid. Aber das kann ich beim besten Willen nicht sagen. Wir führen ja kein Buch darüber, welchen Besuch unsere Bewohner empfangen.«

Evelyn nickte. Schon die ganze Zeit überlegte sie, was Gercke ihr bewusst über Diana Fenn verschwiegen hatte. An keiner Stelle des Gesprächs verhielt die Hauswirtschafterin sich auffällig. Ihre Trauer über Helmut Schellings Tod wirkte echt.

Evelyn ließ sich den Ablauf des vorangegangenen Abends schildern. Diana Fenns Angaben stimmten mit denen von Francisco Gonzales überein.

»Offenbar haben Sie sehr lange Arbeitszeiten, Frau Fenn. Sie beginnen ihren Dienst um 5.30 Uhr und machen erst gegen einundzwanzig Uhr Feierabend.«

»Das stimmt. Aber ich habe jedes Wochenende komplett frei, das ist nicht selbstverständlich in unserer Branche. Und tagsüber nehme ich mir längere Pausen. Manchmal fahre ich auch ein paar Stunden nach Hause und lege mich hin.«

»Und mit Herrn Gonzales verstehen Sie sich gut?«

»Sehr gut sogar, wir sind schon lange befreundet. Wir haben uns in Spanien kennengelernt, als ich dort mit meinen Eltern Urlaub gemacht habe. Damals war ich sechzehn und er achtzehn. Ich habe mich gleich in ihn verliebt, aber er wusste damals schon, dass er auf Männer steht.« Offenbar bemerkte sie Evelyns fragenden Blick, denn gleich darauf fuhr sie fort: »Ich bin nicht lesbisch, falls Sie das denken sollten. Wir sind hier eine Wohneinrichtung für ältere homosexuelle Menschen. Das bedeutet nicht, dass die Mitarbeiter auch schwul oder lesbisch sein müssen. Vielmehr geht es uns um Toleranz und Verständnis.«

»Danke, Frau Fenn«, Evelyn nahm den letzten Schluck Kaffee. »Dann habe ich vorerst nur noch eine Frage an Sie: Woher wissen Sie eigentlich, wie Äther riecht?«

Diana schien sichtlich irritiert, sie antwortete nicht gleich.

»Ich frage Sie das aus einem ganz bestimmten Grund«, erklärte Evelyn freundlich. »Sie sind erst fünfundvierzig Jahre alt. Das heißt, in Ihrer Kindheit gab es schon moderne Narkosemittel. Die meisten Menschen Ihres Alters sind mit Äther nie in Berührung gekommen. Aber als Sie heute Morgen die Leiche von Helmut Schelling fanden, merkten Sie offenbar sofort, dass es im Raum nach Äther roch. Jedenfalls hat mein Kollege Herr Waschke das so geschildert.«

»Ja«, Diana wirkte erleichtert. »Es ist so: Während meiner Ausbildung habe ich auch mal ein Praktikum in der Krankenpflege gemacht. Da haben wir mit Äther bei unseren Patienten die Pflasterreste von der Haut entfernt. Daher weiß ich, wie Äther riecht.«

»Ach ja«, Evelyn nickte. »Stimmt schon: Wenn man diesen Geruch einmal in der Nase hatte, vergisst man den nicht wieder.« Evelyn stand auf. »Danke noch mal für den Kuchen. Der ist wirklich lecker.«

»Freut mich.« Wieder kamen Diana Fenn die Tränen. »Helmut hat den Kuchen auch so gern gemocht.«

»Das glaube ich gern«, meinte Evelyn einfühlsam. Sie verabschiedete sich und ging zurück auf den Flur.

* * *

Je älter ich wurde, umso mehr spürte ich, dass mit der Ehe meiner Eltern etwas nicht stimmte. Im Laufe der Jahre machte mein Vater Karriere, inzwischen war er beim Landwirtschaftsministerium angestellt. Immer öfter kam er nachts nicht mehr nach Hause. Zuerst höchstens mal für eine Nacht, doch dann auch schon mal einige Nächte hintereinander.

Ich fragte meine Mutter, was los sei, und sie sagte: »Dein Vater begleitet den Minister auf Geschäftsreisen. Minister reisen nie allein. Die nehmen immer jemanden aus dem Büro mit. Es muss ja manchmal ein Gespräch protokolliert oder ein dringender Brief aufgesetzt werden. Und weil dein Vater ganz besonders verlässlich ist, will der Minister, dass er ihn begleitet.«

Zunächst gab ich mich mit dieser Antwort zufrieden. Wenn mein Vater einige Nächte lang weg geblieben war, brachte er mir meistens etwas mit: Schokolade oder ein T-Shirt und manchmal auch ein Modellauto aus der Serie, die ich sammelte. Wenn ich ihn fragte, wo er denn mit dem Minister gewesen war, sagte er: »Das darf ich leider niemandem erzählen, noch nicht mal dir oder Mama. Darüber herrscht höchste Geheimhaltung. Die Bundesregierung schreibt das so vor.«

Ich nickte und war stolz auf meinen Vater.

Doch dann zeigte das Fernsehen ein Interview mit dem Landwirtschaftsminister. Es war mitten im Sommer, das Interview fand am Urlaubsort des Ministers in Italien statt. Er erzählte, dass er dort die Ferien mit seiner Familie verbringe und sich von der Arbeit im Ministerium gut erholen könne. Und auf die Frage des Journalisten sagte er: »Nein, ich mache hier wirklich Urlaub. Ich habe mir keine Akten mitgenommen und wünsche auch allen meinen Mitarbeitern eine gute Erholung.«

Zu diesem Zeitpunkt war mein Vater wieder zwei Tage und Nächte nicht nach Hause gekommen. Ich holte meine Mutter an den Fernseher und fragte, wo mein Vater denn sei, wenn doch wohl alle Leute im Ministerium Urlaub machten. Meine Mutter wirkte unangenehm berührt. Sie gab mir keine klare Antwort, aber sie sagte. »Wir lieben einander, dein Vater und ich. Und vor allem lieben wir dich von ganzem Herzen. Denn du bist unser Kind, und wir haben uns dich gewünscht. Du kannst dich immer auf uns verlassen.«

Ich wusste, dass meine Mutter mir etwas verheimlichte, aber ich schwieg.

* * *

Es hatte wenig Sinn, das Wohnheim nach Gercke abzusuchen. Evelyn rief ihn auf seinem Handy an.

»Gut, dass Sie sich melden, Frau Eick. Ich wollte gerade nachfragen, wie weit Sie sind. Wir beide müssten nämlich eben mal raus, ein Alibi prüfen. Treffen wir uns in einer Minute auf dem Parkplatz?«

»Sicher, Chef!« Sie eilte zur Pforte, da kam Gercke ihr schon von der anderen Seite des Flurs entgegen. Auf dem Weg zum Parkplatz hätte Evelyn ihn gern auf Diana Fenn angesprochen, doch das schien ihr in diesem Moment unpassend. Offenbar ging es um Wichtigeres.

Höflich hielt Gercke ihr die Beifahrertür seines Audis auf. »Möchten Sie raten, wo wir hinfahren?«

»Ich nehme mal an: zu Brigitte Ranzler. Sie war ja wohl gut mit Helmut Schelling befreundet.«

»So isses, Frau Eick«, Gercke nahm auf dem Fahrersitz Platz.

»Also gibt es Zeugenaussagen?«

Er ließ den Motor an. »So oder so ähnlich. Haben Sie schon von einem Heimbewohner namens Rudolf Offczyk gehört?«

»Diana Fenn hat den Namen erwähnt. Offczyk war ebenfalls ein guter Freund von Schelling.«

»Ja. Die beiden haben wohl relativ viel zusammen unternommen.«

Evelyn nickte. »Und von Offczyk kommt jetzt der Hinweis auf Brigitte Ranzler?«

»Ja und nein, leider ist es nicht so einfach, Frau Eick. Als Sie bei Diana Fenn in der Küche waren, habe ich noch mal mit Gonzales gesprochen. Und der erzählt, dass Offczyk seit ungefähr einem Jahr psychisch verändert ist. Alles weist wohl darauf hin, dass er eine Altersdemenz entwickelt, der Arme. Er kann sich nicht mehr gut konzentrieren und hat Gedächtnislücken. Ein Psychiater hat das so bestätigt. Trotzdem erinnert dieser Rudolf Offczyk sich daran, dass Brigitte Ranzler gestern Abend bei Helmut Schelling im Heim zu Besuch war. Er hat aber nicht mit ihr gesprochen, denn angeblich hat er sie nur im Vorbeigehen im Flur gesehen, also von hinten. Sie hat ihn wohl gar nicht bemerkt, und er wollte nicht hinter ihr herrufen. Was das Ganze aber schwierig macht: Offczyk ist sich nicht sicher, ob sich das gestern abgespielt hat, es könnte auch vorgestern Abend gewesen sein. Oder vielleicht sogar an beiden Abenden, er wollte sich da nicht festlegen.«

Evelyn verzog ungläubig die Miene. »Er will sie an zwei Tagen hintereinander zufällig von hinten im Flur gesehen haben? Das wäre dann aber schon ein verdammt großer Zufall.«

»Ja, finde ich auch. Aber bei allem Zweifel an dieser Aussage: Der Heimleiter meint, dass Offczyk grundsätzlich recht haben könnte. Brigitte Ranzler besuchte Schelling oft, auch schon mal zwei Abende hintereinander. Und darum fahren wir jetzt zu ihr, ist ja zum Glück nur ein kurzer Weg.«

Tatsächlich erreichten sie schon nach ein paar Minuten das Reihenhaus in der ehemaligen Arbeiter-Siedlung. Gercke drückte auf den Klingelknopf, Evelyn sah an der Fassade hoch, sämtliche Fenster waren geschlossen. Nichts regte sich.

»Hört die Ranzler irgendwie schlecht?« Gercke klingelte erneut.

»Eigentlich nicht. Als Frau Borkuschewa und ich vor ein paar Tagen hier waren, hat sie jedenfalls sofort aufgemacht. Vielleicht ist sie ja im Garten.«

»Dann schauen wir dort mal«, beschloss Gercke.

Brigitte Ranzler bewohnte das mittlere von sieben Häusern. Evelyn und Gercke umrundeten die Reihe, schließlich erreichten sie das hintere Ende von Brigittes Grundstück. Jeder Garten hatte ungefähr hundert Quadratmeter und war von einem niedrigen Holzzaun umgeben. Daran durften die Eigentümer nichts ändern, die Siedlung stand unter Denkmalschutz.

Vergeblich hielten die Kommissare nach Brigitte Ausschau, auch in den Nachbargärten war niemand zu sehen.

»Wir gehen näher ran. Wenn einer fragt, behaupten wir einfach, wir sind von der Kripo«, Gercke überstieg den Zaun, Evelyn folgte.

Längs über das Grundstück auf das Haus zu verlief ein schmaler Weg, nicht mehr als eine Doppelreihe von unebenen Natursteinplatten, in den Fugen wucherte das Unkraut. Dagegen wirkte der übrige Garten auffallend akkurat. Der gesamte Boden war frisch aufgelockert und durchfeuchtet. Alle paar Meter steckten in der Erde kurze Holzstäbe, auf die Samentütchen in Plastikhüllen gespießt waren. Evelyn erkannte Sellerie, Zucchini, Auberginen und weiteres Gemüse. Tüten mit Blumensamen waren weit und breit nicht zu sehen. Auch schien nicht ganz sicher, wo das eine Beet aufhörte und das nächste anfing. Kleine Trampelpfade in der frischen Erde ließen erahnen, wie die Grenzen zwischen den Gemüsesorten verliefen.

Gercke zeigte auf die Abdrücke einer groben Schuhsohle. »Könnten die von Brigitte Ranzler stammen?«

»Schau'n wir mal«, Evelyn hob ihren linken Fuß und hielt ihn über einen der Abdrücke. »Ich trage Größe 37. Wenn Frau Ranzler zwei, drei Nummern mehr hat und das Ganze als Gummistiefel, kann das wohl hinkommen.«

Gercke nickte. »Und wenn ich das richtig erkenne, stammen die Abdrücke wohl nur von einer einzigen Person?«

»Sieht ganz so aus.«

Der Weg setzte sich fort bis zu einer kleinen Terrasse, die aus den gleichen Platten bestand, auch hier gab Brigitte Ranzler sich offenbar keine besondere Mühe damit, die Fugen frei zu kratzen. Oder sie erledigte solche Arbeiten nur im Sommer. Jetzt, Mitte April, bot die Terrasse einen trostlosen Anblick.

Gercke stutzte. An den beiden zum Garten hin offenen Seiten der Terrasse standen junge Tomatenpflanzen in Schutzhüllen, wohl gerade erst gepflanzt und sorgfältig angegossen. »Frau Eick?«, flüsterte er. »Sehen Sie irgendwas, das eine entfernte Ähnlichkeit mit einer Blume hat?«

»Nein. Brigitte Ranzler ist offenbar Gemüsefreundin.«

»Ein Nutzgarten bis in den allerletzten Winkel«, meinte Gercke. »So was haben die Leute doch nur zu Kriegszeiten gemacht. Kein Rasen, keine Blume, kein Zierstrauch. Überhaupt nichts fürs Auge.« Er sah seine junge Kollegin eindringlich an. »Hätten Sie das von Frau Ranzler gedacht? Keine einzige Blume im Garten?«

»Irgendwie schon«, meinte Evelyn. »Sie ist ja nun mal ziemlich burschikos.«

Gercke senkte Kopf und Stimme. »So oder so. Wir sollten die Gute besser nicht unterschätzen.«

»Wohl wahr, Chef.«

Sie betraten die Terrasse. Neben einer verglasten Tür stand ein Paar gelber Gummistiefel, an den Sohlen klebte Erde. Gercke hob einen Stiefel hoch. »Passt zu den Abdrücken in den Beeten.« Er schaute durch die Türscheibe und klopfte gegen das Glas. Die Tür war nur angelehnt, er schob sie weiter auf. »Frau Ranzler?«, rief er laut.

Kein Laut drang aus dem Haus, die Kommissare schauten in ein menschenleeres Wohnzimmer. Auf einem Tischchen neben einer abgewetzten Ledercouch lag ein Mobiltelefon. Gercke drückte auf seinem eigenen Handy die Wahlwiederholung. Das Telefon auf dem Tisch klingelte.

»Dann ist sie wahrscheinlich doch im Haus«, flüsterte er. »Was meinen Sie, Frau Eick? Sollen wir Verstärkung holen, oder können wir beide da reingehen?«

Für Evelyn ließ sich nicht leicht erkennen, wie ernst er diese Frage meinte. »Ohne Durchsuchungsbeschluss? Sie glauben, es ist Gefahr im Verzug, Chef?«

»Zumindest sollten wir nicht unnötig Zeit verlieren. Haben Sie Ihre Dienstwaffe dabei?«

Evelyn unterdrückte ihr Erschrecken. »Nein, Chef. Die ist im Schließfach im Präsidium. Ich bin ja heute Morgen direkt von zu Hause gekommen.«

»Dann bleiben Sie bitte dicht hinter mir.« Er zog seine Pistole aus dem Halfter und hielt sie nah am Körper. »Vielleicht übertrieben, aber sicher ist sicher.«

Sie betraten das Haus.

»Frau Ranzler?«, rief Gercke wieder.

Noch immer regte sich nichts. Vor dem alten Sofa stand ein schmaler Tisch, auf dem Bücher und Zeitungen wild durcheinander lagen, ein rascher Blick auf die Titel verriet, dass es darin vor allem um Aidsvorsorge und Entwicklungshilfe ging. Wie auch in Brigittes Büro waren die Wände mit Regalen voll gestellt, in denen Bücher und Ordner selbst die letzten Winkel füllten. Zwei schäbige Ledersessel ergänzten das Sofa zu einer Sitzgarnitur. Gegenüber dem Terrassenfenster lag eine Tür, die ins Treppenhaus führte. Vom vorgelagerten, schmalen Flur gingen zwei weitere Türen ab. Die linke gehörte zu einem winzigen Toilettenraum, großgemusterte, braune Kacheln wiesen auf die Siebzigerjahre hin.

Gercke klopfte an die rechte Tür. »Frau Ranzler?«

Wieder kam keine Antwort. Sekunden später standen sie in der menschenleeren Küche. Auf einem kleinen Tisch stand benutztes Frühstücksgeschirr. Eine geöffnete Packung mit Käse aus biologischer Herstellung lag daneben, die Scheiben darin schienen noch frisch zu sein, offenbar hatte Brigitte sie erst kürzlich aus dem Kühlschrank genommen.

»Lassen Sie uns nach oben gehen«, meinte Evelyn. »Dann kann ich Ihnen auch gleich mal was zeigen. An der Wand neben der Treppe.«

Gercke folgte ihr. Mit hochgezogener Stirn betrachtete er die Blasrohrsammlung. »Und damit hat Frau Ranzler selbst geschossen?«

Evelyn wies auf die Fotos zwischen den Blasrohren. »Sie hat sich das von den Jägern zeigen lassen. Selbst geschossen hat sie aber, glaube ich, nur so zum Spaß. Jedenfalls nicht auf Tiere.«

Sie gingen weiter die Treppe hoch. Die Tür zum Büro stand offen, alles sah aus wie vor einigen Tagen, als Evelyn mit Jelena hier gewesen war. Das Modellflugzeug mit der Puppe im Fliegerdress baumelte im Luftzug.

Befremdet blickte Gercke in den vollgestopften Raum. »Und das hier ist das Hauptbüro des Düsseldorfer AIDS-Helfer-Vereins?«

Evelyn nickte. »Frau Ranzler betont, dass der Verein jeden Cent in seine Hilfsprojekte steckt. Alle Mitglieder versuchen, die Verwaltungskosten so niedrig wie möglich zu halten.«

»Immerhin«, lobte Gercke. »Aber man versteht natürlich auch, dass sie Brooks Erbe gut hätten brauchen können.« Er ging zurück auf den Flur und zeigte auf eine geschlossene Tür neben dem Büro. »Was ist das für ein Raum?«

Evelyn zuckte mit den Schultern. »Da waren wir letztes Mal nicht drin.«

»Na dann.« Er klopfte an. »Frau Ranzler?«

Wieder kam keine Antwort, er öffnete die Tür. Dahinter verbarg sich ein Badezimmer. Kacheln und Sanitärkeramik waren die gleichen wie in der Gästetoilette im Erdgeschoss.

»Vermutlich hat man die Bäder nachträglich eingebaut«, meinte Evelyn. »Und hier wurde ein Schlafraum geopfert. Mehr Platz war eben nicht.«

Gercke grinste. »Fragt sich also, wo die gute Frau Ranzler nachts ihr Haupt bettet. Oder schläft sie unten auf dem Sofa?«

»Weiß nicht. Ich glaube, da ist noch eine Treppe. Ganz hinten in der Ecke.«

Sie gingen zurück. Tatsächlich führte am Ende des Flurs eine Stiege nach oben, noch schmaler und steiler als die zwischen Erdgeschoss und erstem Stock.

»Wir können auch umkehren, Frau Eick«, flüsterte Gercke. »Wenn da oben irgendwas passiert, sitzen wir in der Falle. Von da kommen wir so schnell nicht weg.«

Evelyn zögerte mit der Antwort. »Hören Sie das? Es klingt wie Schnarchen.«

Gercke horchte. »Stimmt. Dann wagen wir es mal.«

Hintereinander stiegen sie nach oben und stießen auf zwei niedrige Türen, die Schnarchgeräusche drangen eindeutig von rechts. Behutsam drückte Gercke die Klinke und schob die Tür auf. Dahinter verbarg sich eine winzige Dachkammer. Die schrägen Wände waren mit Raufasertapete tapeziert, der ehemals gelbe Anstrich wirkte ausgeblichen. Ein übler Geruch, eine Mischung von Schweiß und Lavendel, füllte den Raum. Brigitte Ranzler schlief in Rückenlage auf einem Bett, ihr massiger Körper nahm die Breite beinahe vollständig ein. Es schien fraglich, wie sie sich in diesem Bett überhaupt umdrehen konnte.

Gercke senkte die Waffe und ließ Evelyn vorangehen. »Das ist wohl eher Frauensache«, flüsterte er.

Sie trat näher heran. Auf einem einzelnen Stuhl lag Brigittes braun-beige gestreifte Jacke. Ansonsten füllten das Zimmer ein schmaler Kleiderschrank und eine Kommode an der Schrägseite gegenüber dem Bett. Auf dem Nachttisch lag neben einem leeren Wasserglas die angebrochene Packung eines frei verkäuflichen Schlafmedikaments. Doch Brigittes Schnarchen war so gleichmäßig und ihre Gesichtshaut so rosig, dass kein Zweifel bestand: Sie schlummerte sanft, wenn auch nicht geräuschlos.

Evelyn rüttelte sie an der Schulter. »Frau Ranzler?«

Sie reagierte nicht gleich, Evelyn rüttelte stärker.

Brigitte öffnete die Augen und wurde unerwartet schnell wach. »Frau Kommissarin!« Mit einem Ruck richtete sie sich auf und erkannte nun auch Gercke, der an der Tür stand. »Ach! Und Ihren Chef haben Sie auch gleich mitgebracht. Schönen guten Morgen.«

Aufgeschreckt von dem Temperamentsausbruch wich Evelyn einen Schritt zurück. Düsseldorfs oberste AIDS-Helferin zog aus ihren Gehörgängen zwei rosa Wachsstöpsel und legte sie auf den Nachttisch. Evelyn erkannte auf dem Wachs die gelblichen Beimengungen von Ohrenschmalz und schaute lieber nicht so genau hin.

»So!«, wütend blickte Brigitte zwischen Evelyn und Gercke hin und her. »Und jetzt raus mit der Sprache: Was wollen Sie hier? Warum verfolgen Sie mich bis in mein Schlafzimmer?«

»Wir waren besorgt um Sie«, entgegnete Gercke ernst. »Im Übrigen: Ihre Terrassentür stand offen, Frau Ranzler. Das ist sehr leichtsinnig.«

»Um mich besorgt?«, echote Brigitte. »Um mich müssen Sie sich keine Gedanken machen. Stattdessen sollten Sie lieber Helmuts Mörder suchen ...« Offenbar wollte sie weitersprechen, doch von der einen zur anderen Sekunde kippte ihre Stimmung. Sie schluchzte heftig auf, nahm ein Taschentuch aus dem Nachttisch und wischte sich mit großen Bewegungen die Wangen.

Hat diese Frau wirklich geschlafen?, fuhr es Evelyn durch den Kopf. Konnte es sein, dass die alte Dame gerade ein grandioses Schauspiel ablieferte? Hatte sie vielleicht vom Mord an Helmut Schelling gehört und deswegen die Polizei bereits erwartet? Hatte sie die Terrassentür offen gelassen, um zu testen, wie weit die Ermittler gehen würden?

Wieder wechselte Brigittes Stimmung. »Und jetzt gehen Sie raus!«, befahl sie. »Ich ziehe mich an, und dann reden wir vernünftig. Und seien Sie unbesorgt«, spöttisch grinsend wies sie auf die einzige Dachluke. »Fliehen kann ich hier nicht, und selbstmordgefährdet bin ich auch nicht. Setzen Sie sich ruhig schon mal an den Schreibtisch. Sie kennen sich ja aus, Frau Eick. Ich bin in fünf Minuten bei Ihnen, verlassen Sie sich drauf.« Die letzten Worte klangen wie eine Drohung.

Gercke und Evelyn verließen das Zimmer, aber sie gingen noch nicht ins Büro, sondern blieben ein Stockwerk tiefer am Treppenabsatz stehen. Tatsächlich brauchten sie nicht lange zu warten. Ein paar Minuten später kam Brigitte die Stiege herunter, mit ihren ausladenden Hüften fuhr sie links und rechts an den Wänden entlang, dabei bewegte sie sich erstaunlich schnell. Jetzt trug sie einen braunen Jogging-Anzug. In Farbe und Stil unterschied er sich nur wenig vom Pyjama, den sie noch kurz zuvor im Bett angehabt hatte.

»Bitte nehmen Sie doch Platz!« Unerwartet freundlich wies sie den Kommissaren den Weg ins Büro. Gercke und Evelyn hatten sich noch nicht gesetzt, da ergriff sie das Wort. »Um gleich mal klarzustellen, warum ich am helllichten Tag im Bett liege: Ich war heute schon ganz früh im Garten, und dann habe ich den Anruf bekommen, dass Helmut Schelling tot ist. Das hat mich total fertig gemacht. Ich habe mich wieder hingelegt, eine Schlaftablette genommen und mir die Decke über den Kopf gezogen. Ich wollte nichts mehr hören und nichts mehr sehen. Und die Terrassentür habe ich wohl aus Versehen offen gelassen.«

»Wann kam denn der Anruf heute Morgen«, fragte Gercke, »und vom wem?«

»So gegen halb acht muss das gewesen sein, von Ralf Mossner, der ist auch im Vorstand von unserem Verein. Aber im Grunde war das nur Zufall, dass Ralf mich als Erstes erreicht hat. Sie können sich ja nicht vorstellen, was heute Morgen los war. Die armen Leute im *Bunten Haus* waren ja völlig außer sich. Die sind zwar brav in den Apartments geblieben, weil die Polizei das so wollte. Aber natürlich haben die Gott und die Welt angerufen. Helmut Schelling ermordet. Ausgerechnet Helmut. Den liebsten Menschen, den man sich überhaupt vorstellen kann!«

»Und Sie, Frau Ranzler?«, fragte Gercke. »Wann waren Sie das letzte Mal im *Bunten Haus*?«

»Das kann ich Ihnen genau sagen: Vorgestern Abend nämlich. Da habe ich Helmut besucht und ihm was vorgelesen. Es ging ihm relativ gut, und mir ist nichts Ungewöhnliches aufgefallen.« Brigittes Stimme gewann an Schärfe. »Und damit auch das klar ist: Ich habe ihn nicht ermordet. Seit vorgestern Abend habe ich das *Bunte Haus* nicht mehr betreten und ganz sicher auch keinen Mörder auf ihn angesetzt.«

Gercke nickte. »Gestatten Sie uns trotzdem die Frage: Was haben Sie denn gestern Abend gemacht? Zwischen siebzehn und zwanzig Uhr?«

»Auch das kann ich Ihnen ganz genau sagen: Ich war im Garten und habe Beete angelegt. Für mein Gemüse. Wenn Sie durch die Terrassentür gekommen sind, haben Sie das ja wohl schon gesehen. Gestern war ideales Wetter für die Aussaat.«

»Und das kann jemand bezeugen?«

»Ja sicher«, entgegnete sie unwirsch. »Fast alle Nachbarn in der Häuserreihe. Die waren ja auch in ihren Gärten. Wollen Sie die Namen?«

»Gern«, sagte Gercke sanft.

Energisch griff sie zu einem Blatt Papier und schrieb eine Liste mit Namen und Telefonnummern herunter.

»Die kennen Sie alle auswendig?«, fragte Evelyn anerkennend.

»Ja sicher. Ich bin doch nicht verkalkt«, Brigitte schaute auf die Uhr. »Um diese Zeit sind die meisten natürlich noch auf der Arbeit und die Kinder in der Schule. Aber Sie sind ja Profis. Sie werden die Leute schon erreichen«, mit süßsaurem Lächeln reichte sie Gercke die Liste.

»Danke«, entgegnete er ruhig.

Sie verabschiedeten sich, die Kommissare gingen zu Gerckes Auto. Auf der kurzen Fahrt zum *Bunten Haus* sah er Evelyn von der Seite an. »Übrigens hat Herxheimer vorhin noch angerufen. Schellings Obduktion findet morgen früh statt. Bei dem vielen Personal, das wir im Moment brauchen, reicht es wohl, wenn nur einer von uns dabei ist. Was meinen Sie, Frau Eick? Soll ich Frau Borkuschewa damit beauftragen?«

»Nein«, meinte Evelyn entschieden. »Teilen Sie mich bitte ein.«

»Sind Sie sicher?«, fragte er ohne Unterton.

»Ganz sicher. Ich mache das gern.«

»Gut«, Gercke nickte.

In diesem Moment war Evelyn egal, was ihr Chef über sie dachte. Sie wollte morgen unbedingt dabei sein, sie sehnte sich danach, Herxheimer wiederzusehen, und sei es bei einer Obduktion.

Wenige Minuten später erreichten sie das *Bunte Haus*. Gercke setzte Evelyn ab und fuhr weiter. Zurück im Wohnheim besprach sie sich mit Jelena und erfuhr, wie schwierig die Befragungen abliefen. Die meisten Bewohner waren so schockiert über Schellings Tod, dass sie sich nur schlecht auf ein Gespräch mit der Polizei konzentrieren konnten. Dabei gaben alle Kollegen ihr Bestes, um verlässliche Aussagen zu bekommen. Eine heiße Spur war bisher nicht darunter. Um achtzehn Uhr fuhren sie zurück zum Präsidium, Gercke rief die Mitglieder der Mordkommission zusammen.

* * *

Wie immer in einer Konferenz kam Gercke schnell zur Sache. In den letzten Stunden hatte er die bisherigen Ergebnisse zusammengetragen. Alles, was die weiteren Mitarbeiter und die Bewohner des *Bunten Hauses* zu Protokoll gegeben hatten, bestätigte die Aussagen von Heimleiter und Wirtschafterin.

»Herxheimer hat sich übrigens auch schon gemeldet«, erklärte Gercke. »Demnach starb Helmut Schelling zwischen achtzehn Uhr und 19.30 Uhr. Und was Brigitte Ranzler betrifft: Ihr Alibi steht. Sofern wir mal ausschließen, dass ein Komplott dahintersteckt. Fünf Nachbarn aus drei Häusern bezeugen, Brigitte Ranzler gestern Abend zwischen achtzehn und zwanzig Uhr im Garten gesehen zu haben. Über die Zäune hinweg haben die auch alle miteinander gesprochen. Das Wetter war angeblich ideal für die Aussaat.«

»Also gehen wir davon aus, dass Rudolf Offczyk sich geirrt hat«, meinte Evelyn. »Brigitte Ranzler war nicht gestern bei ihm, sondern vorgestern, also am Montag.«

Gercke nickte. »Dass sie vorgestern da war, hat sie ja selbst zugegeben, und wir haben dafür auch einige Zeugen im *Bunten Haus*. Es fällt auf, dass sich Personal und Bewohner in einem Punkt einig sind: Die Morde an Brook und Schelling wurden von einem durchgeknallten Schwulenhasser begangen. Auch Brigitte Ranzler ist fest davon überzeugt.«

»Ist das nicht ein bisschen viel der Einigkeit?« Ansgar von Matt zog die Stirn hoch. »Wäre auch denkbar, dass man uns damit auf die falsche Fährte locken will?«

»Nicht unbedingt«, meinte Gercke. »Zumal ich mir schlecht vorstellen kann, dass sämtliche Mitarbeiter und das Personal eines Altenwohnheims sich absprechen, um einen Mörder zu schützen. Zunächst mal wissen wir ja noch gar nicht, welches Motiv jemand haben könnte, ausgerechnet Helmut Schelling zu töten. Da liegt der Gedanke durchaus nah, dass es um einen schwulenfeindlichen Hintergrund geht.«

»Was dann auch bedeuten würde: Es war eher Zufall, dass es diesen Schelling getroffen hat?«, hakte Ansgar nach. »Es hätte auch ein anderer männlicher Bewohner sein können? Oder vielleicht sogar eine Bewohnerin?«

»Eine Frau wohl eher nicht«, entgegnete Gercke. »Obwohl: als Frau Eick und ich heute Morgen am Haus von Brigitte Ranzler waren und sie nicht aufmachte, hatten wir durchaus den Gedanken, dass sie das nächste Opfer sein könnte.«

»Wobei Frau Ranzler nicht lesbisch ist«, warf Ansgar ein.

»Wohl nicht«, Gercke unterdrückte ein Schmunzeln. »Aber ihr Sohn war schwul, und sie hat sich ihr halbes Leben lang für die Belange von Homosexuellen eingesetzt.«

Evelyn nickte heftig. »Und zwar Seite an Seite mit Bernd Brook.«

»Das stimmt«, meinte Gercke. »Aber ich habe das vorhin noch mit unserer Psychologin besprochen. Demnach ist Gewalt gegen homosexuelle Frauen weitaus seltener als gegen Männer. Das hat irgendwie damit zu tun, dass Zärtlichkeit zwischen Frauen in unserer Gesellschaft eine größere Akzeptanz hat als zwischen Männern. Wir wollen da jetzt nichts kleinreden, aber es ist wohl so: Die Morde an Brook und Schelling sind mit der rosa Farbe im Mund stark ritualisiert. Ein solches Ritual würde bei einer Frau viel weniger Eindruck machen. Damit würde die Tat an Aufmerksamkeit einbüßen. So verrückt das klingt: Rosa Kleidung oder Schmuck an einer Frau ist uns allen vertrauter als an einem Mann. Rosa Farbe weist nicht eindringlich auf die Homosexualität einer Frau hin, sondern im Gegenteil: Wir verbinden damit eher kleine Mädchen oder mädchenhafte Frauen, die heterosexuell sind.«

»Und deswegen müssen die lesbischen Frauen keine Angst vor unserem Mörder haben?«, fragte Waschke provokant. »Und die heterosexuellen erst recht nicht?«

»So ist es wohl«, entgegnete Gercke ernst. »Brook und Schelling waren völlig unterschiedliche Persönlichkeiten, unterschiedlich alt, mit unterschiedlichen sozialen und finanziellen Hintergründen. Alles, was sie verbindet, ist, dass sie schwul sind. Mehr wissen wir zurzeit jedenfalls noch nicht.«

Evelyn meldete sich erneut zu Wort. »Schelling starb also zwischen achtzehn Uhr und 19.30 Uhr. Das ist aber genau der Zeitraum, in dem der Heimleiter kein Alibi hat. Nach seinen Angaben war er während dieser ganzen Zeit im Büro. Und auch für Diana Fenn haben wir demnach kein lückenloses Alibi.«

»Wobei natürlich nicht klar ist, welchen Grund die beiden haben sollten, einen ihrer Bewohner zu töten«, meinte Jelena.

Gercke nickte. »Wenn wir aber mal davon ausgehen, dass der Mord gerade nicht von einem Besucher begangen wurde, sondern tatsächlich von jemandem im Heim selbst, dann müssen wir sagen: Der Heimleiter und die Wirtschafterin sind die einzigen, die das Geschick und die Kraft für diesen Tathergang hatten.«

»Nehmen wir denn an, dass es sich bei den Morden an Brook und Schelling um den oder dieselben Täter handelt?«, fragte ein Kollege, den Evelyn nur flüchtig kannte.

»Bisher schon. Unsere KTU konnte nachweisen, dass die Handstücke der Garotte aus demselben Holzstück gesägt wurden, vermutlich einem handelsüblichen Besenstiel. Und auch die rosa Farbe hat exakt dieselbe chemische Zusammensetzung.« Gercke sah in die Runde, die meisten der Kollegen nickten, er fuhr fort: »Unsere Pressemitteilung ist eben rausgegangen: Wir müssen damit rechnen, dass die Sache in der Schwulenszene hohe Wellen schlägt.«

»Weil es nach einer beginnenden Mordserie an Schwulen aussieht?«, fragte Ansgar von Matt.

»Genau«, erwiderte Gercke. »Wobei zwei Morde ja noch keine Serie sind. Aber in der Szene macht sich Angst breit, und man wirft uns vor, nur halbherzig zu ermitteln. Ingbert Fenn-Heindel hat mich eben auch schon angerufen. Als Leiter der Stiftung, die das *Bunte Haus* finanziert, ist er aufs Äußerste entsetzt.«

»Aber er hat sich den ganzen Tag nicht dort blicken lassen«, warf Jelena ein.

»Wohl ganz bewusst nicht, jedenfalls behauptet er das: Um noch mehr Aufregung zu vermeiden, ist er noch nicht persönlich vorbeigekommen.«

»Und das glauben wir ihm?«, fragte Evelyn.

Offenbar bemerkte Gercke ihren eindringlichen Blick. »Ob das glaubhaft ist, kann ich nicht sagen, Frau Eick. Aber ich weiß schon, woran Sie mich erinnern möchten. Ich hatte Ihnen noch eine ganz bestimmte Information versprochen«, wieder sah er in die Runde. »Und gleich werden Sie auch verstehen, warum ich es Ihnen allen erst jetzt mitteile. Die Sache könnte nämlich durchaus Brisanz haben, und ich wollte Sie vor den Befragungen nicht dadurch beeinflussen. Wobei wir diese Informationen vor allem Herrn Waschke zu verdanken haben.« Gercke nickte seinem Mitarbeiter zu. »Ich bin ja kein alteingesessener Düsseldorfer. Aber Herr Waschke konnte sich noch daran erinnern, was damals in der Stadt die Runde machte, und ich habe das eben noch mal recherchiert: Kurz bevor Ingbert Fenn sich von seiner Arbeitgeberin Charlotte Heindel adoptieren ließ, gab es einen tragischen Todesfall: Seine Ehefrau Vera hatte einen Unfall, sie stürzte auf Teneriffa aus einem Hochhaus. Die Familie besaß dort eine Ferienwohnung, und Vera Fenn ist beim Fensterputzen abgestürzt. Die spanische Polizei hat den Tod als Unfall bestätigt. Charlotte Heindel selbst hat damals dafür gesorgt, dass von der

Adoption nicht in Zusammenhang mit dem Tod von Fenns Frau berichtet werden durfte.«

Waschke nickte bekräftigend. »Charlotte Heindel legte damals Wert auf folgende Feststellung: Die Adoption ihres Privatsekretärs Ingbert Fenn und der tragische Unfalltod seiner Ehefrau Vera stehen in keinem inhaltlichen Zusammenhang. Die zeitliche Nähe dieser beiden Ereignisse ist rein zufällig.«

Ein Raunen ging durch die Mordkommission *Farbe*. Wieder sah Gercke in die Runde. »Und, werte Kollegen? Was fällt Ihnen dazu ein? Wie ich an Ihren Gesichtern sehe, rattern Ihre klugen Köpfe. Könnte der Unfalltod von Vera Fenn irgendetwas mit unseren beiden Schwulenmorden zu tun haben?«

Eine Kollegin, die vom Drogendezernat zur Mordkommission gekommen war, wagte eine erste Antwort: »Zum Beispiel eine späte Rache?«

Gercke nickte anerkennend. »Wobei wir dann annehmen müssten, dass Brook und Schelling was mit dem Sturz von Vera Fenn zu tun hatten. Und genau das werden wir jetzt mal versuchen herauszufinden.«

Evelyn atmete tief aus. Das waren in der Tat interessante Neuigkeiten. Und sie musste zugeben: Vermutlich wäre sie bei der Befragung von Diana Fenn tatsächlich befangen gewesen, wenn sie schon eher vom Unfalltod der Mutter erfahren hätte. Aber noch konnte sie sich auf all das keinen Reim machen, außerdem ließ ihre Aufmerksamkeit nach. Doch sie harrte aus und verbrachte nach der Konferenz drei weitere Stunden am Schreibtisch.

Um dreiundzwanzig Uhr fuhr sie endlich nach Hause und fand eine Notiz von ihrem Vermieter. Der Boiler im Badezimmer war repariert, Evelyn konnte wieder warm duschen.

Und am nächsten Tag würde sie Herxheimer wiedersehen – wenn auch nur dienstlich. Mit dem Gefühl von Sehnsucht, süß und schmerzhaft zugleich, schlief sie ein.

Die Obduktion

Am nächsten Morgen musste Evelyn bei der Autopsie eines Mordopfers anwesend sein, wie schon viele Male zuvor. Doch dieser Einsatz, um den sie selbst gebeten hatte, sollte alles andere als Routine sein. Das wusste sie natürlich genau. Evelyn hoffte inständig, dass Lars Herxheimer nach der Autopsie ein paar Minuten Zeit finden würde – für ein privates Gespräch.

Im Umkleideraum der Rechtsmedizin schmierte sie sich eine gehörige Portion Mentholpaste zwischen Nase und Oberlippe, stülpte einen Mundschutz darüber und betrat den Obduktionsraum mit klopfendem Herzen. Lars begrüßte sie mit gewohnter Freundlichkeit. Auch vor seinen Mitarbeitern duzten die beiden sich. Schließlich hatte Herxheimer als leitender Rechtsmediziner ein gutes Verhältnis zur Kripo und duzte auch Gregor Gercke oder die junge Jelena Borkuschewa.

In gebührendem Abstand vom Obduktionstisch setzte Evelyn sich auf einen Hocker. Von hier aus betrachtete sie Helmut Schellings Leiche. Unbekleidet auf dem blanken Metall erinnerte der Körper kaum noch an den alten Mann, der am Vortag mit rosa Farbe begossen in seinem Apartment gelegen hatte. Etwas fiel Evelyn sofort auf: Schellings Gesichtshaut war nicht so tief rot wie die von Brook. Sachlich fragte Evelyn nach dem Grund.

»Wir haben hier deutliche Unterschiede im Ablauf des Sterbeprozesses«, gab Herxheimer ebenso sachlich zur Antwort. »Bei Brook musste der Täter Gewalt anwenden, um ihm den Gürtel um den Hals zu legen. Bei der zweiten Tat wurde das Opfer zuerst mit Äther betäubt. Der Blutstau im

Kopf war geringer, darum gibt es weniger Einblutungen ins Unterhautgewebe.«

Er begann mit der Sektion des Kehlkopfs. Rosa Farbe drang durch die Weichteile nach außen. »Damit haben wir einen wichtigen Unterschied zum ersten Mord: Dieses Opfer hat die Farbe eingeatmet.«

»Sagt das etwas über den Tathergang?«

»Ja. Er lebte noch, als der Täter die Farbe in den Mund gegossen hat. Der Tod trat also nicht nur durch die Drosselung ein, sondern er ist auch an der Farbe erstickt. Um Mund und Nase haben wir Erfrierungszeichen durch die Verdunstungskälte des Äthers. Aber für den Sterbeprozess ist das ohne Bedeutung.«

Evelyn schluckte und schwieg.

Herxheimer gab seinem Assistenten das Zeichen für die Brustraumöffnung. Evelyn schaute hin. Nach außen hin wirkte sie konzentriert, das wusste sie. Von den Dramen in ihrem Inneren ließ sie sich nichts anmerken – darin hatte sie Übung.

Den ersten Schnitt setzte der Assistent quer über die Brust. Was dann folgte, war tatsächlich bloß Routine.

Nach einer Stunde lagen Schellings Organe auf großen Metallplatten.

»Wir machen natürlich noch Schnittpräparate, besonders von der Lunge«, sagte Herxheimer. »Aber vermutlich werden wir keine wesentlichen neuen Erkenntnisse mehr gewinnen. Für die gesamte Toxikologie brauchen wir wie immer ein paar Wochen.« Er bedankte sich beim Sektionsassistenten und bat darum, die Leiche wie üblich zu schließen. Dann sagte er zu Evelyn: »Die Kripo hat ja sicherlich noch Fragen. Das können wir gleich bei einer Tasse Kaffee in meinem Büro besprechen.«

»Gern«, sagte sie mit klarer Stimme. Unter ihrem Mundschutz lächelte sie.

Keine zehn Minuten später saßen sie sich an seinem Schreibtisch gegenüber. Den angebotenen Kaffee lehnte Evelyn ab. Sie hatte keine weiteren Fragen an den Leiter der Rechtsmedizin. Wenn es etwas gäbe, was er der Kripo über die aktuelle Obduktion noch dringend mitteilen müsste, würde er das von sich aus tun. Aber sie hatte Fragen an Lars, den sie noch immer liebte, obwohl es so schwer schien, diese Liebe zu leben. Er verstand ihren Blick.

»Ich will offen sein«, sagte er sanft. »Ich kann dir nicht versprechen, dass ich mehr Zeit für dich aufbringen kann. Die Mädchen brauchen mich.«

Sie nickte. Es hatte keinen Sinn, sich zu streiten, schon gar nicht hier. »Ich will dich nicht verlieren«, sagte sie leise.

»Es ist noch nichts entschieden«, entgegnete er sanft.

Sie stand auf, er begleitete sie zur Tür, sie berührten einander nicht, seine Sekretärin hätte jederzeit hereinkommen können. Obwohl er lächelte, fand Evelyn seinen Blick zu sachlich.

Sie hätte es einfach dabei belassen können – einfach gehen können, ohne ein weiteres Wort zu verlieren, doch sie hielt die Situation nicht mehr aus. Es hatte sich in ihr so viel angestaut, so vieles, das sie nicht mehr beherrschen konnte.

Sie senkte die Stimme, damit die Sekretärin im Vorzimmer sie nicht hörte. Dann brach es aus ihr heraus, und sie fuhr ihn an: »Lars, ich erwarte deine Entscheidung! Auf welcher Seite stehst du? Dein altes Leben oder dein neues?«

Er atmete scharf ein. Genauso leise und genauso hart entgegnete er: »Du hast von Anfang an gewusst, worauf du dich einlässt. Und komm mir nicht mit anderen Familien oder irgendwelchen starren Besuchsregelungen. Die Mädchen brauchen mich, und das funktioniert nun mal nicht nach Kalender.«

Evelyn redete sich in Rage. »Du willst beides! Deine alte Familie und deine neue Frau. So machen das erfolgreiche Männer eben: Nach zwanzig Jahren noch mal was Jüngeres, aber nur so nebenbei. Hauptsache, man muss sich nicht festlegen.« Sie sah ihn an, böse und gleichzeitig verzweifelt.

Er änderte seinen Ton. Mit bemühter Sachlichkeit meinte er: »Du bist eifersüchtig auf meine Töchter, Evelyn. Werde bitte erwachsen.«

Sie schluchzte auf. »Das bin ich doch, Lars! Ich bin erwachsen! Viel zu erwachsen! Ich bin sechsunddreißig und habe noch nichts. Keinen Mann, keine Kinder, nur meine verfluchte Arbeit!« Evelyn weinte nur selten, doch jetzt brach sie in Tränen aus.

»Das ist also das Problem«, entgegnete er ungerührt. »Dann überleg dir bitte, ob du mich willst, mich, Lars Herxheimer, mit allem was dazugehört. Oder einen Versorger für dich und deine Kinder, der gut funktioniert und sonst keine Ansprüche stellt.«

Sie konnte ihre Tränen nicht mehr beherrschen. Die Situation wurde absurd. Evelyn stürmte aus dem Raum, dabei schaffte sie es noch, die Tür leise zu schließen. Zum Glück lag die Damentoilette nur ein paar Schritte entfernt auf der anderen Seite des Flurs. Evelyn schloss sich ein. Sie beherrschte sich. Sie unterdrückte ihre Wut, sie unterdrückte ihren Schmerz, sie unterdrückte ihre Angst vor der Einsamkeit. Nach ein paar Minuten verließ sie die Kabine und eilte zum Auto, glücklicherweise begegnete ihr niemand auf diesem kurzen Stück. Während sie zum Präsidium zurückfuhr, begann es zu regnen, viele kleine Tropfen fielen auf die Autoscheiben. Evelyn konnte nicht anders: Wieder ließ sie ihre Tränen laufen. Auf dem Parkplatz blieb sie noch ein paar Minuten im Wagen sitzen, schließlich nahm sie ihr Schminkzeug aus dem Handschuhfach, tuschte die Wimpern nach und puderte sich die Wangen. Kriminalhauptkommissarin Evelyn Eick war wieder dienstbereit.

* * *

In der Schule wurden wir sexuell aufgeklärt. Die Lehrer und Lehrerinnen gaben sich viel Mühe, uns zu erklären, wie wunderschön die körperliche Liebe sei und dass wir respektvoll miteinander umgehen müssten.

Kurz nach meinem dreizehnten Geburtstag sprach meine Mutter mich an. »Du sollst jetzt wissen, wo dein Vater ist, wenn er nicht zu uns nach Hause kommt.«

Ihre Ankündigung überraschte mich. »Ja?«, fragte ich verwirrt.

»Dein Vater liebt Männer. Er hat einen festen Freund, bei dem wohnt er zur Hälfte. Und zur anderen Hälfte eben bei uns.«

Sie sagte es geradeheraus. Ein wenig kam es mir vor, als hätte sie ihre Sätze vorher geübt, aber ich war auch erleichtert darüber, dass ich es endlich erfuhr.

»Und warum liebt er Männer?«, fragte ich.

Meine Mutter zuckte mit den Achseln. »Das ist manchmal eben so, dass Männer andere Männer lieben und Frauen andere Frauen. Vielleicht ist es irgendwie seltsam, aber man kann es nicht ändern. Und eins sollst du wissen: Dein Vater war immer ehrlich zu mir. Er hat mir von Anfang an erzählt, dass er Männer liebt und sicher immer lieben wird. Aber trotzdem haben wir uns geliebt und geheiratet und dich bekommen. Und du bist und bleibst unser größtes Glück.«

Ich versuchte zu begreifen, was sie meinte. Wir schwiegen etliche Sekunden, dann fragte ich: »Aber warum hast du dir ausgerechnet

Papa ausgesucht, wenn du das mit den anderen Männern doch wusstest? Du hättest doch auch einen anderen Mann heiraten können?«

Sie sah mich ernst an. »Das war nicht so einfach«, sagte sie leise. »Dein Vater war immer sehr rücksichtsvoll zu mir. Nicht alle Männer sind so. Vor deinem Vater habe ich schlechte Erfahrungen gemacht. Mit einem anderen Mann. Der hat mir sehr weh getan, körperlich. Und es war schlimm für mich. So schlimm, dass ich es immer noch nicht ganz vergessen kann.«

Ich war noch sehr jung, aber ich verstand, was sie meinte. »Und darum hast du Papa geheiratet?«

»Ja«, sagte sie. »Er war immer ganz vorsichtig mit mir. Ganz zärtlich. So etwas ist bei Männern nicht selbstverständlich. Und für ihn war es damals gut, dass er eine Familie hatte. Wenn ein Mann in einer großen Firma arbeitet oder in einem Ministerium, macht das einen besseren Eindruck. Das kannst du jetzt noch nicht begreifen, aber bestimmt in ein paar Jahren. Aber es ist trotzdem alles gut. Dein Vater ist doch der Beste, den du dir nur wünschen kannst.«

Meine Mutter umarmte mich. Wir standen ein paar Minuten eng umschlungen. Dann ging ich aus dem Zimmer, ohne ein Wort zu sagen.

* * *

Evelyn kündigte ihren Besuch telefonisch an.

»Sie wollen mich bestimmt zum Mord an Helmut Schelling vernehmen«, meinte Fenn-Heindel sofort.

»Genau. Weil Sie die Stiftung leiten, würden wir Ihnen gern ein paar Fragen stellen.«

»Gern. Ich erwarte Sie.«

Evelyn fuhr los. Die Villa lag im Stadtteil Ludenberg, hier bildeten einige Ausläufer des Bergischen Lands den hügeligen Teil Düsseldorfs. Ingbert Fenn-Heindel residierte elegant. Zur Straße hin war das Grundstück mit einer hohen, weißen Mauer abgegrenzt. Unter der gläsernen Halbkugel der Überwachungsanlage waren drei Klingeln installiert. Er wohnte anscheinend nicht allein hier.

»Guten Tag, Frau Hauptkommissarin. Warten Sie einen Moment, ich hole Sie ab.« Sogar durch die Sprechanlage konnte Evelyn sein Schnaufen hören.

In der Stunde, die seit dem Telefonat vergangen war, hatte er sich bestimmt mit seinem guten Freund, dem Innenminister beraten. Zumindest vermutete Evelyn das. Im Grunde konnte ihr diese Verbindung egal sein. Gercke schickte sie her, und sie machte ihren Job. Nach wie vor liefen die Ermittlungen auf Hochtouren. Die Personaldecke der Mordkommission erwies sich wie immer als zu dünn, und alle Kollegen arbeiteten am Anschlag. Also fuhr Evelyn allein zu seiner Villa. Dass Fenn-Heindel ihr bei der Befragung gefährlich werden könnte, hielt sie für unwahrscheinlich, trotzdem hatte sie ihre Dienstwaffe eingesteckt.

Nach einigen Minuten öffnete sich die Pforte, Fenn-Heindel stand vor ihr, er atmete schwerer als noch zuvor an der Sprechanlage. Der Weg von der Villa bis zur Straße hatte ihn offenbar angestrengt, sein Gesicht war gerötet, zwischen Augenbrauen und Toupet stand ihm der Schweiß.

»Ich bin herzkrank«, meinte er sachlich. »Aber ich muss mich trotzdem bewegen, sagen die Ärzte. Und dass ich eine Dame hier abhole, ist selbstverständlich«, er strich sich mit einer Hand über die Brusttasche des grauen Polohemds, dazu trug er eine dunkelblaue Trainingshose. Die Sportkleidung ließ ihn älter wirken als das gediegene Kammgarn, das er letzte Woche im Präsidium angehabt hatte. Sie gingen einen Kiesweg entlang auf die Villa zu.

»Wir unterhalten uns am besten in meinem Arbeitszimmer«, meinte Fenn-Heindel. »Die untere Etage des Hauses ist übrigens vermietet. Das sage ich, damit Sie nicht glauben, dass ich hier auf großem Fuß lebe. Meine eigene Wohnsituation ist nicht üppig.«

Evelyn wusste nicht besonders viel über Kunstgeschichte. Doch seit sie ihrem Bruder bei der Möbelrestauration geholfen hatte, konnte sie die wichtigsten Stile unterscheiden. Diese Villa war nicht stilecht und viel jünger, als es den Anschein hatte. Wahrscheinlich hatte sich um das Jahr 1900 ein Mitglied der Familie Heindel eine Art Rokoko-Schlösschen gewünscht und die Idee von einem weniger begabten Architekten umsetzen lassen. Links und rechts vom Haupteingang schwangen sich zwei Flügel einer Außentreppe auf die vorgelagerte Terrasse in der ersten Etage.

Auf dem kurzen Fußweg keuchte Fenn-Heindel immer stärker. »Lassen Sie uns den Lift nehmen.« Er schloss den rechten Haustürflügel auf. Hinter einem weißen Holzpaneel, das auf Knopfdruck zur Seite schwenkte, kam ein Fahrstuhl zum Vorschein. »Den hat Frau Heindel einbauen lassen. Sie wollte im Treppenhaus keinen Stilbruch begehen.«

»Sehr gelungene Lösung«, sagte Evelyn anerkennend.

Im ersten Stock gelangten sie auf einen breit angelegten Treppenabsatz aus grauweißem Marmor. Fenn-Heindels Arbeitszimmer lag direkt neben der Fahrstuhltür und damit außerhalb seiner Wohnung.

Schade, dachte Evelyn. Sie hätte gern gesehen, wie er sich eingerichtet hatte. Aber es schien ihr unangemessen danach zu fragen, ob sie auch die übrigen Räume besichtigen dürfe.

Sein Büro war nicht besonders groß und vergleichsweise dunkel, offensichtlich lagen die Fenster zur Nordseite. In den Möbeln erkannte Evelyn die Dessauer Bauhaus-Epoche.

»Das stammt auch alles noch von Frau Heindel. Ich musste mich verpflichten, nichts zu verändern, aber das habe ich gern getan. Bitteschön«, Fenn-Heindel wies Evelyn einen Stuhl am Schreibtisch an und nahm an der anderen Seite Platz. Seine Hände legte er auf einer Schreibunterlage aus schwarzem Leder ab. Am linken Handgelenk trug er ein breites Armband. Der warme Ton des Gelbgolds stand in auffallendem Kontrast zu der bläulichroten Haut seiner Hände.

»So, Frau Eick«, meinte er süffisant. »Jetzt möchten Sie mir sicher mitteilen, dass Ihr Kommissariat mit Hochdruck arbeitet und alles daran setzt, den Täter so schnell wie möglich zu fassen. Damit die Bewohner im *Bunten Haus* und überhaupt alle homosexuellen Bürger wieder unbehelligt leben können.«

Der Inhalt dieses Satzes war schärfer als der Ton, doch Evelyn ließ sich nicht provozieren. »Selbstverständlich tun wir alles, was in unserer Macht steht.«

»Der Mord an Helmut Schelling ist Tragödie genug«, entgegnete Fenn-Heindel ernst. »Aber wenn ich mir die Feststellung erlauben darf: Es geht um weitaus mehr. Das gesamte *Bunte Haus* als beispielhafte Einrichtung hat Schaden genommen, und das ist sehr bedauerlich. Dieses Heim ist ein zukunftsweisendes Projekt, das Frau Heindel besonders am Herzen lag. Sozusagen der Kern von ihrem Vermächtnis. Wie Ihnen vielleicht bekannt ist, verstarb sie leider kurz nach der Eröffnung. Und mit dem Mord an Helmut Schelling steht nun der Ruf unserer Stiftung auf dem Spiel.«

An dieser Stelle hätte Evelyn gern gefragt, ob die Heimleitung in vollem Maße ihrer Fürsorgepflicht gegenüber den Bewohnern nachgekommen war. Doch sie wollte das Gespräch nicht unnötig eskalieren lassen: »Wir versichern Ihnen, dass wir intensiv in alle Richtungen ermitteln.«

Unzufrieden verzog er das Gesicht. Dabei rutschte sein Toupet einen halben Zentimeter in die Stirn. »Das ist ja sicher ein Serientäter, nach dem Sie suchen. Ein geisteskranker Schwulenhasser, um nicht zu sagen: ein Psychopath. Wir müssen doch wohl damit rechnen, dass er wieder zuschlägt, wenn er nicht bald gefasst wird? Oder sehe ich das etwa falsch?«

»Für uns ist das nicht so eindeutig«, erwiderte Evelyn ruhig. »Bisher haben wir lediglich Anhaltspunkte dafür, dass beide Morde nach dem gleichen Ritual ausgeführt wurden.«

»Also doch ganz klar eine Serie! Wie soll man das denn sonst nennen?«

Evelyn lächelte verbindlich. »Bei zwei Taten gehen wir noch nicht unbedingt von einer Serie aus.«

»Nein?!«, Fenn-Heindel wurde lauter. »Wie viel müssen es denn sein? Reichen drei? Oder fängt eine Mordserie für die Kripo erst bei sieben an?«

Bevor Evelyn antworten konnte, hob er beschwichtigend die Hand. »Verzeihen Sie bitte«, er strich sich über die Schläfen, dabei verrutschte sein Toupet noch weiter. Er schien es nicht zu merken. »Ich bin sonst nicht so schroff zu meinen Gästen, aber wie gesagt: Das *Bunte Haus* lag Frau Heindel so sehr am Herzen. Und jetzt dieser tragische Mordfall. Furchtbar. Einfach nur entsetzlich. Und ich bin völlig hilflos. Was soll ich tun? Ich verwalte doch nur die Stiftung.«

Evelyn atmete tief aus. »Kannten Sie eigentlich Herrn Schelling?«

»Klares Nein. Ich kenne so gut wie keinen der Bewohner persönlich. Ich habe immer Wert darauf gelegt, mich aus diesen Belangen herauszuhalten. Die Auswahl der Bewohner ist ausschließlich Sache der Heimleitung. Auch das hat Frau Heindel so bestimmt, und es war sehr klug von ihr.«

»Bestimmt«, versicherte Evelyn und wagte sich vor: »Herr Fenn-Heindel, Sie verwalten die Stiftung, die das Heim finanziert. Und Sie betonen, dass Sie sich aus den internen Belangen des *Bunten Hauses* heraushalten. Andererseits ist Ihre Tochter dort Hauswirtschaftsleiterin. Wie passt das zusammen?«

Fenn-Heindel reagierte gelassener als erwartet, vermutlich hatte er mit dieser Frage gerechnet. »Frau Heindel selbst hat noch zu Lebzeiten meine Tochter für diese Position bestimmt, selbstverständlich nach einem unabhängigen Bewerbungsverfahren und in enger Absprache mit dem Vorstand der Stiftung. Diana verfügte damals schon über ausgezeichnete Referenzen und war den anderen Bewerberinnen um etliche Kompetenzen voraus. Im Übrigen bezieht sie ein Gehalt, das absolut branchenüblich ist. Wir betreiben hier keine Vetternwirtschaft.«

»Und Francisco Gonzales? Den hat Ihre Tochter auf Teneriffa kennengelernt. Also kannten Sie ihn auch?«

»Selbstredend«, meinte Fenn-Heindel, doch keine Sekunde später stutzte er. Aufgebracht hob er die Hände. »Ach, um Himmels willen, nein! Sie denken vielleicht, dass Herr Gonzales und ich eine intime Beziehung hatten. Nein! Ganz sicher nicht. Ich hatte nie etwas mit dem guten Francisco. Ich bin doch auch fast dreißig Jahre älter als er. Nein, nein. So junge Männer waren nie meine Sache, das glauben Sie mir bitte.« Er lächelte angestrengt. »Aber meine Tochter ist seit ihrer Jugend gut mit ihm befreundet, deswegen habe ich seinen Werdegang miterlebt. Er hat sich ja zu einem prächtigen Sozialarbeiter entwickelt. Deswegen hat Frau Heindel ihn ja eingestellt. Und er macht seine Sache äußerst umsichtig. Ganz ausgezeichneter Mann.«

»Und damals, als Charlotte Heindel Sie adoptiert hat, unterhielten Sie eine Liebesbeziehung zu Bernd Brook?«

»Das ist richtig«, erwiderte Fenn-Heindel ohne Umschweife. »Und das habe ich nie verheimlicht.«

»Aber offiziell waren Sie noch verheiratet mit Vera Fenn. Nach unserer Information hatten weder Sie noch Ihre Frau die Scheidung beantragt.«

»Auch das trifft zu, Frau Eick.« Fenn-Heindel lächelte reserviert. »Es geht Ihnen aber doch sicherlich nicht darum, mit mir meinen Lebensentwurf zu erörtern.«

»Dies ist eine Befragung und keine Erörterung«, entgegnete Evelyn freundlich.

»Gut«, Fenn-Heindel suchte Evelyns Blick. »Dann versichere ich Ihnen jetzt: Ich war gegenüber meiner Frau immer ganz offen. Meine Frau wusste schon vor unserer Ehe, dass ich mich zu Männern hingezogen fühle.«

»Trotzdem haben Sie beide geheiratet?«

»Ja, und ich gebe zu: Ich habe mich den gesellschaftlichen Konventionen gefügt. Und ich habe meine Frau geliebt, wenn auch mehr auf eine kameradschaftliche Weise. Und wir haben eine Tochter. Diana war ein ausgesprochenes Wunschkind und ist auch heute noch mein ganzer Stolz. Nach der Schwangerschaft haben meine Frau und ich uns körperlich voneinander zurückgezogen. Sie wusste, dass ich mich mit Männern traf. Sie hatte nichts dagegen. Aber trotzdem hatten meine Frau und ich immer aufrichtige Gefühle zueinander.« Er holte tief Luft. Dabei schnaubte er so laut, dass er sich ein Taschentuch vor den Mund hielt. Hilflos sah er Evelyn an.

»Wollen wir eine Pause machen?«, fragte sie.

Er schüttelte den Kopf. »Nein. Jetzt sind Sie schon einmal hier, und jetzt sollen die Fakten auf den Tisch. Meine Frau kam ums Leben, durch einen sehr tragischen Unfall auf Teneriffa. Wir hatten da eine Ferienwohnung in einem Hochhaus und sie stürzte hinaus, als sie die Fenster reinigen wollte«, wieder schnaufte er laut. »Aber das weiß die Polizei ja sicher längst.« Als Evelyn nickte, fuhr er fort: »Die spanische Polizei hat damals alles gründlichst untersucht. Es war ganz klar ein Unfall. Außer meiner Frau war niemand in der Wohnung. Dazu gibt es umfangreiche Ermittlungsakten. Wenig später hat Frau Heindel mich adoptiert, so wie es schon lange geplant war.« Abrupt hörte er auf zu sprechen. Es schien, als hätte er gern noch mehr dazu gesagt, doch das schnelle Reden hatte ihn angestrengt. Er streckte seinen Rücken durch und rang nach Luft. »Keine Angst«, flüsterte er. »So was kenne ich schon. Halb so wild.«

Evelyn wollte etwas erwidern, doch in diesem Moment klingelte ihr Telefon, auf dem Display erkannte sie Gerckes Nummer. Sie ging auf den Flur und nahm den Anruf entgegen.

»Wie weit sind Sie, Frau Eick?«

»Eigentlich fertig, Chef. Aber Fenn-Heindel geht's nicht gut. Ich weiß nicht, ob ich einen Arzt rufen sollte.« Sie erklärte, was passiert war.

»Dann kümmern Sie sich darum«, meinte Gercke hastig. »Und rufen Sie mich gleich noch mal an. Wir haben hier was Interessantes, und ich möchte gern, dass Sie das übernehmen.«

Evelyn versprach es und ging zurück zu Fenn-Heindel. Es schien ihm deutlich besser zu gehen.

Noch bevor Evelyn sich über seine rasche Erholung wundern konnte, zeigte er ihr eine kleine Sprayflasche. »Das hilft, wenn es zu schlimm wird mit meinem Herzen. Machen Sie sich keine Sorgen.«

»Und Sie sind sich sicher, dass ich keinen Arzt rufen soll?«

»Ja danke«, er lächelte. »Ich bin mit Medikamenten gut eingestellt. Und haben Sie keine Angst: Ich mache Ihnen keine

Vorwürfe. Ich habe mich freiwillig auf die Befragung eingelassen. Schließlich geht es um Mord.«

Evelyn nickte verhalten. Sie hatte ein mulmiges Gefühl dabei, Fenn-Heindel allein zu lassen. Aber er war klar bei Verstand und wollte keinen Arzt. Also verabschiedete sie sich, gab Gercke Bescheid und fuhr zurück zum Präsidium.

Das Buch

Gut, dass Sie da sind«, meinte Gercke, als Evelyn sein Büro betrat. »Wir erwarten jeden Moment Doktor Simone Kernberg, die Leiterin von der Mahn- und Gedenkstätte in der Mühlenstraße. Kennen Sie die Ausstellung?«

»Natürlich, Chef. Als ich zur Schule ging, waren wir mit dem Geschichtskurs dort. Und später habe ich mir das auch noch mal allein angeschaut.«

»Gut so. Frau Kernberg hat da nun eine Sache im Archiv gefunden, die sie uns zeigen will. Es hat wohl was mit Bernd Brook zu tun, aber mehr mochte sie dazu am Telefon nicht sagen.«

»Brook? Hatte der denn irgendwas mit den Opfern des Nationalsozialismus zu tun?«

»Keine Ahnung. Er hat sich ja in vielen Bereichen engagiert. Jedenfalls hatte ich eben am Telefon den Eindruck, dass diese Frau Doktor Kernberg ihn gut kannte. Seien Sie so gut und machen die Befragung, Frau Eick. Das schaffen Sie gut allein. Wenn was sein sollte: Ich bin nebenan.«

Eine Viertelstunde später betrat Simone Kernberg das Kommissariat. Evelyn kannte Fotos von ihr aus der Lokalpresse, doch so hatte sie sich die Historikerin nicht vorgestellt. Sie war Ende vierzig, eher klein, eher drall und trug kurze, dunkle Haare. Bei aller höflichen Zurückhaltung wirkte sie doch quicklebendig. Und fast ein wenig zu bodenständig für ihre Position als Leiterin einer Einrichtung, die sich dem grausamsten und schwärzesten Kapitel der Düsseldorfer Stadtgeschichte widmete.

»Danke, dass Sie so schnell Zeit für mich haben. Aber ich wollte Ihnen das hier unbedingt zeigen, sonst hätte ich keine

Ruhe gehabt.« Aus ihrer Aktentasche zog sie einen in Seidenpapier eingeschlagenen Gegenstand und legte ihn auf Evelyns Schreibtisch. »Dies ist ein Handbuch aus dem Nationalsozialismus. Es wurde vor allem an die Aufseher in den Konzentrationslagern ausgegeben. Darin sind die unterschiedlichen Arten von Winkeln aufgelistet, die die KZ-Häftlinge auf ihren Anzügen tragen mussten.«

Evelyn hatte Mühe zu folgen.

»Ja, ich weiß, ich überfalle Sie hier ein wenig, aber ich erkläre Ihnen das erst mal.« Simone Kernberg faltete das Seidenpapier auf. Ein dünnes Buch in DIN-A4-Format kam zum Vorschein, eingebunden in fleckiges Packpapier mit abgestoßenen Kanten. »Dieses Exemplar war offenbar stark in Gebrauch.« Die Stimme der Historikerin klang ernst und warmherzig zugleich. »Wir haben in unserem Archiv noch mehr davon, teilweise deutlich besser erhalten. Die Auflage von diesen Büchern war relativ hoch. Es wurde natürlich nicht im Buchhandel vertrieben, aber unter den Nazi-Schergen war es weit verbreitet. Außerdem hingen in den Lagern auch überall Schautafeln, die die Winkel in einer klaren Übersicht zeigten. Solche Tafeln haben wir auch bei uns in der Ausstellung.«

»Ja, die kenne ich.« Mit einer Mischung von Neugierde und Abscheu starrte Evelyn auf den braunen Gegenstand. »Und woher haben Sie das Buch?«

Simone Kernberg strich das Seidenpapier glatt. »Von Bernd Brook.«

»Von Bernd Brook?« Evelyn wunderte sich. »So ein Nazi-Buch?«

»Er wollte es nicht für seine eigene Sammlung behalten, weil er meinte, so ein Buch gehöre besser in unsere Gedenkstätte.«

Evelyn stutzte. »Meine Kollegin und ich waren in seiner Bibliothek. Er hat jedes Buch gesammelt, was irgendwie von Homosexualität handelte.«

Simone Kernberg nickte heftig. »Homosexuelle wurden ja auch in die Lager gesperrt.« Sie schlug das Buch in der Mitte auf. Evelyn starrte auf Abbildungen von rosafarbenen, auf der Spitze stehenden Dreiecken. »Diese Seite war vermutlich für Herrn Brook die wichtigste«, meinte die Historikerin. »Das sind die Winkel für Homosexuelle. Im zugehörigen Text können Sie lesen, warum diese ins KZ gesteckt werden mussten. Es sind immer dieselben Vokabeln: minderwertig, asozial, abartig, widernatürlich, Feinde des sittlichen Volkskörpers und selbstverständlich hoch kriminell.«

Evelyn zeigte auf einen rosa Winkel mit einem großen »L« in der Mitte. »Und das stand für lesbisch?«

»Ja. Lesbierin hieß das früher. Wobei diese Frauen öfters einen schwarzen Winkel bekamen, das bedeutete dann Asoziale. Die Dreiecke wurden gut sichtbar auf die Kleidung genäht. Heute würde man sagen: Stoffsticker.«

Simone Kernberg blätterte ein paar Seiten zurück. Dort waren unterschiedliche Winkel zu sehen. Nicht nur rosa für Homosexuelle, auch rot für politische Gefangene, braun für Sinti und Roma, lila für Bibelforscher, blau für Emigranten und grün für gewöhnliche Kriminelle. Ein breiter Balken in derselben Farbe quer über den Winkel bedeutete, dass es sich um Wiederholungstäter handelte. Wenn der jeweilige Winkel mit einem um hundertachtzig Grad gedrehten, gelben Dreieck unterlegt war, hieß das: Der KZ-Insasse war zudem Jude.

»Es gibt noch eine Besonderheit an dem Buch, die ist mir leider erst spät aufgefallen.«

Evelyn zog die Stirn hoch. »Ja?«

»Wie gesagt: Herr Brook hat mir das Buch im Februar des letzten Jahres gebracht und nicht viel dazu gesagt, nur dass er meinte, unsere Gedenkstätte sollte es haben. Ich habe es dankend entgegengenommen, aber dann habe ich mich nicht weiter darum gekümmert. Wir haben im Moment sehr viel zu tun.«

Evelyn nickte. »Ich habe gelesen, dass Ihre Ausstellungsräume komplett umgebaut werden.«

»Genau. Meine Mitarbeiterin hat dem Buch eine Archivnummer gegeben, aber dann ist es einfach ins Regal gewandert. Wie gesagt: Wir haben noch weitere Exemplare davon. Und letzte Woche, als Bernd Brook starb, war ich auf einer Fachtagung in Warschau. Von seinem Tod habe ich erst gehört, als ich wieder da war.« Simone Kernberg atmete tief aus. »Furchtbar schlimme Sache. Und gestern wurde ja auch gemeldet, dass es noch einen zweiten Toten gibt, der auch homosexuell war. Und beide wurden irgendwie mit rosa Farbe übergossen?«

»Ja. Wir gehen von Ritualmorden aus.«

»Wirklich abscheulich. Jedenfalls, Frau Eick: Halten Sie mich bitte nicht für geschmacklos, aber als ich das mit der rosa Farbe las, musste ich natürlich an die rosa Winkel denken. Und daran, dass Bernd Brook uns letztes Jahr das Buch gebracht hat. Deswegen habe ich es mir jetzt mal genauer vorgenommen. Und jetzt schauen Sie sich das hier mal an. Ich finde, das ist schon sehr bemerkenswert.«

Die Historikerin blätterte zurück. In der Innenseite des Umschlags klebte ein bedruckter, weißer Zettel, ungefähr acht mal acht Zentimeter. Darauf bildete ein schwarz-weißes Muster aus Kreisen und Rauten eine Art Rahmen. In der Mitte des Papiers stand in Frakturschrift *EX LIBRIS* und darunter *Claus Cornelius Tebbe*.

»Ah!«, entfuhr es Evelyn. »Tebbe! Das ist doch der Vorsitzende von dieser kleinen Partei. *PBW* oder wie die heißt.«

»Genau«, entgegnete Simone Kernberg ernst. »Die sogenannte *Partei für Bürgerliche Werte*.«

»Und was bedeutet *ex libris*? Das ist ja wohl lateinisch?«

»Stimmt. Damit ist dieser Zettel gemeint, der den Eigentümer ausweist. Wörtlich übersetzt heißt es: *aus den Büchern*, aber korrekterweise müsste man sagen: *aus dem Bücherbestand*.«

»Das Buch gehörte also gar nicht Brook, sondern Tebbe?«

»Zumindest muss Tebbe irgendwann der Eigentümer gewesen sein. Kennen Sie ihn denn?«

»Ich weiß nichts Näheres. Nur das, was über die Partei so in der Tageszeitung steht.« Evelyn schwieg einen Moment, sie wollte nicht vorschnell reagieren, obwohl die Information sie in Aufruhr versetzte. Langsam begriff sie die Zusammenhänge. »Also ein Nazi-Buch aus der Büchersammlung eines Rechtspopulisten? Aber nicht dieser Tebbe hat Ihnen das Buch gebracht, sondern Bernd Brook?«

»Richtig. Und zwar ohne uns zu sagen, dass das Buch eigentlich Claus Tebbe gehört. Oder zumindest früher mal gehört hat.«

»Und welche Verbindung gibt es zwischen Brook und Tebbe? Ist Ihnen da was bekannt?«

»Keine Ahnung. Und ich kann mir auch kaum vorstellen, dass die beiden beste Freunde sind.«

Evelyn nickte. »Diese Partei, diese *PBW*? Halten Sie die für Neonazis?«

»Wohl nicht direkt«, die Historikerin atmete laut aus. »Obwohl: unter den Anhängern sind bestimmt viele Neonazis. Aber bei Claus Tebbe selbst muss man das wohl differenzierter betrachten. Er hat seine Vorbilder bei den rechtspopulistischen Parteien in den Nachbarländern, vor allem

Österreich und den Niederlanden. Also Jörg Haider, Pim Fortuyn und Geert Wilders, deren Einfluss dort ja nicht zu unterschätzen ist. Immerhin haben sie mitregiert oder tun es immer noch.«

»Kennen Sie diesen Claus Tebbe denn persönlich?«, fragte Evelyn.

»Ja, das habe ich mir angetan, auch wenn es mir schwer fiel. Ich war neulich auf einer Werbeveranstaltung, die *PBW* will ja im September für den Bundestag antreten. Und ich muss sagen: Dieser Tebbe ist ein Seelenfänger. Ein geschickter Rhetoriker, der weiß, wo er bei den Menschen den Hebel ansetzen muss. Wir in der Gedenkstätte beobachten die Partei mit einer gewissen Sorge. Die hängen sich ein demokratisches Mäntelchen um, aber im Kern transportieren sie radikales Gedankengut. Die schreiben sich auf ihre Fahnen, gegen den Islamismus anzugehen, und damit stoßen sie natürlich auf breite Zustimmung. Aber wenn man genauer hinschaut, ist vieles generell ausländerfeindlich.«

Evelyn überlegte. »Ich will das ja nicht kleinreden, nicht dass Sie mich missverstehen. Aber bis jetzt ist diese *PBW* doch wohl nur eine Splitterpartei, oder?«

»Ja. Bei der letzten Landtagswahl lagen die hier bei 0,9 Prozent, und bei der Bundestagswahl im September haben die natürlich auch keine echten Chancen. Aber trotzdem sehen wir in der Gedenkstätte das mit großer Sorge. Wenn sich die politische Stimmung zuspitzt, können solche Parteien schnell bedeutend mehr Wähler bekommen.«

Evelyn bedankte sich herzlich. Nachdem Simone Kernberg gegangen war, setzte Evelyn sich an ihren Computer und recherchierte. Mit den wichtigsten Informationen ging sie zu Gercke.

Er pfiff durch die Zähne. »Und wie dieses Buch in Brooks Besitz gekommen ist, wissen wir nicht?«

»Frau Kernberg sagt, er habe nichts darüber erzählt, als er es ihr brachte.«

»Nun denn«, meinte Gercke lakonisch. »Morgen ist Freitag. Dann wissen wir wenigstens schon mal, wie wir den Vormittag gestalten.«

* * *

Gegen zweiundzwanzig Uhr betrat Evelyn ihre Wohnung. Zum Joggen war sie heute wieder nicht gekommen, der Sport fehlte ihr. Außerdem steckte ihr die Auseinandersetzung mit Lars noch heftig in den Knochen. Sie hätte selbst nie gedacht, dass sie beide so hart gegeneinander sein könnten.

An diesem Abend hätte sie sich gern sofort schlafen gelegt, doch Stefan hatte auf dem Anrufbeantworter eine Nachricht hinterlassen. Sie rief ihn zurück.

»Wir geht's dir?«, fragte er. »Hat ja wohl nichts Gutes zu bedeuten, wenn du dich jetzt erst meldest.«

Sie erzählte ihm vom Mord im *Bunten Haus*.

»Dann lasse ich dich besser in Ruhe«, meinte er einfühlsam. »Du hast wahrlich genug um die Ohren.«

Ihr schlechtes Gewissen regte sich. »Sag wenigstens, was du eigentlich wolltest.«

»Na gut. Es ist wegen morgen, da findet doch das Single-Dinner statt.«

»Ach ja«, sie fuhr sich über die Stirn. »Tut mir total leid. Daran habe ich überhaupt nicht mehr gedacht.«

»Du musst dich nicht entschuldigen. Ich wollte einfach nur fragen, ob du mir bei der Tischdekoration helfen könntest. Ich habe alles dafür besorgt, aber irgendwie fehlt mir eine weibliche Hand.«

Evelyn lachte auf. »Wann soll ich denn da sein?«

»So um halb fünf wäre schön. Aber nur, wenn es wirklich kein Problem ist.«

»Ist es nicht«, beteuerte sie und zögerte dann doch. »Es sei denn, wir kriegen noch was ganz Akutes rein. Aber ich denke, das klappt schon. Was liegen bleibt, kann ich ja Samstag nacharbeiten. Ein freies Wochenende kriegen wir sowieso nicht.«

»Danke«, sagte Stefan erleichtert. »Das ist lieb von dir.«

Sie verabschiedeten sich. Evelyn fühlte sich todmüde, ihre Energie reichte gerade noch aus, um Zähne zu putzen und sich abzuschminken. Dann fiel sie ins Bett.

Die Partei

Morgens um halb neun fuhren sie zu Claus Cornelius Tebbe. Er wohnte in Stockum, allerdings nicht im westlichen, zum Rhein hin gelegenen Teil des Stadtteils, sondern auf der östlichen Seite, die als weniger nobel galt. Dank der lockeren Bebauung fand sich leicht ein Parkplatz. Tebbes Haus stand in einer Sackgasse, ein Winkelbungalow aus den späten Sechzigerjahren.

»Wollen wir wetten?«, Gercke löste seinen Sicherheitsgurt. »Das Haus ist nur teilweise unterkellert, und genau im Winkel liegt auf der Rückseite eine Terrasse. Dahinter schließt sich der Ziergarten an, ganz hinten am Grundstück gibt es einen schmalen Streifen Nutzgarten, in jedem Fall mit Erdbeeren, mindestens zwei, maximal drei Reihen. Im längeren Schenkel des Hauses liegen die Wohnräume, im kürzeren die Schlafräume.«

Evelyn schmunzelte. »Ich dachte, Sie sind noch nie hier gewesen, Chef?«

»Das macht nichts. Freunde von mir wohnen schon seit vierzig Jahren in so einem Ding. Grauenvoll, sage ich Ihnen.«

»Warum?«

»Absolut spießig. Aber hören Sie einfach nicht auf mich, Frau Eick. Ich muss zugeben: Mit meinem dummen Gerede über Bungalows will ich nur ablenken von dem, was jetzt auf uns zukommt. Wer besucht schon gern einen Rechtspopulisten in seinem trauten Heim?«

»Immerhin keine Wahlkampfveranstaltung«, gab Evelyn zurück.

Ihr Chef nickte verhalten.

Die beiden stiegen aus und gingen auf das Haus zu.

»Das hätte ich mir ja nun viel gepflegter vorgestellt«, flüsterte Gercke mit einem Blick in den kahlen Vorgarten. Tatsächlich wuchs in der platt gewalzten Erde keine einzige Pflanze. Die graue Rauputzfassade des Bungalows war weit in die Jahre gekommen, unter den Fensterbänken hatte herabfließendes Wasser hässliche Streifen hinterlassen. »Schon seltsam. Und so was nennt sich nun: *Bürgerliche Werte.*«

»Und das bei einem ehemaligen Immobilienmakler«, stimmte Evelyn zu. »Vielleicht hat er so viel mit seiner Partei zu tun, dass er nicht mehr dazu kommt, sich um den Garten zu kümmern.«

»Möglich. Jedenfalls ein Grund mehr, das Ganze von innen zu betrachten.«

Sie traten durch ein niedriges, schmiedeeisernes Tor, ein Plattenweg längs einer Garageneinfahrt führte zur Haustür. An der Klingel gab es kein Namensschild, Claus Cornelius Tebbe öffnete nach weniger als einer halben Minute. Evelyn hatte sich die Internetseite der Partei angesehen, auf den Fotos dort machte Tebbe einen eher biederen Eindruck. Als er nun vor ihr stand, musste sie zugeben: Für einen Mann von Ende sechzig war er attraktiv. Großgewachsen, breitschultrig – das Klischee des reifen Mannes mit graumelierten Schläfen. Dabei schien er weder arrogant noch dumm, sein Charme wirkte ungekünstelt.

Gercke stellte sich und Evelyn vor.

Tebbe machte eine Handbewegung: »Bitte treten Sie ein. Ich entschuldige mich für den äußeren Zustand meines Hauses. Nächste Woche werden Fassade und Vorgarten neu gestaltet. Aber das ist vermutlich völlig belanglos verglichen mit dem, was Sie herführt.«

»Das ist es wohl«, meinte Gercke knapp.

Evelyn sah sich im Flur um: Original erhaltene Palisandertüren, Garderoben-Möbel aus weißem Schleiflack, Raufaserwände in einem zurückhaltenden Graublau. Claus Cornelius Tebbe wohnte geschmackvoll. Er führte die Kommissare ins Wohnzimmer, vor einer weißen, mit Regalen aufgelockerten Schrankwand präsentierte sich eine beigefarbene Sitzgarnitur.

Gercke und Evelyn nahmen Platz.

In diesem Moment betrat auch Katharina Tebbe den Wohnraum, wie ihr Mann eine attraktive und auffallend jugendliche Erscheinung. Die Frisur erinnerte allerdings an eine ehemalige, britische Premierministerin. »Worum geht es denn, bitte?«, fragte sie freundlich.

»Um dies hier«, Gercke zog das Buch hervor und wickelte das Seidenpapier ab. An den Gesichtern der beiden konnte Evelyn ablesen, dass sie sofort wussten, worum es sich dabei handelte.

»Wollen Sie mir das zurückbringen?«, fragte Tebbe erstaunt.

»Das ist also Ihr Buch?«

»So weit ich das erkennen kann, ja. Und es steht doch wohl auch mein Name drin, sonst wären Sie kaum hier.«

Gercke nickte. »Wissen Sie denn auch, wo sich dieses Buch zuletzt befunden hat?«

»In der Mahn- und Gedenkstätte an der Mühlenstraße, nehme ich an.«

»Und wie ist es dorthin gekommen?«

»Vermutlich hat Herr Brook es dort abgegeben, zumindest hatte er das vor«, entgegnete Tebbe ernst. »Sein Tod hat uns übrigens tief bestürzt.«

»Wir waren wirklich schockiert«, ergänzte Katharina. »Will die Gedenkstätte das Buch denn nicht behalten?«

Gercke ging auf die Frage nicht ein. »Erklären Sie uns bitte erst einmal, wie Ihr Buch in die Hände von Herrn Brook gekommen ist.«

»Ganz einfach«, sagte Tebbe. »Er hat es uns unbemerkt entwendet, weil er der Meinung war, dass es in ein öffentliches Archiv gehört.«

Evelyn traute ihren Ohren nicht. »Unbemerkt entwendet? Sie meinen, er hat es Ihnen gestohlen?«

»Wenn Sie es so nennen wollen. Er hat es sich ohne unser Wissen und unsere Zustimmung angeeignet.«

»Und Sie haben nichts unternommen?«

»Warum hätte ich das tun sollen?«, meinte Tebbe gelassen. »Wie hätte das denn wohl ausgesehen? Eine Anzeige gegen Herrn Brook wegen Diebstahls eines Dokuments über den Nazi-Terror und unrechtmäßige Übereignung an eine Holocaust-Gedenkstätte? Das hätte doch kein vernünftiger Mensch nachvollziehen können. Im Gegenteil: Mit so einer Anzeige hätte ich meinen Ruf aufs Spiel gesetzt. Bernd Brook hatte ja nicht ganz unrecht mit seiner Meinung, dass solche Bücher in öffentliche Archive gehören. Allerdings wusste ich auch von der recht hohen Auflage dieses Buchs. Ich bin mir sicher, dass die Gedenkstätte bereits ein Exemplar davon hat, wenn nicht gar mehrere.«

Gercke nickte. »Woher haben Sie es denn überhaupt?«

»Von einem Flohmarkt in Prag. Und als Herr Brook hier zu Besuch war, habe ich es ihm gezeigt.«

»Bei Ihnen zu Besuch?«, fragte Evelyn ungläubig.

»Ganz genau«, Tebbe zog die Stirn hoch. »Wir kennen uns schon lange. Herr Brook war durch und durch Demokrat. Wir haben oft kontrovers diskutiert, aber wir sahen nie einen Grund, unsere Bekanntschaft wegen unterschiedlicher politischer Auffassungen aufzugeben. Jedenfalls war er letztes

Jahr hier und meinte, das Buch gehöre in ein Archiv. Als er ging, hat er es unbemerkt mitgenommen. Und dabei haben wir es belassen.«

Katharina Tebbe nickte. »Wir sind fest davon ausgegangen, dass Herr Brook das Buch in die Gedenkstätte bringt, und so war es ja offenbar auch.«

»Sie hatten demnach guten Kontakt«, meinte Gercke sachlich. »Woher kannten Sie sich denn überhaupt?«

Tebbe brauchte nicht zu überlegen. »Im Grunde schon aus der Zeit, als Bernd Brook hier sein Geschäft aufmachte. Meine Frau und ich, wir sind ja runde zehn Jahre älter als er, und wir haben mit Interesse beobachtet, wie die Leute darauf reagierten: ein schwuler Herrenausstatter, der sein Sortiment auf die Ansprüche schwuler Männer abstimmt und sich auch noch für ihre Rechte einsetzt. Das war für die damalige Zeit schon sehr ungewöhnlich. Wir haben natürlich auch verfolgt, welchen furchtbaren Vorurteilen Bernd Brook ausgesetzt war. Am Anfang gab es ja regelrechte Tumulte vor seinem Laden. Aber er hat durchgehalten, und dafür haben wir ihn respektiert. Und später haben wir ihn auf politischen Veranstaltungen getroffen. Unsere Gemeinsamkeit lag im Engagement für die Demokratie.«

»Vielleicht sollten Sie die *Partei der Bürgerlichen Werte* in diesem Punkt nicht unterschätzen«, ergänzte Katharina bedeutungsschwanger. »Es geht uns immer um Dialog und Austausch. Wer fest auf dem Boden der demokratisch rechtlichen Grundordnung steht, mag unser politischer Gegner sein, aber er ist niemals unser Feind.«

»Ah ja«, Gercke rutschte im Sessel tiefer. »Dann noch folgende Frage: Wo waren Sie beide am Dienstagabend dieser Woche und am Mittwochnachmittag der letzten Woche? Das waren der 3. und 9. April.«

Statt zu antworten, stand Katharina Tebbe auf und ging mit stoischer Miene zu einem Schreibtisch.

»Sind das die Tage, an denen Brook und dieser Mann im Altenheim ermordet wurden?«, fragte Tebbe mit gebremster Schärfe.

»So ist es«, entgegnete Gercke ernst.

»Das bedeutet, Sie verdächtigen meine Frau und mich des Mordes an diesen beiden Männern? Dürfen wir denn auch erfahren, welches Motiv Sie uns unterstellen?«

Gercke antwortete nicht.

Katharina Tebbe kehrte mit zwei Prospekten zurück, die sie Gercke und Evelyn reichte. »Bitteschön. Wie Sie sehen, handelt es sich dabei um Informationsmaterial der *Partei für Bürgerliche Werte*. Mein Mann und ich engagieren uns dort im Landesvorstand, das wissen Sie sicher schon. Und hier können Sie gern nachlesen, dass wir zurzeit fast täglich Informationsveranstaltungen ausrichten, und zwar jedes Mal in einer anderen Stadt.« Sie setzte sich wieder und sah aufgebracht zwischen Gercke und Evelyn hin und her. »Am Mittwoch letzter Woche waren wir in Iserlohn und Dienstag in Bielefeld. Jeweils mittags bis zum späten Abend.«

Gercke schlug den Prospekt auf. »Das lässt sich ja leicht nachprüfen.«

»Aber künftig sollten wir Missverständnisse über unsere Partei unbedingt vermeiden«, setzte Tebbe nach. »Ich merke ja, was Sie denken: Dass wir etwas gegen Homosexuelle haben. Ich habe Ihnen aber gerade erklärt, wie freundschaftlich verbunden meine Frau und ich mit Bernd Brook waren. Diesen anderen Mann, den aus dem *Bunten Haus*, kannten wir gar nicht. Und nun erklären Sie uns bitte, weshalb Sie glauben, dass wir die beiden umgebracht hätten. Und vor allem: aus welchem Grund.«

»Reine Routine, wir ermitteln in alle Richtungen«, entgegnete Gercke milde.

Tebbe ließ sich nicht besänftigen. »Um es klar zu sagen: Es geht uns in der Partei darum, sich abzugrenzen gegen in Deutschland lebende Ausländer, die zu einer Integration nicht willens sind und unseren Sozialstaat ausnutzen. Genauer gesagt: gegen erklärte Feinde unserer Demokratie, vor allem natürlich Islamisten. Welch hohes Terrorrisiko von dieser Gruppe ausgeht, muss ich Ihnen nicht erklären. Und was die von Ihnen unterstellte Schwulenfeindlichkeit angeht – da möchte ich Ihnen entgegenhalten: Homosexuelle sind als Mitstreiter in unserer Partei sehr willkommen. Da haben wir eine klare Haltung. Von gleichgeschlechtlich liebenden Menschen geht kein genereller Schaden für unsere Gesellschaft aus. Die Allermeisten von ihnen sind rechtschaffene, oft auch sozial engagierte Bürger. Wir verurteilen aufs Schärfste, wie ganz in unserer Nachbarschaft, nämlich in Osteuropa, Schwule und Lesben immer mehr diskriminiert, um nicht zu sagen kriminalisiert und sogar auf offener Straße angegriffen werden – unter Gejohle der Bevölkerung. Oder sehen Sie nach Frankreich. Da formieren reaktionäre, antidemokratische Kräfte gerade heftigen Widerstand gegen die Einführung gleichgeschlechtlicher Lebensbündnisse. Auch das verurteilen wir. Und eines unserer großen politischen Vorbilder, der leider ermordete Pim Fortuyn aus den Niederlanden, war bekennender Homosexueller.« Eindringlich sah er Evelyn an. »Übrigens haben Sie im Mordfall Brook ja auch schon das größte Nachwuchstalent unserer Partei vernommen: Christian Zürns. Seine Zeit ist noch nicht gekommen, aber ich bin mir sicher, dass er in zehn Jahren für unsere Partei im Bundestag sitzt. Und in zwanzig Jahren als Minister oder sogar Bundeskanzler unser Land regiert.«

Evelyn musste sich innerlich schütteln. Sie verzichtete auf jeden Kommentar zur politischen Karriere des hoch gelobten Jungaktivisten, sondern meinte nur: »Ja, mit Herrn Zürns und seiner Mutter haben wir auch schon gesprochen. Übrigens hat Frau Zürns uns erzählt, dass Sie gute Bekannte sind.«

»Das ist richtig«, Katharina Tebbe lächelte. »Frau Zürns und ich sind seit unserer Kindheit befreundet. Und sie interessiert sich ebenfalls sehr für unsere Parteiarbeit, Christians Karriere unterstützt sie jedenfalls, wo sie nur kann. Sie weiß eben, was in ihrem Sohn steckt.«

»Und das aus gutem Grund«, versicherte Tebbe. »Christian hat ein unglaubliches Gefühl für politische Zusammenhänge.«

Katharina Tebbe wandte sich an ihren Mann. »Da fällt mir was ein: Christian war doch vorgestern mit uns in Iserlohn. Wir haben doch die Fotos gemacht.«

»Gute Idee!«, Tebbe stand auf. »Folgen Sie mir bitte.«

Zu viert gingen sie an den Schreibtisch, wo Tebbe auf einem Computerbildschirm eine Reihe von Fotos aufrief. »Die sind alle Dienstag auf unserer Veranstaltung in Iserlohn entstanden, und zwar zwischen sechzehn und zwanzig Uhr.«

Evelyn und Gercke starrten auf den Monitor. Neben ungezählten Plakaten mit dem graublauen *PBW*-Logo stand immer wieder das Ehepaar Tebbe: auf einem Podium, im Gespräch mit interessierten Bürgern, beim Verteilen von Luftballons an Kinder. Auf vielen Fotos war auch Christian Zürns zu sehen. Erst jetzt fiel Evelyn etwas auf. Auch der niederländische Rechtspopulist Geert Wilders trug weiß blondierte zurückgekämmte Haare. Die Frisur von Christian schien also politisch motiviert.

»Wir haben auch noch Bilder vom letzten Mittwoch«, meinte Katharina Tebbe. »Als wir in Bielefeld waren. Möchten Sie die auch sehen?«

»Danke, nicht nötig«, Gercke wandte sich vom Monitor ab und ging zurück zum Couchtisch. Er wies auf das Buch mit den KZ-Winkeln. »Das ist Ihr rechtmäßiges Eigentum. Zum jetzigen Zeitpunkt dürfen wir es Ihnen zwar noch nicht überlassen, aber wenn unsere Ermittlungen abgeschlossen sind, können Sie es wieder haben.«

»Nein«, entgegnete Claus Tebbe verbindlich. »Bringen Sie es der Gedenkstätte zurück. Schon allein aus Respekt vor Bernd Brook.«

»Gut«, Gercke packte das Buch ein. »Danke für Ihre Auskünfte.«

Sie verabschiedeten sich. Keine Minute später saßen die Kommissare wieder im Audi, Gercke ließ den Motor an, ihr nächstes Ziel lag in der Innenstadt.

»Was meinen Sie, Chef«, fragte Evelyn, »könnte es sein, dass diese Fotos gefälscht sind? Dass die gar nicht Dienstag in Iserlohn aufgenommen wurden?«

»Nein, Frau Eick«, Gercke fuhr in Richtung Kaiserswerther Straße. »Diese Partei wird vom Verfassungsschutz beobachtet, und Tebbe weiß das. Und er weiß auch, dass wir die Fotos jederzeit überprüfen könnten. Verlassen Sie sich drauf: Die waren alle echt.«

* * *

Evelyn schmunzelte. »Nun kommen Sie doch noch dazu, sich den Laden selbst anzusehen, Chef. Da freuen Sie sich doch bestimmt. Wo Frau Borkuschewa und ich Ihnen schon so viel davon erzählt haben.«

Sie hatten Gerckes Audi in einem Parkhaus an der Berliner Allee abgestellt und gingen die Alexanderstraße entlang zu *Mann-O-Mann*.

Gerckes Augen verengten sich. »Hauptsache, Sie sagen meiner Frau nichts davon, Frau Eick.«

»Ist doch Ehrensache«, raunte sie zurück und musste schmunzeln. Der schwarze Humor tat gut. Die Sache war ernst genug.

Sie betraten die Boutique. Gercke ließ Seidenhemden und Kaschmirpullis links liegen, er schaute sich nach Pahlberg um. Im hinteren Ladenbereich war der Prokurist dabei, Hosen auf Bügel zu hängen.

Evelyn stellte die Männer einander vor.

Pahlberg gab sich zurückhaltend höflich. Offenbar irritierte es ihn, dass Evelyn statt mit der gewohnten Kollegin nun mit dem Kommissariatsleiter anrückte.

»Vermutlich wissen Sie schon, dass es ein weiteres Mordopfer gibt?«, begann Evelyn das Gespräch.

Pahlberg nickte. »Natürlich. Helmut Schelling. Genauso umgebracht wie Bernd Brook. Sie ahnen gar nicht, was in der Szene los ist. Ich musste heute mein Handy abstellen, um überhaupt noch einigermaßen in Ruhe arbeiten zu können.«

»Kannten Sie Herrn Schelling?«, fragte Gercke.

»Nicht persönlich. Aber Brigitte Ranzler hat ihn ein paar Mal erwähnt, als sie hier war. Sie hat immer sehr nett über ihn gesprochen.«

»Dann können Sie sich ja denken, warum wir hier sind. Wo waren Sie denn bitte Dienstag zwischen achtzehn und 20.30 Uhr?«

»Dienstag?«, Pahlberg schien erleichtert, er nickte. »Da war ich bei einer wichtigen Informationsveranstaltung der Industrie- und Handelskammer. Das fing um halb sechs abends an.«

»Um halb sechs?«, fragte Evelyn. »Zu der Zeit ist der Laden hier doch noch geöffnet.«

»Normalerweise schon, aber vorgestern nicht. Christian konnte auch nicht einspringen, der war irgendwo Richtung Ostwestfalen unterwegs. Darum musste ich hier um Viertel vor sechs schließen. Das fand ich auch nicht günstig, aber es ging nun mal nicht anders. Und was die IHK betrifft: Ich habe mich da gleich in die Anwesenheitsliste eingetragen. Außerdem kennen die Leute mich da, die können alle bezeugen, dass ich den ganzen Abend dort war. Übrigens mache ich den Laden heute auch wieder früher zu, um vier Uhr findet Bernds Beerdigung statt.«

»Stimmt«, sagte Evelyn. »Die ist ja heute.«

»Und Sie als zuständige Beamte?«, fragte Pahlberg mit leisem Vorwurf. »Sie gehen da nicht hin?«

»Nein«, entgegnete Evelyn sanft. »Wir müssen dort nicht ermitteln.«

Dass sehr wohl zwei Kollegen der Mordkommission *Farbe* die Beerdigung inkognito beobachten würden, brauchte Pahlberg nicht zu wissen.

* * *

»Nun, Chef?«, fragte Evelyn auf der Rückfahrt zum Präsidium. »Wie fanden Sie den Laden?«

»Das wollen Sie wirklich wissen? Wie mir ein Klamottengeschäft gefällt?«

»Zugegeben. Meine Frage ging eigentlich in eine andere Richtung.«

Seufzend zog Gercke die Stirn hoch. »Nehmen Sie es mir nicht übel, Frau Eick, aber ich kann mich an diese Art von Männern nicht gewöhnen. Und bei allem Gerede darüber, dass Homosexualität so normal ist: Ich schließe mich da nicht an. Diese Menschen finde ich nach wie vor befremdlich. Ich denke, nichts macht das Leben so spannend wie die Existenz von zwei Geschlechtern. Ich fühle mich wohl damit, ein Mann zu sein, und finde es absolut faszinierend, eine Frau zu lieben. Was sollte mich daran reizen, Männer zu lieben, wenn ich doch selbst ein Mann bin?« Er seufzte. »Nicht, dass wir uns missverstehen. Selbstverständlich stehe ich dafür ein, dass Homosexuelle gleichgestellt sind in ihren Rechten und Pflichten. Ich denke sogar, dass sie wunderbare Eltern sein können. Und ich würde niemals einen Menschen wegen seiner Homosexualität anfeinden. Aber aus ganz persönlicher Sicht kann ich keine allgemeine Sympathie dafür aufbringen.«

Evelyn nickte. Wahrscheinlich dachten viele Menschen wie Gercke. Sie selbst konnte sich auch nicht vorstellen, sich jemals in eine Frau zu verlieben.

Wie erwartet gab Gercke ihr den Nachmittag frei, Evelyn machte sich auf zu Stefan nach Angermund.

In der Küche strahlte er ihr entgegen. »Ist alles schon vorbereitet, wir müssen nur noch den Tisch dekorieren.«

»Schön.« Evelyn bückte sich. Wladimir und Vitali kamen zu ihr gelaufen. Sie gab den kleinen Katern die verdienten Streicheleinheiten.

»Ich habe die Raviolifüllung noch ein wenig geändert«, erklärte Stefan stolz. »Jetzt kommt noch ein Spritzer weißer Balsamico-Essig rein. Das nimmt dem Lauch ein wenig die Schärfe, und alles passt besser zur Trüffelsoße. Aber bei der Weinauswahl bleibt es. Da lagen wir beide richtig letzte Woche.«

»Prima«, Evelyn lächelte.

»Und selbstverständlich nimmst du dir eine Portion mit. Brauchst du nur noch warm zu machen. Aber nicht aufkochen, das verträgt die Soße nicht.«

»Lieb von dir.«

Er musterte sie. »Du siehst überarbeitet aus.«

»Kein Wunder.« Evelyn erzählte von der aktuellen Entwicklung. Die Eskalation mit Lars verschwieg sie. Sie wusste selbst noch nicht, wie sie damit umgehen sollte.

»Und ihr glaubt, dass es sich in beiden Fällen um denselben Mörder handelt?«

»Sieht ganz danach aus. Der Tathergang, die Endstücke der Garotte, die Marke der rosa Lackfarbe, alles genau gleich.« Evelyns Blick fiel auf den leeren Buchentisch. »Aber jetzt kümmern wir uns erst mal hierdrum. Was hast du dir denn so überlegt?«

Stefan öffnete einen Schrank. »Zunächst mal, dass ich dringend neues Geschirr brauchte. Ich hoffe, es gefällt dir.« Er holte cremeweiße Teller in unterschiedlichen Größen hervor. »Echtes Bone China.«

Evelyn betrachtete die asymmetrisch geschwungenen Linien des Porzellans. »Modern und trotzdem zeitlos. Wunderbar.«

»Finde ich auch. Und dann habe ich beschlossen: Wenn schon, denn schon.« Stefan zog eine Schublade auf und präsentierte sein neues Besteck.

Evelyn nickte. »Das passt toll zum Geschirr.«

»Ja«, er lächelte. »Und ansonsten habe ich gedacht: Wir machen längs über den Tisch eine Art Blumenwiese. Die alte Tischplatte hat so was Bodenständiges. Das ist ein prima Untergrund für das Thema.«

Sie machten sich ans Werk und verbrachten die nächste halbe Stunde damit, eine frühlingshafte Tafel herzurichten: maigrüne Tischsets zum weißen Geschirr, bunte Tulpen in kleinen Vasen und zwischen allem hellgrüne Glassteine.

Stefan schloss seine Schwester in die Arme. »Ist sehr schön geworden. Danke.«

Sie küsste ihn auf die Wangen. »Natürlich.« Dass er die Tischdekoration selbstverständlich auch allein geschafft hätte, erwähnte sie nicht. »Und?«, fragte sie. »Bist du aufgeregt?«

»Brauche ich doch wohl nicht zu sein«, meinte er auffallend gelassen. »Meine Vorspeise ist perfekt, das ganze Drumherum sowieso. Außerdem: Was soll schon groß passieren? Zwei Männer und drei Frauen kommen zum Essen. Wenn wir uns verstehen, ist es prima, und wenn nicht, ist es auch in Ordnung. Ich mache mir keine überzogenen Hoffnungen.«

»Dann ist ja gut.« Evelyn wusste, dass ihr Bruder sich damit selbst belog.

* * *

Zurück in ihrer Wohnung wollte Evelyn eigentlich nur einen Joghurt essen und dann am Rhein joggen, doch sobald sie die Küche betrat, überkam sie ein unerwarteter Hunger. Stefan hatte ihr alles in einer Tüte mitgegeben: Eine Plastikdose mit den selbstgemachten Ravioli, einen Becher mit Trüffelsoße und eine Flasche Weißburgunder. Sie musste lächeln: Wie fürsorglich ihr Bruder war, trotz seiner Nervosität. In diesen Minuten würden seine Gäste eintreffen. Mindestens so sehr wie er selbst wünschte Evelyn ihm, dass unter den drei fremden Frauen wenigstens eine sein möge, die sich näher für ihn interessierte.

Der Besuch bei ihm hatte ihr schmerzlich in Erinnerung gerufen, wie stark er unter seiner Einsamkeit litt. Inzwischen lag die Trennung von seiner Frau fast fünfzehn Jahre zurück, die Ehe war kinderlos geblieben.

In der Partnerwahl hatte Stefan genau wie Evelyn bisher keine glückliche Hand bewiesen. Als sie eben bei ihm war, hatte er sie nicht danach gefragt, wie es zwischen ihr und Lars weitergegangen war. Dafür war sie ihrem Bruder dankbar.

Seit ihrem Streit nach der Obduktion hatte sie nichts mehr von Lars gehört. Sie mochte nicht darüber nachdenken, was das zu bedeuten haben könnte. Und noch weniger wollte sie ihn anrufen – es fiel ihr schwer, sich einzugestehen, welche Angst sie davor hatte.

Sie machte sich die Nudeln und die Soße warm, achtete darauf, dass die Trüffelsahne nicht köchelte, und aß die komplette Mahlzeit mit Genuss. Dazu trank sie Wasser. Ein Glas vom Weißburgunder hätte sie zwar gereizt, aber sie wollte ja später noch joggen. Nach dem Essen streckte sie sich zwanzig Minuten auf ihrem Sofa aus, döste ein wenig und machte sich dann startbereit. Eigentlich hatte sie vorgehabt, im Rheinpark zu laufen, der nur ein paar Minuten von ihrer Wohnung entfernt lag. Doch kurz bevor sie die Wohnung verließ, kam ihr die Idee, stattdessen doch noch einmal die Strecke abzulaufen, auf der Bernd Brook erdrosselt worden war. Dort würde sie sich ihm näher fühlen als im Büro. Vielleicht würde ihr sogar etwas einfallen, was die Ermittlungen voranbringen könnte. Es ärgerte sie, dass es in den Mordfällen Brook und Schelling immer noch keine heiße Spur gab. Sie steckte ihren Autoschlüssel ein, lief von ihrer Wohnung die hundert Stufen zur Straße hinunter und fuhr längs durch die Innenstadt nach Wersten. Doch als sie den Parkplatz an der Kölner Dorfstraße erreichte, fuhr sie daran vorbei. In diesem Moment hätte sie selbst kaum beschreiben können, was in ihr vorging. Was sie tat, lag jenseits jeder Vernunft – zumindest das war ihr klar. Sie fuhr weiter, über das Werstener Kreuz hinweg, und bog schließlich rechts ab. Mitte der Achtzigerjahre war südlich vom Universitätsgelände eine hochpreisige Wohnsiedlung entstanden. Die Straßen waren nach Physikern benannt. Zwischen den Gärten der Häuser verliefen schmale Kanäle, die Grachten nachempfunden sein sollten. Seit der Trennung von seiner Frau hatte Lars Herxheimer hier eine Wohnung gemietet.

Evelyn stellte den Golf ab und ging auf einen der roten Ziegelbauten zu. Herxheimer öffnete schon einige Sekunden nach dem Klingeln, ihr Besuch schien ihn nicht zu wundern.

»Ich komme nicht, um mich zu entschuldigen. Da haben wir uns beide wohl nichts vorzuwerfen. Aber ich möchte das klären, damit wir endlich eine Entscheidung fällen können.«

So kühl und entschieden, wie sie das vorbrachte, war sie innerlich nicht. Das schien Lars zu spüren. »Evelyn.« Seine Stimme klang sanft. Doch an der Art, wie er vor ihr stand, mit aufgerichteten Schultern, beide Arme seitlich am Körper, fühlte sie sich nicht willkommen.

»Es passt jetzt leider nicht gut, ich bin auf dem Sprung. Felicitas, die Mädchen und ich sind dieses Wochenende in Holland.«

»Und da wollt ihr jetzt noch los? Es ist doch gleich schon sieben.«

»Ja«, sagte er ruhig. »Wir fahren in einen Ferienpark, das haben die Mädchen sich gewünscht. Da können wir bis zehn Uhr abends anreisen. Sonntagabend sind wir zurück.«

Evelyn hatte ein Gefühl, als täte sich in ihrem Körper ein großes Loch auf, durch das etwas fiel, was sie nicht festhalten konnte. »Warum kommt deine Frau mit?« Ihre Frage geriet schärfer, als sie beabsichtigt hatte.

Lars blieb ruhig. »Auch das haben die Mädchen sich gewünscht. Aber wir haben getrennte Schlafzimmer, Felicitas und ich. Ganz bestimmt.«

Evelyn nickte. Ihr Blick wanderte nach unten. Lars trug hellblaue Sportschuhe, die sie noch nie an ihm gesehen hatte. Irgendwie waren sie zu jugendlich für ihn.

»Evelyn«, sagte er wieder. »Felicitas hat einen neuen Partner, und es ist noch nicht klar, wie sich das weiterentwickelt. Jedenfalls hat er ein eigenes Haus, und Felicitas ist oft dort. Und jetzt machen sich die Mädchen so ihre Gedanken. Sie finden, wenn Felicitas und ich sowieso getrennt sind, dann könnten wir doch genauso gut in einem Haus zusammenleben. Sie wollen, dass ich zu ihnen zurückziehe. Als Wohngemeinschaft sozusagen. Damit ich für die Mädchen öfter da sein kann.«

»Und du?«, ihre Stimme drohte zu ersticken. Sie sah ihn nicht an. »Willst du wieder zurückziehen?«

»Nein«, sagte er ernst. »Sicher nicht. Aber ich muss für die Mädchen da sein, wenn sie mich brauchen. Wir können da keine feste Regelung ausmachen. Wir können nicht einfach sagen: jedes zweite Wochenende. Damit würde ich den Kindern nicht gerecht.«

Evelyn hob den Kopf. »Und?« Ihr Ärger ließ ihre Stimme fester werden. »Was machen wir jetzt?«

»Gib mir noch ein bisschen Zeit. Ich rufe dich an.«

»Tu das.« Kurz sah sie ihm in die Augen. Er versuchte zu lächeln.

Als sie ging, war sie aufgewühlt. Eigentlich hätte sie so nicht Auto fahren sollen, trotzdem setzte sie sich in den Golf. Für einen Moment überlegte sie, gleich doch noch im Volksgarten zu joggen, aber dazu fehlte ihr die Kraft. Mit der Konzentration, die sie noch aufbringen konnte, lenkte sie den Wagen nach Hause. Dort legte sie sich ins Bett und weinte. Demnächst würde sie sechsunddreißig Jahre alt werden.

* * *

Der Junge hieß Martin, er war fast schon ein Mann. Ich war zwei Klassen unter Martin und sang Sopran im Oberstufenchor. Auf seiner Abiturfeier musste unser Chor auf der Aulabühne singen. Martin saß im Publikum in der ersten Reihe. Als er auf die Bühne kam und vom Direktor sein Zeugnis bekam, stand er nur zwei Meter von mir entfernt. Seine braunen Locken fielen über sein linkes Ohr, bis zu dem schmalen Ohrläppchen. Mit dem Zeugnis in der Hand sah er kurz zu mir herüber. Dann ging er von der Bühne, und der Nächste wurde aufgerufen.

Später gab es einen Sektempfang für die Abiturienten und ihre Eltern. Wir Schüler vom Chor durften uns unter die Leute mischen, denn am Ende der Feier hatten wir den zweiten Auftritt. Aber ich hatte keine Lust, an dem Empfang teilzunehmen, lieber wartete ich hinter der Bühne. Dann sangen wir noch mehrere Stücke, und ganz zum Schluss Gaudeamus igitur, iuvenes dum sumus. *Also wollen wir uns freuen, solange wir noch jung sind.*

Martin sah ständig zu mir hoch und applaudierte heftig, seine Eltern standen neben ihm. Die Mutter trug ein hellblaues Kleid, sie war korpulent und einen halben Kopf größer als Martins Vater. Irgendwie fand ich, dass die ganze Familie sympathisch wirkte.

Nach unserem Auftritt kam Martin auf mich zu und lobte mich. »Du hast sehr schön gesungen.«

»Aber ich bin doch nur eine einzige Stimme«, antwortete ich verlegen. »Der ganze Chor ist gut.«

»Trotzdem«, sagte er mit Nachdruck.

Unsere Mäntel hingen an der Garderobe vor der Aula. Martin begleitete mich dorthin.

»Hast du noch einen Moment Zeit?«, fragte er.

Ich schaute geradeheraus in seine Augen, sie waren braun, so wie seine Haare.

»Nur ganz kurz«, sagte er noch.

Da konnte ich nur noch nicken.

Martins Eltern hatten für den Abend einen Tisch in einem Restaurant bestellt, es lag nicht weit von der Schule entfernt. Er bat sie, schon mal vorzugehen, er wollte noch was mit einem Freund besprechen. Niemand achtete auf uns, als wir hinter die Bühne verschwanden. Wir standen uns gegenüber und sahen uns an.

»Ich wollte dir nur sagen, dass ich weiß, was mit dir los ist«, sagte er. »Du bist in mich verliebt, das ist ganz normal.«

Ich starrte zur Tür. Sein Kinn streifte mein Haar.

»Willst du etwa weglaufen?« Er lächelte.

Ich drehte mich zu ihm und schloss die Augen. Jetzt küsst er mich!, dachte ich, und genau das tat er. Ganz zärtlich berührte sein Mund meine gespitzten Lippen. Es dauerte nicht lange, vielleicht zwei oder drei Sekunden.

Ich hielt immer noch die Augen geschlossen, er streichelte meine Wange und sagte. »Diana, ich wollte dir nur sagen: Verlieb dich nicht in mich, das macht dich nur unglücklich. Ich bin sechs Jahre älter als du, das ist in unserem Alter sehr viel, und ich habe eine feste Freundin. Aber du bist ein hübsches und intelligentes Mädchen, sicher findest du bald einen Freund, der besser zu dir passt.«

Dann küsste er mich noch einmal vorsichtig auf den Mund, und wir gingen zu den anderen zurück.

Ich fühlte mich ganz seltsam, glücklich und tieftraurig zugleich. Auch wenn ich enttäuscht war, fand ich es gut, was Martin mir gesagt hatte. Ich verlor ihn aus den Augen, denn er hatte ja gerade Abitur gemacht und er kam nicht mehr in unsere Schule. Aber ich musste noch oft an ihn denken und war froh darüber, dass ich mich in Jungen verlieben konnte.

Der Brief

Die *Mann-O-Mann*-Boutique galt seit ihrer Gründung als eins der erfolgreichsten Einzelhandelsgeschäfte in Düsseldorf. Durch den Tod von Bernd Brook erlebte sie einen erneuten Aufschwung, der sich weiter steigerte, als auch Helmut Schelling ums Leben kam. Max Pahlberg konnte zahlreiche neue Kunden gewinnen und andere, die den Laden schon lange nicht mehr betreten hatten, kamen wieder. Niemand verließ die Boutique, ohne nicht wenigstens eine Krawatte oder einen Gürtel gekauft zu haben, dabei spielten die neu erworbenen Kleidungsstücke im Grunde eine untergeordnete Rolle: Unter den Kunden gab es nur ein Thema: Eine Mordserie gegen Schwule war im Gange, es schien nur noch eine Frage der Zeit zu sein, wann der Täter wieder zuschlagen würde. Wer würde das nächste Opfer sein? Wer schien besonders gefährdet? Wer musste die größte Angst haben?

Pahlberg selbst beobachtete seinen geschäftlichen Aufschwung mit gemischten Gefühlen, doch er bereute nicht, dass er die Boutique trotz des Trauerfalls geöffnet hielt. Gerade dafür bekam er viel Zustimmung. »Es wäre ganz in Bernds Sinn, den Laden nicht zu schließen«, hieß es häufig. Oder: »Gut, dass du weitermachst, Max. Damit zeigst du dem Mörder, dass du dich nicht einschüchtern lässt.« Bei allem Lob über seinen Mut – eines wagte Pahlberg nicht: Er stellte keinen neuen Verkäufer ein, obwohl mit Brooks Tod die wichtigste Arbeitskraft im Unternehmen weggefallen war. Lieber verbrachte Pahlberg seine Nächte damit, sich auch in die Verwaltung des Versandhandels einzuarbeiten. Prokurist für das Ladengeschäft war er ja schon. Obwohl er deutlich weniger schlief, bediente er seine Kunden mit besonderer Aufmerksamkeit. Auch dafür erntete er Anerkennung – sogar wenn seine Kunden länger warten mussten, bis Pahlberg Zeit für sie hatte. Niemand beschwerte sich, alle brachten die nötige Geduld auf. Viele der Kunden kamen während der Wartezeit miteinander ins Gespräch, und alle waren sich einig: Jetzt ging es vor allem darum, zusammenzuhalten und weiterhin für die Rechte von Schwulen und Lesben zu kämpfen.

An diesem Samstagmorgen brachte Lukas Spenge eine neue Lieferung von Strickjacken. Wie Pahlberg vorhergesehen hatte, entwickelten sie sich zum Renner der Saison. Er erweiterte die Palette seiner Bestellungen bei Spenge. Neben den Jacken bezog er dort nun auch Pullover und Westen, Spenge wurde zu einem wichtigen Geschäftspartner, sein weißer Renault-Kastenwagen stand fast täglich vorm Liefereingang in der Bahnstraße.

Die beiden pflegten einen professionell freundlichen Umgang. Über Pahlbergs unglücklichen Annäherungsversuch in der letzten Woche sprachen sie nicht. Pahlberg legte keinen Wert darauf zu klären, was da zwischen ihnen passiert war. Und er hatte den sicheren Eindruck, dass Spenge ähnlich dachte: Die Sache würde noch peinlicher, wenn man versuchen sollte, darüber zu diskutieren.

So erwartete Pahlberg auch an diesem Morgen kein privates Gespräch mit seinem Lieferanten. Doch nachdem sie die Waren in den Laden getragen hatten, fragte Spenge unerwartet: »Sag mal, Max? Bleibt es eigentlich dabei, dass du den Laden hier erweitern willst?«

Pahlberg blieb sachlich. »Natürlich. Im Juni machen wir den Durchbruch zum Nebenhaus, und dann kommen gut hundert Quadratmeter dazu.«

Spenge nickte. Pahlberg erwartete, dass der Lieferant vielleicht noch das eine oder andere zum geplanten Umbau anmerken wollte, doch das tat er nicht. Er schien ein paar Sekunden lang nachzudenken, dann lächelte er verbindlich. »Was ich noch sagen wollte, Max: Es tut mir leid, dass ich dich neulich nicht umarmt habe. Ich wollte dich nicht kränken.«

Ein bitter-heißes Gefühl stieg in Pahlberg auf, offenbar saß die Verletzung durch die Abweisung tiefer, als er geglaubt hatte. Nach außen hin ließ Pahlberg sich nichts anmerken. Stattdessen gab er sich ahnungslos, vielleicht würde Spenge das Thema dann fallen lassen. »Was meinst du, Lukas?«

Doch Spenge machte weiter: »Dass du versucht hast, mich zu umarmen, und ich bin in dem Moment nicht darauf eingegangen. Du sollst nicht denken, ich wollte nichts von dir wissen. Ich fand es nur irgendwie unpassend so kurz nach dem Tod von Bernd.«

Pahlberg nickte bedächtig. Ihm war klar, dass Spenge log. Seine Abweisung in der letzten Woche war überdeutlich gewesen. Doch warum jetzt diese Kehrtwende? »Ja«, entgegnete Pahlberg ruhig. »Wir brauchen wohl alle noch Zeit, um über den Verlust hinwegzukommen.«

Spenge nickte, lächelnd suchte er Pahlbergs Blick. »Ich möchte nur nicht, dass irgendein Missverständnis zwischen uns entsteht. Wie gesagt, ich wollte dich nicht kränken. Wir können uns ja mal nach Feierabend auf ein Bier treffen.«

Pahlberg war irritiert. Was wollte Spenge von ihm? Wenn es nur um etwas Geschäftliches ging, könnte er das auch jetzt und hier sagen. Stattdessen nun der Vorschlag auf ein Treffen nach Feierabend. Aber so wie Spenge jetzt lächelte, sollte es wohl kaum beim Bier bleiben. Sein Angebot war eindeutig.

Pahlberg brauchte nicht zu überlegen. »Danke, Lukas«, sagte er freundlich. »Das ist nett von dir, aber wir bleiben wohl besser beim Beruflichen. Ich schätze dich als Geschäftspartner und möchte dich da nicht verlieren, doch dabei sollten wir es belassen.«

Während er die Sätze aussprach, wunderte Pahlberg sich über sich selbst. Er hatte Sex mit Hunderten von Männern gehabt, und je jünger und attraktiver sie waren, umso mehr hatte er Spaß daran. Er wusste, dass die Zeiten, in denen er das Interesse eines so jungen Mannes wie Lukas Spenge auf sich ziehen konnte, nicht mehr lange dauern würden. Und doch war er sich sicher, dass er richtig handelte.

»Ist in Ordnung, Max«, Spenge lächelte immer noch, offenbar versuchte er, seine Enttäuschung zu verbergen. »Ich verstehe doch, wenn du Zeit für deine Trauer brauchst.«

Pahlberg atmete langsam aus. Es lag ihm auf der Zunge zu sagen, dass er auch zu einem späteren Zeitpunkt keinen privaten Kontakt zu Spenge wollte. Doch auf diese Bemerkung verzichtete er lieber. Die beiden verabschiedeten sich. Pahlberg blieb in der Tür stehen und hob grüßend die Hand, dann ging er in den Laden zurück.

Der weitere Samstag verlief arbeitsreich, Pahlberg hatte so viel zu tun, dass er keine Zeit fand, darüber nachzudenken, welche Hintergründe Spenges unerwarteter Annäherungsversuch haben könnte. Ab neun Uhr füllten Kunden die Boutique. Viele von ihnen waren am Vortag auf Brooks Beerdigung gewesen und wollten Pahlberg nochmals ihr Beileid aussprechen, die meisten kauften etwas. Erst gegen neunzehn Uhr ließ der Betrieb nach, die letzte Stunde bis zum Ladenschluss verlief ruhiger.

Um kurz vor zwanzig Uhr ging Pahlberg quer durch den Laden die Treppe hinunter zum Hinterausgang. Er wollte sich noch kurz die Hände waschen, da sah er auf dem Boden einen Briefumschlag: C4-Format, schlicht braun, ohne

Beschriftung. Vermutlich hatte ihn jemand unter der Tür durchgeschoben. Lange konnte der hier noch nicht liegen, denn vor zwei Stunden war Pahlberg am Lieferanteneingang vorbei in den Waschraum gegangen, da war ihm nichts aufgefallen. Der Umschlag war nicht zugeklebt und sehr dünn, viel konnte nicht drin sein. Gespannt klappte Pahlberg die Lasche auf, zog einen Bogen Papier heraus und las. Dann schrie er auf. Von Panik ergriffen stürzte er in sein Büro und hatte für einen Moment das Gefühl, jeden Halt zu verlieren. Er ließ sich auf einen Stuhl sinken und durchwühlte mehrere Stapel mit Unterlagen. Nachdem er auch zwei Schubladen vergeblich durchsucht hatte, fand er schließlich unter der Computer-Tastatur das rettende Stück Pappe: die Visitenkarte von Hauptkommissarin Evelyn Eick.

* * *

Nach dem Gespräch mit Herxheimer hatte Evelyn schlecht geschlafen, schon um halb sechs wachte sie wieder auf. Es hatte wenig Sinn, liegen zu bleiben, sie hätte ohnehin nicht mehr schlafen können. Zum Glück war ihr Tag bereits verplant, ihr Schreibtisch wartete auf sie, ohne Überstunden ließ sich die Arbeit nicht bewältigen. Durch ihren Besuch bei Stefan gestern Nachmittag war viel liegen geblieben. Die Protokolle der letzten Einsätze würden sie von den Gedanken an Lars ablenken.

Sie sah auf die Uhr. Vor neun Uhr musste sie nicht im Präsidium sein, schließlich war Samstag. Es blieb noch Zeit für eine Runde Sport. Seit Tagen war sie nicht zum Joggen gekommen – von Besuchen im Fitness-Studio ganz zu schweigen. Evelyn frühstückte zwei Scheiben Toast zu einer Tasse schwarzem Kaffee und setzte sich danach langsam in

Bewegung. Nach ein paar Minuten erreichte sie die Promenade. Es war eben erst hell geworden, die Luft stand klar über dem Rhein, noch waren kaum Jogger unterwegs. Sie lief stromabwärts Richtung Stockum und stellte bald fest: Obwohl sie sich so danach gesehnt hatte, machte ihr das Laufen heute wenig Freude. Schon nach zwei Kilometern, an der Theodor-Heuss–Brücke, machte sie kehrt, drehte noch eine Runde über den alten Golzheimer Friedhof und lief nach Hause. Eine halbe Stunde später fuhr sie zum Präsidium.

Die Arbeit dort ging ihr erstaunlich leicht von der Hand, schwungvoll arbeitete sie den Stapel ab. Gegen Mittag kam Jelena herein und holte sie für einen kleinen Spaziergang zum Rheinturm ab, dann setzte Evelyn sich wieder an den Schreibtisch. Als sie dabei war, das letzte Protokoll zu beenden, klopfte Gercke an. Er kam aus einer Besprechung mit den beiden Kollegen, die sich am Vortag bei Bernd Brooks Beerdigung unter die Trauergäste gemischt hatten.

»Irgendwas Besonderes gab's da wohl nicht. Jedenfalls haben die nichts beobachtet, was uns weiterbringen könnte.« Er seufzte. »Und bei Ihnen, Frau Eick? Wie haben Sie unseren gestrigen Besuch beim Parteivorsitzenden Tebbe nebst Gattin verkraftet?«

Evelyn verzog das Gesicht. »So was gehört eben auch zum Job, Chef. Wir können ja schlecht verlangen, dass alle Leute, die wir befragen müssen, auch sympathisch sind.«

»Das stimmt wohl«, entgegnete Gercke süffisant. »Zu viel Sympathie darf man nicht erwarten, schon gar nicht, wenn es um etwas so Erhabenes wie Bürgerliche Werte geht. Oder eben das, was Freund Tebbe dafür hält. Aber mal ernsthaft: Was ist uns gestern bei den Tebbes aufgefallen?«

Evelyn stutzte. »Etwas Bestimmtes, Chef?«

»Ja sicher. Es gab da eine Sache, über die ich angestrengt nachgedacht habe. Folgendes, Frau Eick: Sie haben Tebbe gefragt, woher er Brook eigentlich kannte. Darauf hat er zwar sofort geantwortet, aber er ist dabei sehr allgemein geblieben. Er hat irgendwas von politischen Veranstaltungen erzählt, aber er hat nicht genau gesagt, wo und wie die stattfanden und worum es dabei ging. Andererseits müssen die beiden ja doch relativ engen Kontakt gehabt haben, zumindest zeitweise. Schließlich war Brook bei den Tebbes zu Hause und hat das Buch mitgehen lassen.«

»Und Sie glauben jetzt, dass Tebbe uns etwas verheimlicht hat?«

»Jedenfalls vermute ich das stark. Irgendwie schien ihm dieses Thema unangenehm zu sein. Er und seine Frau haben uns gestern jede Menge Einzelheiten präsentiert. Sie haben auch viel darüber erzählt, was in der Stadt los war, als Brook damals die Boutique aufgemacht hat. Aber was den Kontakt zu Brook anging, ihre Bekanntschaft oder Freundschaft oder was auch immer, sind die Tebbes doch sehr allgemein geblieben.«

»Und jetzt sollten wir uns überlegen, welche tiefere Verbindung es zwischen Brook und Tebbe gegeben haben könnte?«

Gercke verstand die Anspielung. »Ja, Frau Eick. In diese Richtung habe ich natürlich auch schon gedacht. Und ich habe mir natürlich auch schon überlegt, ob dieser Christian Zürns uns etwas dazu sagen könnte. Aber so ganz sicher bin ich mir nicht, ob es sinnvoll ist, den zu fragen.«

»Sie meinen, weil er uns keine objektive Auskunft geben würde? Weil er Tebbe vermutlich zu positiv darstellen würde?«

»Genau. Zürns will in Tebbes Partei ja schließlich noch Karriere machen. Außerdem scheint er ihn ja zu vergöttern. Und dass Brook und Tebbe einander ganz gut kannten, wissen wir ja schon, daran haben wir keinen Zweifel. Bleibt also die Frage: Hatten die beiden was miteinander. Ehrlich gesagt: Ich glaube nicht. Aber was meinen Sie als Frau dazu?«

Evelyn schüttelte den Kopf. »So richtig vorstellen kann ich mir das auch nicht. Dieser Tebbe wirkt doch sehr wie ein taffer Hetero.«

Gercke verschränkte die Arme vor der Brust und sah Evelyn auffordernd an. »Dann sagen Sie mir doch mal, woran Sie das merken, Frau Eick. Was macht Sie so sicher, dass Claus Tebbe nicht doch homosexuell ist?«

Evelyn zögerte kurz, dann sagte sie: »Na ja, Tebbe hat mich gestern auf eine Art angesehen, da bin ich mir sicher, dass er auf Frauen steht.«

»Aha? Er hat Sie angesehen? Aber dann doch wohl diskret. Ich habe zumindest nichts davon mitgekriegt ...«

Evelyn lachte. »Ehe Sie sich um Kopf und Kragen reden, Chef: Ich bin mir sicher, dass Tebbe weder homo- noch bisexuell ist.«

»Ja, das denke ich auch. Aber danke, Frau Eick. Gut zu wissen, dass ich mit meinem Gefühl nicht so ganz daneben liege. Und ich habe da eben auch noch was Interessantes recherchiert. Würden Sie mich wohl zu einer kleinen Befragung begleiten?«

»Jetzt gleich?«

»Ich bitte darum. Worum es geht, erzähle ich Ihnen unterwegs. Und nehmen Sie ruhig Ihre Waffe mit. Ist zwar eher unwahrscheinlich, dass wir die brauchen, aber sicher ist sicher.«

* * *

Eine halbe Stunde später klingelten sie an der Villa in Ludenberg an.

»Na, dann bringen wir uns doch mal in Positur.« Gercke stellte sich aufrecht vor das Auge der Überwachungskamera.

»Wenn wir es schon wagen, an einer so noblen Adresse gänzlich unangemeldet zu erscheinen.«

Erst vor zwei Tagen war Evelyn hier gewesen, aber heute fühlte es sich anders an, vor dem Tor in der Schutzmauer zu stehen. Es lag etwas in der Luft, das sie nicht genau beschreiben konnte, irgendeine unangenehme Spannung. Sie warf ihrem Chef einen kurzen Blick zu, er wirkte gelassen, offenbar erwartete er eine unangenehme Begegnung.

Sie brauchten nicht lange zu warten.

»Ach, Sie sind das«, erklang Fenn-Heindels Stimme durch die Sprechanlage, er schien nicht weiter überrascht zu sein. »Einen guten Tag Ihnen beiden. Frau Eick, Sie kennen sich ja aus, kommen Sie einfach zum Haus.«

Der elektrische Kontakt summte, Evelyn drückte das Tor auf, vor ihnen lag in milder Frühjahrssonne der Garten. Gercke schenkte den Tulpen und Narzissen einen anerkennenden Blick, dann schaute er nach unten. »Dies ist ein Kiesweg«, seine Ehrfurcht war gespielt. »Hoffentlich knirscht der auch schön unter meinen Schritten, sonst ist das Klischee nicht richtig erfüllt.« Sie gingen auf die Villa zu, der Kies knirschte, Gercke nickte zufrieden. »Aber unser guter Fenn-Heindel lebt nicht allein in dieser Hütte?«

»Nein, Chef. Er versucht den Eindruck zu vermitteln, dass dieses ganze Anwesen hier im Grunde nichts mit seinem Geld zu tun hat. Alles ganz normal, er muss die Villa sogar mit zwei Mietern teilen.«

»Und das ist Attitüde.«

Evelyn verstand nicht gleich. »Sie meinen, ob er Wert darauf legt, bescheiden zu wirken?«

»Genau. Gepflegtes Understatement. Für ihn gehört es zum Programm, bodenständig zu wirken. Damit er sich nicht vorwerfen lassen muss, dass er mit seinem Status meilenweit entfernt ist von Leuten mit normalem Einkommen, zum Beispiel den Bewohnern im *Bunten Haus*. So ein Verhalten ist vielleicht ganz sinnvoll, wenn man einer Stiftung vorsteht, die Millionen verteilt.«

Evelyn nickte. »Klingt plausibel.«

Sie erreichten die Villa und klingelten an, der Türdrücker summte, Evelyn wies ihrem Chef den Weg durch das Treppenhaus.

»Ich habe Sie zwar nicht erwartet, aber seien Sie herzlich willkommen.«

Fenn-Heindel stand im Flur. Er trug dieselbe Kleidung wie zwei Tage zuvor, aber im Gegensatz dazu roch er heute aufdringlich nach einem Rasierwasser mit einer herben Zitronennote. Vermutlich hatte er es gerade eben aufgetragen. Er führte Gercke und Evelyn in sein Büro. »Ich biete Ihnen gern ein Getränk an, aber dazu müsste ich erst etwas aus meiner Küche holen.«

Evelyn hätte gern um ein Glas Wasser gebeten. Auf diese Weise würde sich vielleicht die Gelegenheit ergeben, nicht nur sein Büro, sondern auch seine nebenan liegende Wohnung zu sehen. Doch bevor Evelyn antworten konnte, meinte Gercke schon: »Danke, das ist nicht nötig. Wir wollen Ihnen keine Umstände machen.«

Sie nahmen am Schreibtisch Platz. Auf Gerckes Blick hin eröffnete Evelyn das Gespräch. »Wie ist es Ihnen vorgestern denn noch mit Ihren Herzbeschwerden gegangen? Ich hatte ja kein gutes Gefühl dabei, Sie allein zu lassen.«

Fenn-Heindel winkte ab. »Machen Sie sich bitte keine Gedanken, ich habe wirklich keinen Arzt gebraucht.« Kaum hatte er den Satz ausgesprochen, schnaufte er wieder, aber nicht so laut wie bei den letzten Malen, als sie ihn befragt hatten. Offenbar ging es ihm heute besser.

»Wir hätten gern noch eine Auskunft von Ihnen«, fuhr Evelyn fort.

»Selbstverständlich«, er lehnte sich im Stuhl zurück. »Fragen Sie nur.«

Gercke nickte. »Nach unseren Ermittlungen haben Sie vor gut dreißig Jahren eine Eigentumswohnung auf Teneriffa erworben.«

»Das ist richtig, ja.« Fenn-Heindel hob beschwichtigend die Hände. »Aber die habe ich längst verkauft, gleich nach dem Tod meiner Frau. Ich konnte mich darin nicht länger wohlfühlen.« Seine Stimme brach, kurz blickte er zur Zimmerdecke.

»Uns geht es um einen bestimmten Punkt«, sagte Gercke einfühlsam. »Stimmt es, dass Herr Claus Tebbe Ihnen die Wohnung vermittelt hat? Im Auftrag der Baufirma?«

Fenn-Heindel antwortete ohne Umschweife. »Ja, sicher. Das war doch damals sein Job. Um genau zu sein: Darüber haben wir uns kennengelernt, Claus Tebbe und ich.«

»Damals waren Sie mit Ihrer Frau Vera verheiratet und mit Bernd Brook liiert, das haben Sie uns ja schon alles erzählt. Was uns jetzt aber noch interessiert: Wie sah zu diesem Zeitpunkt der Kontakt zwischen Herrn Tebbe und Herrn Brook aus?«

Für einen Moment kam es Evelyn vor, als wundere sich Fenn-Heindel über diese Frage. Er atmete laut ein, dann entgegnete er ruhig: »Die beiden kannten sich damals schon lange, schon bevor ich Bernd Brook kennengelernt habe. Bernd hat erzählt, dass Tebbe sich immer sehr anerkennend geäußert hat über seine Geschäftsidee. Er fand es empörend, wie sehr sich Schwule und Lesben damals noch in unserer Gesellschaft verstecken mussten.«

»Und diese Solidarität mit homosexuellen Menschen? Welche Motivation hatte Herr Tebbe Ihrer Meinung nach dafür?«

Wieder hob Fenn-Heindel die Hände. »Nein, nein. Also, falls Sie denken, Herr Tebbe hätte selbst ein erotisches Interesse an Männern – das ist sicher nicht so«, er lachte auf. »Das wäre Bernd und mir sicher nicht entgangen. Nein. Tebbe hat immer betont: Homosexuellenrechte sind Menschenrechte. Und wie verlogen unsere Gesellschaft in diesem Punkt ist. Deswegen hat er sich so dafür eingesetzt.«

Gercke beugte sich im Stuhl vor. »Und diese rechtspopulistischen Ansichten? Hatte Herr Tebbe die damals auch schon?«

»Nein. Zumindest haben wir davon nichts bemerkt«, Ingbert Fenn-Heindel seufzte. »Was da in ihn gefahren ist, als er diese *Partei für Bürgerliche Werte* gegründet hat, haben wir auch nicht ganz verstanden.«

»Was vermuten Sie denn, warum er das getan hat?«, hakte Evelyn nach.

Mit Daumen und Zeigefinger wischte Fenn-Heindel sich durch die Augenwinkel. Er brauchte einige Sekunden, bis er antwortete: »Um ehrlich zu sein, habe ich das Gefühl, Tebbe erfüllt sich damit einen Lebenstraum. Er wollte noch stärker im Mittelpunkt stehen als bisher. Tebbe ist nun mal reichlich selbstverliebt. Als Immobilienhengst hat er einen guten Job gemacht. Er konnte sich damit profilieren, anderen Leuten ihre Wohnträume zu erfüllen. Aber offenbar hat ihm das nicht gereicht. Vielleicht weil er immer nur Angestellter war, nie selbstständig. Und jetzt, wo er in Rente ist, will er unbedingt noch eine politische Karriere machen. Reiner Egoismus, wenn Sie mich fragen.«

»Aber Bernd Brook hat den Kontakt mit Claus Tebbe deswegen nicht abgebrochen?«, fragte Evelyn.

»Nein, das nicht. Als Diskussionspartner hat er Tebbe weiterhin geschätzt. Außerdem vertrat Bernd immer die Meinung, dass es wichtig sei, sich auch mit politisch Andersdenkenden auseinanderzusetzen.« Einen Moment lang schwieg Fenn-Heindel, dann fuhr er fort: »Aber Sie wollten ja wissen, welche Art von Verbindung zwischen den beiden bestand. Ich will Ihre Frage gern vollständig beantworten, es gab damals auch eine geschäftliche Beziehung.«

»Damit meinen Sie sicher, dass Sie damals über Tebbes Firma eine Ferienwohnung auf Teneriffa gekauft haben?«

»Richtig, für meine Frau, unsere Tochter und mich. Und ich sage Ihnen ganz offen: Bernd Brook hat ebenfalls überlegt, eine Wohnung auf Teneriffa zu kaufen. Tebbe hat ihm da mehrere Angebote gemacht, und im Grunde war Bernd schon entschlossen. Aber dann ...«, wieder hob Fenn-Heindel die Hände. »Dann hatte meine Frau den tödlichen Unfall, und ich habe meine Wohnung dort ja auch bald verkauft.«

»Danach waren Sie auch nicht mehr lange als Paar zusammen, Bernd Brook und Sie?«

»Das stimmt«, antwortete Fenn-Heindel traurig. »Veras Tod hat mich sehr mitgenommen. Ich habe sie bis zum Schluss geliebt, und das nicht nur, weil sie so tolerant und verständnisvoll war. Nach ihrem Tod waren Bernd und ich noch ein paar Jahre zusammen, er hat mir sehr viel Kraft gegeben, das zu überstehen. Aber dann sind wir doch auseinandergegangen. Irgendwie haben wir unsere Gefühle für einander verloren.« Er seufzte. »Wie das eben so passiert.«

»Ja«, meinte Gercke bedächtig. »Das kann natürlich vorkommen.« Er machte eine kleine Pause, dabei sah er Fenn-Heindel offen an. »Sagen Sie, als Ihre Ehefrau diesen schrecklichen Unfall hatte: Wo hat sich zu diesem Zeitpunkt Bernd Brook aufgehalten?«

»Hier in Düsseldorf«, erklärte Fenn-Heindel ohne Umschweife. »Er hat sich um seinen Versandhandel gekümmert. Damals war seine wichtigste Sekretärin krank geworden, da hatte er viel zu tun.«

»Und wo waren Sie und das Ehepaar Tebbe?«

»Auf Teneriffa. Bernd hatte mir eine Vollmacht mitgegeben, dass ich mit Tebbe die Verhandlungen wegen der Wohnung führen sollte, für die Bernd sich interessierte. Unsere Tochter hatte Osterferien, deswegen konnte ich den Aufenthalt dort mit einem Familienurlaub verbinden. Wir waren zu dritt nach Teneriffa geflogen: Vera, Diana und ich. Aber als Vera diesen entsetzlichen Unfall hatte, war sie allein in der Wohnung.«

Ein leichter Schauer durchfuhr Evelyn. Wie selbstverständlich Fenn-Heindel von einem Urlaub mit Ehefrau und Tochter sprach, während er gleichzeitig für seinen Geliebten eine Wohnung kaufen wollte. Evelyn sah ihren Chef von der Seite an. Auch er schien sich an Fenn-Heindels Sätzen zu stören, doch er ging darüber hinweg.

»Wo waren Sie anderen denn, als es passierte?«

»In Tebbes Büro. Tebbe selbst, seine Frau und dann noch meine Tochter und ich. Die Baufirma, für die Tebbe arbeitete, hatte ja damals eine Filiale auf der Insel. Wir haben Einzelheiten besprochen, über die Wohnung, die Bernd Brook kaufen wollte.« Wieder atmete Fenn-Heindel schwer. »Aber dazu kam es dann ja nicht mehr.«

Die Kommissare nickten, kurze Zeit später verabschiedeten sie sich.

Fenn-Heindel begleitete sie ins Treppenhaus. »Ich bringe Sie aber gern auch noch zur Haustür. Wir können den Fahrstuhl nehmen.«

»Vielen Dank«, erwiderte Gercke verbindlich. »Das ist wirklich nicht nötig.« Sie verabschiedeten sich mit Handschlag, die Kommissare gingen zum Wagen zurück.

»Zumindest ist Fenn-Heindel heute besser auf dem Damm als vorgestern«, meinte Evelyn. »Er atmet ja immerhin nicht mehr so laut. Und irgendwie sieht er auch gesünder aus. Nicht mehr so bläulich.«

»Immerhin«, Gercke nickte. Eine Ampel sprang auf Gelb, unsanft trat er auf die Bremse. »Aber was verschweigt er uns?« Mit hochgezogener Stirn blickte Gercke zu Evelyn hinüber. »Er verschweigt uns was, darin sind wir uns doch einig, oder?«

»Ja«, sagte Evelyn überzeugt. »Und seit heute kommt es mir vor, als ob er furchtbare Angst hat und die ganze Zeit versucht, das zu verbergen.«

Gercke horchte auf. »Denken Sie mal weiter, Frau Eick. Angst wovor?«

»Dass er als Nächster erdrosselt und mit rosa Farbe im Mund die Landschaft dekoriert? Zum Beispiel im wunderschönen Garten seiner Villa?«

»Das wäre zumindest naheliegend. Die Kollegen aus Santa Cruz schicken uns übrigens per Mail die Ermittlungsakte über den Fenstersturz von Vera Fenn. Und dann sehen wir weiter.«

»Wie lange dauert das denn mit der Mail?«

»Die Akte ist noch nicht eingescannt, und jetzt am Wochenende haben die da nur eine Notbesetzung. Aber wenn es gut läuft, kriegen wir alles bis Montagmittag. Und unser Kollege Sanchez vom KK 13 weiß auch schon Bescheid. Der übersetzt uns das dann gleich.«

»Na dann«, Evelyn nickte lächelnd.

Gercke lenkte seinen Audi aus der hügeligen Villengegend zurück in die Innenstadt. Eine halbe Stunde später saß Evelyn an ihrem Schreibtisch und schrieb das Protokoll über Fenn-Heindels erneute Befragung. Um kurz vor zwanzig Uhr wollte sie Feierabend machen. Gerade griff sie zu ihrem Autoschlüssel, da klingelte das Telefon. Es war Pahlberg. Hysterisch erzählte er etwas von einem Drohbrief.

* * *

Pahlberg hatte Evelyn und Jelena ausdrücklich gebeten, zum Haupteingang an der Alexanderstraße zu kommen. Schon durch das Schaufenster konnten sie ihn sehen, mit einem braunen Umschlag in der Hand starrte er ihnen entgegen. Sobald sie die Boutique erreichten, riss er ihnen die Tür auf, gab wortlos zu verstehen, schnell hereinzukommen, und schloss sofort hinter ihnen ab.

»Danke, dass Sie so schnell da sind!«, stieß er hervor und trat so vehement auf die Kommissarinnen zu, dass Evelyn einen Moment lang glaubte, er wollte ihnen um den Hals fallen. Aber dazu war er trotz aller Freude über den Besuch offenbar doch zu beherrscht. Demonstrativ hielt er ihnen den Umschlag hin.

Jelena nickte. »Sofort, Herr Pahlberg. Aber bevor wir uns darum kümmern, sagen Sie uns bitte: Haben Sie auch den Inhalt dieses Briefes angefasst?«

Die Frage schien ihn zu empören. »Selbstverständlich. Wie hätte ich das denn sonst lesen sollen?« Er stutzte. »Habe ich was falsch gemacht?«

»Nein«, erwiderte Jelena bedächtig. »Es ist nur so: Wenn wir den Brief auf Fingerabdrücke untersuchen, müssen wir natürlich wissen, welche davon Ihre sind. Aber das ist kein Problem, Sie kommen gleich mit uns ins Präsidium, und die Kollegen von der Spurensicherung kümmern sich darum.«

»Ach so«, er schien erleichtert. »Ich lasse nur kurz das Gitter runter, und dann gehen wir nach hinten und reden.«

»Gern, Herr Pahlberg.« Evelyn wusste nicht, wie sie sein Verhalten einschätzen sollte. Er kam ihr völlig überdreht vor. Aber etwas in ihr sagte ihr, dass sie keine Angst vor ihm haben musste. Auch wenn er jetzt sämtliche Türen verbarrikadierte, tat er das wohl kaum, um sie und Jelena festzusetzen. Sie nickte. »Dann machen Sie erst mal in Ruhe den Eingang dicht.«

»Gut«, er trat zum Schaltpaneel neben der Tür, mit zitternder Hand drückte er auf den Knopf, ein Rollgitter senkte sich vor Tür und Schaufenster. Dann gingen sie zum Sozialraum. Es war das vierte Mal, dass Evelyn hier mit Pahlberg sprach. Fast kam es ihr vor, als hätte sie in den letzten Tagen an diesem Ort mehr Zeit verbracht als in ihrer eigenen Küche.

»Dann schauen wir mal«, Jelena zog Einmalhandschuhe aus einer Tasche und reichte auch Evelyn ein Paar.

»Aaach«, meinte Pahlberg verwirrt. »Ich wusste ja nicht, dass das so kompliziert ist. Ogott.« Er fasste sich an die Stirn.

»Herr Pahlberg, Sie setzen sich bitte hin, und wir besprechen alles in Ruhe.« Evelyns Ton war mütterlich, darüber ärgerte sie sich selbst.

Immerhin ging Jelena sachlicher mit der Situation um. Sie zeigte auf einen Stuhl, machte eine einladende Handbewegung und erreichte, dass Pahlberg tatsächlich Platz nahm.

Evelyn griff in den Umschlag und zog den Briefbogen hervor. In computergedruckten Großbuchstaben stand dort: *ZWEI MÄNNER SIND TOT! PAHLBERG! DU BIST DER MÖRDER!* Die Kommissarinnen betrachteten das Papier von allen Seiten. Es wies keine besonderen Merkmale auf – bloß ein Ausdruck aus einem x-beliebigen Computer.

Jelena nickte Pahlberg zu. »Nun bleiben Sie erst einmal ruhig. Der Hintergrund kann völlig harmlos sein. Es ist oft so, dass sich da einfach jemand einen schlechten Scherz erlaubt.«

»Ganz genau«, bestätigte Evelyn. Diesen Satz hatte sie schon so oft von ihren Kollegen gehört, wenn es galt, aufgebrachte Personen zu beruhigen. Und sie musste zugeben: Obwohl er abgedroschen klang, funktionierte er fast immer.

Pahlberg schien seine Fassung wiederzufinden, zumindest saß er ruhig auf dem Stuhl und atmete gleichmäßig.

»Wissen Sie denn, von wem dieser Brief stammen könnte?« Jelena packte das Schreiben und den Umschlag in eine Asservatentüte. »Haben Sie da eine Vermutung?«

Er atmete tief aus und schüttelte den Kopf. Evelyn reichte ihm ein Glas Wasser, dankbar nahm er es an und trank.

»Sie haben wirklich keine Idee dazu?«, hakte Jelena nach.

Wieder schüttelte er den Kopf.

»Dann zeigen Sie uns doch bitte mal genau, wo der Brief lag.«

Pahlberg schluchzte auf, er machte keine Anstalten aufzustehen. »Und was ist, wenn ich weiter bedroht werde? Wenn der Täter zu mir nach Hause kommt?«

»Dem können wir selbstverständlich vorbeugen«, meinte Jelena geduldig. »Gleich kommen Sie erst einmal mit uns aufs Präsidium. Da überlegen wir in Ruhe. Vielleicht können Sie ja ein paar Tage bei Verwandten oder Freunden wohnen.«

Er nickte gequält. »Ist gut, Frau Kommissarin.«

Evelyn ertappte sich bei einem Gedanken: Max Pahlberg gehörte zu den Menschen, die sich gern von der Polizei vernehmen ließen. Jedenfalls dann, wenn sie sich in der Opferrolle fühlten. Aber sie wusste auch, wie wichtig es war, den Brief ernst zu nehmen.

Zum Glück blieb Jelena geduldig. »Und jetzt zeigen Sie uns bitte, wo Sie den Brief gefunden haben. Und wann genau.«

Pahlberg zitterte, während er aufstand. Er führte die Kommissarinnen zum Hintereingang, alle drei beugten sich hinab. Der Schlitz unter der Tür war so breit, dass der Umschlag mühelos hindurchpasste. »Um kurz vor acht lag er da, um sechs habe ich ihn jedenfalls noch nicht gesehen, als ich hier vorbeiging. Und dann habe ich Sie sofort angerufen.«

Jelena hockte sich vor die Tür und fuhr mit behandschuhten Fingern am Türschlitz entlang. Sie konnte nichts Verdächtiges feststellen. »Gut. Dann sollten wir doch einfach mal vor der Tür nachschauen.«

»Wenn Sie meinen«, Pahlberg zögerte.

Jelena warf Evelyn einen fragenden Blick zu.

»Selbstverständlich sehen wir nach«, beschloss Evelyn.

»Also dann«, behutsam schob Jelena die Stahltür auf und ging hinaus, Pahlberg folgte ihr, danach Evelyn. Sie sahen sich um. Der Mercedes mit dem *Mann-O-Mann*-Logo stand am gewohnten Platz, die anderen beiden Stellplätze waren leer. Die Einfahrt lag da wie immer, auf den ersten Blick ließ sich nichts Besonderes erkennen.

Pahlberg stand wie erstarrt, den Blick auf die Einfahrt gerichtet. »Ich habe Angst. Ich gehe lieber wieder rein.« Zitternd drehte er sich um, sein Schlüsselbund fiel ihm aus der Hand. Evelyn reagierte schnell, sie kniete sich hin, um die Schlüssel zu greifen. Pahlberg machte einen Schritt auf sie zu, seine Hüfte berührte ihre Schulter.

In diesem Moment kam lautlos etwas durch die Luft geschossen. Evelyn schrie auf. In rasender Eile riss sie die Tür auf und stürzte zurück in den Laden, die beiden anderen folgten ihr. Es dauerte einige Sekunden, bis sie erkennen konnten, was passiert war: In Evelyns Oberarm steckte eine Spritze mit hellgelber Flüssigkeit, die Nadel war durch den Pullover gegangen und saß offenbar tief im Fleisch. Wie von

Geisterhand bewegte sich der Kolben nach vorn und drückte den Inhalt in Evelyns Muskel. Jelena reagierte: Sie stützte Evelyn und zog gleichzeitig die Spritze heraus. Die beiden Frauen starrten auf die Nadel.

»Liegen! Sie müssen liegen!«, Pahlberg rannte in den Sozialraum und kam Sekunden später mit drei Kissen zurück. »Ich rufe den Notarzt!«

Evelyn, die kaum begriff, was passierte, schrie und schrie. Sie nahm noch wahr, wie Jelena ihr half, sich hinzulegen. Dann wurde es schwarz vor ihren Augen.

Die Wendung

Im ersten Stock des Reihenhauses brannte Licht. Waschke und Gercke klingelten an, nach ein paar Sekunden steckte Brigitte Ranzler den Kopf aus dem Fenster ihres Büros.

»Guten Abend, wir müssen Sie dringend sprechen«, rief Gercke hinauf.

Ohne etwas zu sagen, schlug Brigitte das Fenster zu. Einen Moment lang fürchteten die Kommissare, dass sie nicht öffnen würde, doch dann hörten sie Schritte. Die Lampe über der Haustür ging an, Brigitte zog die Tür auf.

»Sie wieder, Herr Hauptkommissar. Wie schön, dass Sie diesmal nicht über meine Terrasse einbrechen.« Ungehalten sah sie zu Waschke hinüber. »Und heute haben Sie also einen anderen Kollegen mitgebracht.«

Norbert Waschke stellte sich vor.

»Wir würden gern reinkommen, Frau Ranzler«, meinte Gercke sachlich. »Und um auch das gleich zu klären: Weitere vier Kollegen sind hierher unterwegs, und die bringen den Durchsuchungsbeschluss gleich mit.«

Brigitte atmete scharf ein. »Darf ich denn auch erfahren, warum? Oder erzählen Sie mir das erst, nachdem Sie hier das große Chaos angerichtet haben?«

Gercke ließ sich nicht provozieren. »Es geht vor allem um Ihre Blasrohrsammlung. Die würden wir gern ein paar Tage ausleihen und etwas näher betrachten.«

»Die Blasrohre?!«, Brigitte lachte auf. »Dafür interessieren Sie sich also? Dann kommen Sie mal rein. Aber nur, weil ich nicht will, dass Sie die Nachbarn stören.« Süffisant fuhr sie fort: »Ansonsten kennen Sie sich ja aus. Und ich entschuldige mich dafür, dass die Rohre leicht verstaubt sind. Ich benutze sie so selten.«

Stufe für Stufe gingen die Kommissare die schmale Treppe hinauf. Unter Brigittes empörten Blicken fotografierte Waschke die Rohre an der Wand, danach nahm Gercke sie ab und steckte sie in Asservatentüten. »Haben Sie noch mehr Blasrohre im Haus, Frau Ranzler?«

Sie schnaubte. »Nein, Herr Hauptkommissar, das sind alle. Und falls ich mich jetzt dummerweise irren sollte: Ihre Kollegen kommen ja sowieso gleich und werden sicher feststellen, ob ich irgendwo noch ein paar Rohre versteckt habe. Vielleicht rühre ich damit ja morgens meinen Kaffee um.«

Gercke nickte. »Sie bekommen sie zurück, sobald unsere Kriminaltechniker damit fertig sind«, seine Stimme wurde schärfer. »Und jetzt packen Sie bitte die nötigsten Dinge zusammen, Frau Ranzler. Sie sind vorübergehend festgenommen.«

»Ich bin was?«, ihr Spott schlug in offene Wut um. »Und warum, wenn ich fragen darf?«

»Weil wir Sie in Ruhe auf dem Polizeipräsidium befragen möchten, und das könnte durchaus länger dauern. Alles Weitere entscheidet der Untersuchungsrichter.«

»Gleich ein Richter? Bloß weil ich eine südamerikanische Blasrohrsammlung habe?«

»Und weil Sie uns neulich angelogen haben, Frau Ranzler. Als Sie uns einen falschen Ort für Ihre Blutspende genannt und sich damit ein unzutreffendes Alibi für die Tatzeit des Mordes an Bernd Brook verschafft haben.«

»Ich habe mich einfach nur geirrt«, Brigitte schrie durchs Treppenhaus. »Bernd Brook war einer meiner besten Freunde. Warum zum Teufel sollte ich den ermorden?«

»Das wissen wir nicht, Frau Ranzler«, meinte Waschke gelassen. »Wir wundern uns nur darüber, dass Sie kürzlich

Ihren Anwalt damit beauftragt haben, Herrn Brooks Testament anzufechten.«

Brigitte erstarrte. Offensichtlich gingen ihr die Worte aus.

»Wir warten hier zusammen ein paar Minuten«, befahl Gercke. »Dann kommt eine Kollegin, die Sie begleitet, wenn Sie Ihre Sachen packen, Frau Ranzler. Und jetzt belehren wir Sie noch über Ihre Rechte.«

Während er weitersprach, drehte Brigitte sich zur Seite. Mit dem Knöchel ihres linken Daumens wischte sie sich durch die Augenwinkel.

* * *

Im Schockraum der Chirurgischen Universitätsklinik kam Evelyn zu sich. Sie blickte in zwei weibliche Gesichter, eins davon gehörte Jelena, sie hielt Evelyns Hand.

»Hallo, du Gute. Wieder wach?«

Evelyn war noch benommen, doch sie erfasste rasch die Situation. »Wie lange war ich weg?«

»Ungefähr eine halbe Stunde. Aber jetzt bist du ja wieder da.« Jelena wies auf die Frau neben sich. »Das ist Frau Doktor Döring, die Oberärztin. Sie hat sich um dich gekümmert, zusammen mit dem ganzen Team.«

Evelyn grüßte mit einem Lächeln. Die Ärztin mochte um die vierzig Jahre alt sein und trug die dunkelblonden Haare zu einem dicken, seitlichen Zopf gebunden. Ihrer Gesichtsfarbe nach war sie vor Kurzem aus dem Urlaub gekommen – oder sie ging gern ins Solarium. Zumindest schien sie sich um die Gesundheit ihrer Haut keine Sorgen zu machen. Sie bat Evelyn, weit die Augen zu öffnen. Mit einer Taschenlampe leuchtete sie hinein und nickte zufrieden. »Nach den bisherigen Untersuchungen haben Sie alles gut überstanden. Wie fühlen Sie sich denn?«

Evelyns Stimme war noch belegt. »Ein bisschen schummrig, aber sonst in Ordnung.«

»Wissen Sie noch, was geschehen ist, kurz bevor Sie das Bewusstsein verloren haben?«

»Einigermaßen.« Evelyn versuchte, sich zu konzentrieren, die Bilder in ihrer Erinnerung setzten sich zu einem Ablauf zusammen: Der Moment, als Pahlberg sich nach dem Schlüssel bückte, die Spritze in ihrem Arm, die Flucht zurück in den Laden, das alles konnte sie lückenlos erzählen.

»Prima«, meinte die Ärztin und setzte dann doch eine kritische Miene auf. »Sie wirken sehr gelassen, Frau Eick. Bei dem, was passiert ist, könnte ich auch verstehen, wenn Sie große Angst hätten.«

»Nein.« Evelyn deutete ein Lächeln an. »Ich lebe ja noch. Außerdem war es ja wohl eher ein Versehen, dass die Spritze mich getroffen hat.«

»Sie sind ganz schön hart im Nehmen, das muss man Ihnen lassen. Falls die Angst aber doch noch kommt, melden Sie sich bitte. Wir lassen Sie dann nicht allein.«

»Mache ich«, sagte Evelyn dankbar. »Was war denn eigentlich drin in der Spritze?«

»Ein Narkotikum. Welches genau, wird noch untersucht. Wir haben Ihnen auf Verdacht hin ein Gegenmittel gespritzt, und das hat zum Glück geholfen, sonst lägen Sie jetzt wohl auf unserer Intensivstation. Die Nadel saß vermutlich tief in Ihrem Muskel, mit der Spitze kurz vor dem Knochen.«

»Also ein Narkosemittel?«

»Ja, vermutlich aus der Tiermedizin. Eben genau das, was üblicherweise mit diesen Blasrohren verschickt wird. Aber es ist nicht alles in ihrem Arm gelandet«, die Ärztin nickte Jelena zu, »dank Ihres Schutzengels. Und wir haben das Übliche gemacht: Blutabnahme, vorbeugende Antibiotika und Impfauffrischung gegen Tetanus. Jetzt bleiben Sie noch eine Stunde liegen, damit sich Ihr Kreislauf stabilisiert. Dann bringen wir Sie auf die Station.«

Evelyn erschrak. »Das heißt, ich muss hier bleiben?«

»Ja sicher. Ein paar Tage sollten wir Sie schon noch beobachten.«

»Aber nur ein paar Tage? Länger bestimmt nicht?«

Bevor Doktor Döring antworten konnte, strich Jelena ihrer Kollegin sanft über den Arm. »Ist doch besser, wenn du dich hier auskurierst.«

»Bis Montag bleiben Sie in jedem Fall«, entschied die Ärztin. »Dann sehen wir weiter.«

Evelyn gab sich einsichtig. »Gut.«

»Ich lasse Sie jetzt mit Frau Borkuschewa allein. Sie sind bei ihr ja in den besten Händen.« Lächelnd verließ Frau Doktor Döring den Raum.

Jelena setzte sich zu Evelyn ans Bett. »Gercke lässt dich übrigens grüßen. Du sollst dich erst mal ausruhen – auch von ihm, soll ich dir ausrichten. Aber jetzt mal ernst: Er macht sich grauenvolle Vorwürfe, weil er uns nur zu zweit zu Pahlberg in den Laden geschickt hat. Und dass er nicht selbst dabei war. Aber er ist eben sofort gekommen, zusammen mit Waschke. Sobald du im Notarztwagen warst, sind die beiden zu Brigitte Ranzler gefahren, wegen der Blasrohre bei ihr an der Wand. Aber wie es da weitergegangen ist, weiß ich noch nicht. Ansonsten: Pahlberg ist fest davon überzeugt, dass es ein Mordanschlag gegen ihn war. Aber solange wir nicht wissen, was in der Spritze war, ist alles spekulativ.«

Evelyn sammelte ihre Gedanken. »Und dass der Täter vielleicht doch nicht Pahlberg treffen wollte, sondern tatsächlich mich?«

»Ist auch noch unklar. Denn das würde ja bedeuten, der Täter hätte gewusst, dass wir uns zu diesem Zeitpunkt im Laden aufhielten. Vielleicht war es ihm aber auch völlig egal, wen er traf.«

Bevor Evelyn etwas erwidern konnte, klopfte es an der Tür. »Herein!«, rief sie.

Stefan steckte seinen Kopf durch den Türspalt. Ihm schien ein Stein vom Herzen zu fallen, als Evelyn ihm entgegenlächelte.

»Du spionierst mir also nach?«, begrüßte sie ihn.

Er trat ans Bett. »Dein Chef hat mich angerufen. Irgendwo stehe ich in deiner Personalakte als nächster Verwandter, in Notfällen zu verständigen«, er stellte eine Reisetasche auf einem Hocker ab. »Eben war ich noch in deiner Wohnung und habe eine paar Sachen mitgebracht. Unterwäsche, Schlafanzüge und Waschzeug. Ich hoffe, das ist alles richtig so.«

»Danke, lieb von dir. Aber jetzt kommen wir erst mal zum offiziellen Teil unserer Begegnung«, mit eleganter Handbewegung wies Evelyn zwischen ihren Besuchern hin und her. »Stefan – Jelena, Jelena – Stefan. Ihr wisst eigentlich schon alles voneinander, jedenfalls habe ich euch beiden viel erzählt.«

»Stimmt«, Stefan reichte Jelena die Hand. »Schön, dass wir uns mal persönlich treffen.«

»Schade eigentlich, dass du schon so alt bist«, flapste Evelyn. »Sonst könntest du gleich mal bei Jelena anfragen, ob sie mit dir Eis essen geht.«

»Herzlich gerne«, gab Jelena zurück. »Dabei könnten wir uns endlich mal über Evelyn austauschen. Als Retourkutsche sozusagen.«

»Dann ist ja alles gut«, Evelyn wandte sich an Stefan. »Und jetzt will ich unbedingt wissen, wie das Dinner war. Erzähl ruhig von deinem Kochversuch für Singles. Die Nudeln schmeckten ja immerhin okay.«

Stefan schmunzelte. »Gib`s zu: Du willst doch nur wissen, wie die Frauen waren. Ich kann nur sagen: Alle drei in meinem Alter und sehr sympathisch.«

»Aha? Gleich drei? Also hast du doch noch gewisse Chancen bei Frauen, und ich muss mich nicht allein um dich kümmern. Das hilft meiner Genesung jetzt echt auf die Sprünge.«

Er küsste seine Schwester auf die Stirn. »Dann hat sich meine Kocherei ja schon mal gelohnt.«

* * *

Joachim Voigt, leitender Ballistiker im Düsseldorfer Polizeipräsidium, begutachtete die Pfeilspritze. »Klassisches Zwei-Kammer-Prinzip. Die eine Kammer enthält das Medikament wie bei einer normalen Spritze auch. Und in der Kammer darüber ist Luft, die unter leichtem Überdruck steht. Wenn die Nadel ins Gewebe trifft, ändern sich die Druckverhältnisse und der Kolben wird nach vorne geschoben.«

»Und die Spritze entleert sich automatisch?«, fragte Gercke.

»Richtig. Und danach fällt sie üblicherweise ab. Aber in diesem Fall hat Jelena das Teil zum Glück ja schon vorher aus Evelyns Arm rausgezogen.«

»Und abfeuern kann man so eine Spritze mit jedem x-beliebigen Blasrohr?«

»Ja, die Technik ist einfach, aber höchst effektiv. Man braucht bloß ein Rohr mit dem passenden Durchmesser, meist mit einem Mundaufsatz. Früher hat man solche Pfeilspritzen auch mit Gewehren abgefeuert. Aber da war dann manchmal so viel Druck dahinter, dass die Tiere verletzt wurden. Darum setzen die meisten Zoos wieder Blasrohre ein.«

»Und die Flugbahn von so einem Teil sieht wie aus? Schnurgerade?«

»Prinzipiell schon. Je nach Wind kommt es natürlich zu Abweichungen.« Voigt zeigte auf das hintere Ende der Spritze. »Hier sitzt normalerweise der Stabilisator. Habt ihr den irgendwo gefunden?«

»Ist das nicht dieses komische, kleine Ding am Ende der Spritze, das Luftverwirbelungen abfängt?«

»Genau. Eine Art Wollknäuel. Normalerweise finden sich daran Speichelspritzer.« Voigt zeigte seinem Kollegen einen Computerausdruck. »Das habe ich auf der Homepage von der Hersteller-Firma gefunden. So sieht der Stabilisator von dieser Spritzensorte aus.«

Gercke besah sich die Abbildung. »Das heißt, auch wenn wir auf der Spritze bisher keine DNA-Spuren gefunden haben: Der Stabilisator könnte trotzdem welche enthalten?«

»Sicher, er liegt ja im Blasrohr am nächsten zum Mund des Jägers.«

»Könnte dieses Teil denn einfach von der Spritze abgefallen sein?«

»Ja. Zumindest lohnt es sich, danach zu suchen. Auch wenn es mühselig ist.«

»Also starten jetzt zwei Dutzend Kollegen eine wilde Jagd auf einen blauen Wollpuschel?«

»So ist es wohl«, Joachim Voigt grinste. »Aber gib doch zu, Gregor: Die Polizei hat schon mit mehr Aufwand nach noch dümmeren Dingen gesucht.«

* * *

Gegen dreiundzwanzig Uhr konnte Evelyn auf die Normalstation. Eine Krankenschwester der Notaufnahme bugsierte sie sanft in einen Rollstuhl und schob sie über die Flure. Evelyn protestierte nicht. Sie hätte sich den Weg auf ihren eigenen Beinen zwar zugetraut, hielt es aber für klüger, sich in die Patientenrolle zu fügen. Ihre Versicherung trug die Kosten für die Unterbringung in einem Zweibettzimmer, dennoch überließ die Klinikleitung ihr ein Einzelzimmer. Es lag im siebten Stock an der zu einer Grünfläche gelegenen Seite des Gebäudes – weit weg von der Anfahrt der Krankenwagen. Ruhig war es hier, auffallend ruhig. Nachdem auch die Nachtschwester sich ausgiebig um sie gekümmert hatte, löschte Evelyn das Licht. Lars ging ihr nicht aus dem Kopf. Er verbrachte diese Nacht samt Familie in einem niederländischen Ferienbungalow, die Noch-Ehefrau und er in getrennten Zimmern, so hatte er es Evelyn jedenfalls versprochen. Was, wenn das nicht stimmte? Wenn er doch mit seiner Frau in einem Bett schliefe – und nicht nur das? Wenn die beiden wieder zusammenkämen? Es hatte keinen Sinn, weiter darüber nachzudenken. Sie würde ja doch nichts ändern können. Evelyn seufzte. Dabei hatte alles so gut angefangen vor einem guten halben Jahr. Sie war nach langer, langer Zeit endlich wieder glücklich gewesen. Sogar ihre Magersucht schien überwunden. Seit sie mit Lars zusammen war, aß sie, was ihr schmeckte. Fünfundfünfzig Kilo wog sie inzwischen, und alle sagten, es stehe ihr gut.

Nun starrte sie in die Dunkelheit und konnte sich nicht entspannen.

Sie versuchte es mit Autogenem Training, normalerweise half das, doch je öfter sie sich jetzt sagte, dass ihre Arme angenehm schwer würden, umso mehr holte die Erinnerung sie ein: Wie die Spritze lautlos angeschossen kam und sich in ihren Arm bohrte. Wie der Kolben die hellgelbe Flüssigkeit in ihren Körper drückte. Die Schrecksekunden, der kurze, helle Schmerz, Jelenas beherztes Eingreifen, dann die Ohnmacht. Die Bilder in ihrem Kopf quälten Evelyn. Sie überlegte, die Schwester zu rufen und sich ein Beruhigungsmittel geben zu lassen. Doch das schien ihr widersinnig nach der erzwungenen Narkose. Schließlich döste sie ein.

Am Morgen erwachte sie mit dem ersten Lichtstrahl – und dachte an Lars. Ein Krankenpfleger kam herein, um Temperatur und Blutdruck zu messen. Auf die Frage nach ihrem Befinden versuchte Evelyn zu lächeln. »Alles gut. Unkraut vergeht nicht.«

Später aß sie ein belegtes Brötchen und wurde gelobt: »Das ist doch ein gutes Zeichen, Frau Eick.«

Nach dem Frühstück schlief sie wieder ein. Das Essen hatte sie stärker angestrengt, als sie angenommen hatte. Offenbar brauchte ihr Körper noch Zeit, um das Narkosemittel abzubauen.

Vom Klingeln ihres Handys wachte sie auf. Im Abstand von einer Viertelstunde riefen Stefan und Jelena an. Sie wollten wissen, wie es ihr gehe und ob sie vorbeischauen sollten.

»Wirklich ganz lieb, aber ist nicht nötig«, antwortete Evelyn beiden. »Ich würde sowieso nur rumgähnen, und ich muss ja nicht mehr lange bleiben.«

Auch den weiteren Tag verbrachte sie dösend im Bett, erst am Nachmittag fühlte sie sich wieder einigermaßen wach. Endlich war es soweit: Frau Doktor Döring brachte Neuigkeiten. »Das Laborergebnis ist da, und ich habe auch schon die Staatsanwaltschaft informiert.«

Evelyn horchte auf.

»Es ist so, Frau Eick: Die Narkosespritze enthielt eine Kombination von zwei Medikamenten, nämlich Ketamin und Xylazin. *Hellabrunner Mischung* nennt man das, benannt nach dem Münchener Zoo und absolut gängig in der Tiermedizin. Davon sind zum Glück keine Folgeschäden für Sie zu erwarten.« Evelyn wollte schon erleichtert nicken, da fuhr die Ärztin fort. »Die Dosis war allerdings geeignet, einen Menschen mit einem Gewicht von unter hundert Kilogramm zu töten. Wäre der gesamte Inhalt in Ihre Muskulatur gelangt, würden Sie vermutlich nicht mehr unter uns weilen. Dann hätte selbst die Wartezeit auf den Notarztwagen gereicht, um einen Atemstillstand auszulösen, den die Kollegen nur schwer hätten beherrschen können. Dass Sie noch leben, haben Sie vor allem der schnellen Reaktion Ihrer Kollegin zu verdanken.«

Die Nachricht schockierte Evelyn kaum. »Also ein Mordversuch«, meinte sie sachlich.

»Vermutlich. Aber es gibt noch eine gute Nachricht: Die Flüssigkeit war nahezu steril. So zynisch das auch klingt, aber in diesem Punkt hat der Täter sauber gearbeitet, vom Spritzeninhalt ging keine Infektionsgefahr aus.« Die Ärztin wies auf Evelyns Arm. »Dann schauen wir mal nach.« Sie löste den Verband und wischte das Jod darunter ab. Die Einstichstelle war nur noch als kleiner roter Punkt erkennbar. »Sehr schön, alles reizlos.«

»Also werde ich morgen entlassen?«

Frau Döring nickte. »Ja, falls alles so bleibt, morgen früh. Sie können aber gern auch noch ein, zwei Tage länger bleiben.«

»Das will ich nicht«, entgegnete Evelyn und merkte selbst, dass ihr Ton zu schroff geraten war. Freundlich fügte sie hinzu: »Ich bin hier bestimmt gut aufgehoben, aber ich brauche wohl kein Krankenhaus mehr.«

»Gut. Dann schaue ich morgen früh wieder rein, so gegen sieben, bevor ich im OP anfange. Wenn es Ihnen dann gut geht, können wir Sie entlassen. Beim Polizeiarzt müssen Sie sich dann sowieso noch vorstellen.«

Evelyn war erleichtert. »Vielen, vielen Dank.«

Die Ärztin verabschiedete sich, gleich darauf brachte eine Krankenschwester das Abendessen. Evelyn zwang einen Teller Suppe hinunter. Immer wieder starrte sie hinaus, der Himmel hatte sich im Laufe des Tages eingetrübt, eine graue Wolke nach der anderen zog am Fenster vorbei. Der Angriff mit der Spritze war ein Tötungsversuch, soviel stand jetzt fest. Aber die Umstände blieben unklar. Was hatte der Täter im Sinn gehabt? Dass der Angriff Pahlberg gegolten hatte, schien nahe zu liegen. Wäre er nicht genau in diesem Moment in die Hocke gegangen, hätte die Pfeilspritze ihn getroffen und nicht Evelyn. Aber der Täter musste doch gesehen haben, dass Pahlberg nicht allein war. Und dass die beiden Frauen neben ihm die Spritze sofort hätten herausziehen können. Was hatte das zu bedeuten? Ging es dem Täter gar nicht darum, einen Menschen zu töten? Wollte er generell Aufmerksamkeit erregen – egal, ob der Angriff tödlich endete oder nicht?

Über diese Gedanken, so beunruhigend sie auch waren, schlief Evelyn ein. Um einundzwanzig Uhr wachte sie wieder auf. Im Raum war es still und fast dunkel, durch das Fenster fiel nur das Licht der Laternen, die die Wege zwischen den Klinikgebäuden markierten. Sie stand auf und ging zur Toilette, ihr Kreislauf machte keine Probleme mehr. Als sie sich wieder hinlegte, klopfte eine Krankenschwester an und fragte, ob Evelyn noch einen Arztbesuch empfangen würde.

»Kommt Frau Doktor Döring denn noch mal?«, fragte sie erstaunt.

»Nein«, die Schwester legte einen gewichtigen Ton in ihre Stimme. »Es ist Herr Professor Herxheimer aus der Rechtsmedizin. Er möchte im Auftrag der Staatsanwaltschaft kurz mit Ihnen sprechen.«

Evelyn brauchte einen Moment, um zu begreifen: Lars hatte gegenüber dem Klinikpersonal seinen Besuch als rein dienstlich ausgegeben. Sie unterdrückte ein Schmunzeln. »Natürlich habe ich noch Zeit für den Herrn Professor.«

Als er Sekunden später ins Zimmer trat, stieg ein warmes Gefühl in ihr auf. »Und?«, fragte sie dennoch spitz. »Wie war das Wetter bei euch in Holland?«

»Möchtest du das wirklich wissen?«

»Ja klar.«

Er stellte sich einen Stuhl an ihr Bett. »Dann also zum Wetter«, meinte er lakonisch. »Das war vermutlich nicht anders als hier: Bis heute Mittag hatten wir Sonne, dann hat es sich eingetrübt. Und das Wochenende hat den Mädchen gut getan, uns Eltern übrigens auch. Es war die richtige Entscheidung, als ganze Familie zu fahren.« Er lächelte. »Ich hätte dir gern einen riesigen Blumenstrauß mitgebracht.«

Evelyn schwieg mit ernster Miene.

Er hielt ihrem Blick stand. »Gercke hat mich gestern und heute ein paar Mal angerufen«, sagte er ruhig. »Er hat mich die ganze Zeit auf dem Laufenden gehalten über deinen Zustand. Du hast wirklich mehr Glück als Verstand gehabt.«

»Ich weiß«, sagte sie leise. Dann nahm sie seine Hand und zog ihn zu sich herab. Vorsichtig küsste sie ihn auf den Mund. »Und wir müssen reden.«

»Ja, das müssen wir«, er richtete sich wieder auf. »Wenn du willst, jetzt gleich.«

»Nein. Nicht hier, so was mag ich nicht in einem Krankenzimmer besprechen. Schon gar nicht, wenn ich die Patientin bin.« Sie zögerte. »Aber danke schon mal.«

»Wofür?«, fragte er zärtlich. »Ist doch selbstverständlich.«

Sie streichelte seine Hand. »Jetzt geh lieber nach Hause, dies ist nicht der richtige Ort für uns.«

»Bis bald«, er strich ihr über die Lippen, sie küsste seine Fingerspitzen.

Bevor er durch die Tür trat, winkte er ihr zu. Dann war sie wieder allein.

Vielleicht gibt es keine einfachen Lösungen, dachte sie.

* * *

Wie versprochen kam Frau Doktor Döring am frühen Morgen und schaute sich die Einstichstelle nochmals an. »Sie können gehen, Frau Eick. Stellen Sie sich aber bitte sofort beim Polizeiarzt vor.« Milde fügte sie hinzu: »Ich kenne den Kollegen Wegner gut, wir haben zusammen studiert. Und natürlich werden wir uns über Ihren Fall austauschen – sofern Sie uns von unserer Schweigepflicht befreien. Bei der Stationsleitung liegen alle Unterlagen für Sie bereit.«

Evelyn bedankte sich. Nachdem die Ärztin gegangen war, rief sie Gercke an.

»Dann komme ich gleich vorbei«, meinte er erfreut. »Und ich bringe Sie zu Doktor Wegner.«

Evelyn hätte ein Taxi nehmen können, doch das hätte Gercke gekränkt. Eine Viertelstunde später holte er sie ab. Für einen Moment kam es ihr vor, als ob Tränen in seinen Augen standen. Er schüttelte ihr lange die Hand.

»Ist das Ihr Gepäck?«, fragte er mit einem Blick auf die Reisetasche, die Stefan gebracht hatte.

Evelyn nickte, Gercke griff entschlossen die Henkel. Fürsorglich führte er seine junge Kollegin zum Audi und ließ sie Platz nehmen, dann verstaute er die Tasche im Kofferraum. Kleine Regentropfen fielen auf die Windschutzscheibe, seit dem Vortag war das Wetter noch trüber geworden. Evelyn schloss für ein paar Sekunden die Augen. Schon so oft hatte sie in Gerckes Audi gesessen, doch nie hatte sie sich so geborgen gefühlt wie in diesem Moment.

Gercke nahm neben ihr Platz und ließ den Motor an. Auf der Fahrt über das Klinikgelände schwiegen sie beide, erst als sie die Schranke am Pförtnerhäuschen passiert hatten, fragte Evelyn: »Was hat sich denn inzwischen bei unseren Fällen getan, Chef?«

Er warf ihr einen kurzen Blick zu. »Wollen Sie sich nicht erst mal selbst die Zeit geben, wieder in der bösen Welt anzukommen?«

»Nein, Chef. Die böse Welt habe ich doch nie verlassen. Da war ich die ganze Zeit drin. Und wie ich da drin war!«

»Auch wieder wahr. Aber eine gute Nachricht gibt es tatsächlich: Auf dem kleinen Parkplatz hinter dem Laden haben die Kollegen den Stabilisator der Pfeilspritze gefunden, diesen kleinen Wollpuschel. Mehr können wir zurzeit nicht sagen, er ist noch bei den Kollegen im Labor. Die KTU hat natürlich auch Pahlbergs anonymen Brief untersucht – leider gedruckt mit millionenfach verkaufter Tinte auf millionenfach verkauftem Papier. Abgesehen von Pahlbergs Fingerabdrücken gab es keine Spuren. Wir haben dann noch das Alibi von einem gewissen Lukas Spenge gecheckt. Das ist ein junger Lieferant, der Pahlberg am Samstagmorgen ein eindeutiges Angebot gemacht hat. Und Pahlberg hat es abgeschmettert. Aber ein paar Tage vorher muss es wohl genau umgekehrt gewesen sein: Da wollte Pahlberg Spenge umarmen, aber der wollte nicht. Deswegen hat Pahlberg jetzt überlegt, ob der Brief von Spenge stammen könnte, als schlechter Scherz sozusagen, aus Rache für Pahlbergs Ablehnung. So was hätte Pahlberg ihm durchaus zugetraut. Ja, ich weiß, das hört sich reichlich kompliziert an. Jedenfalls: Frau Borkuschewa sagt, Sie beide haben diesen Spenge mal beobachtet, als er aus dem Lieferanteneingang kam.«

»Ja, der mit dem Mozartzopf.« Evelyn stutzte. »Aber woher dieser Sinneswandel bei Spenge?«

»Das wissen wir nicht genau«, meinte Gercke ironisch. »Gefühle ändern sich eben, auch bei Schwulen.«

»Glauben Sie, dass Geld dahintersteckt? Spenge hatte von Pahlbergs Erbschaft erfahren und fand ihn deswegen plötzlich interessant? Ich fände das reichlich weit hergeholt, aber Pahlberg denkt dann ja offenbar in diese Richtung.«

»Ja, darum haben wir Spenges Alibi überprüft. Er hat sich den ganzen Samstagnachmittag und -abend in Krefelder Schwulenkneipen rumgetrieben. Offenbar ist er da sehr aktiv. Jedenfalls hat er auch Alibis für die Tatzeiten bei den Morden an Brook und Schelling.«

»Und bei Brigitte Ranzler? Sind Sie da weitergekommen?«

»Leider auch nicht. Auf den Blasrohren aus ihrem Flur fand sich keine DNA, dafür eine dicke Staubschicht. Offenbar hatte sie die Teile erst gründlich gespült und dann lange Zeit nicht mehr abgestaubt. Und die Durchsuchung bei ihr hat auch nichts ergeben. Wir haben keine weiteren Blasrohre gefunden, und irgendwelche Betäubungsmittel oder Pfeilgifte hatte sie auch nicht im Haus. Die Blasrohre waren offenbar tatsächlich bloß Dekoration. Immerhin hat Frau Ranzler eine DNA-Probe abgegeben, ganz freiwillig sogar.«

»Also hat sie die Spritze nicht abgeschossen?«

»Davon können wir ausgehen.«

Evelyn zögerte einen Moment. »Was ich noch sagen möchte, Chef: Ich glaube nicht, dass der Täter mich treffen wollte. Die Spritze war mit Sicherheit für Pahlberg gedacht.«

Gercke hob die Brauen. »Was genau wollen mir Ihre Worte sagen?«

»Dass ich als Ermittlerin nicht stärker gefährdet bin als ohnehin«, erwiderte sie ernst.

»Aha.« Gercke seufzte. »Um ehrlich zu sein: So einen Satz habe ich schon von Ihnen erwartet.«

»Also schicken Sie mich nicht nach Hause?«

»Zum Glück muss ich das nicht alleine entscheiden. Sie stellen sich jetzt erst mal bei Doktor Wegner vor.«

»Sie haben bestimmt schon mit ihm über mich gesprochen?«

»Selbstverständlich. Er muss ja schließlich wissen, was auf ihn zukommt. Da blieb mir ja nichts anderes übrig, als ihn vor Ihrem Arbeitseifer zu warnen.« Gercke seufzte erneut. »Aber ich habe ihm auch gesagt, wie dünn unsere Personaldecke ist.«

Evelyn lächelte. »Danke, Chef.«

Fünf Minuten später erreichten sie das Präsidium. Noch bevor Gercke den Wagen abstellte, stieg Evelyn aus und ging zum Polizeiarzt. Ulrich Wegner, ein Allgemeinmediziner mit soliden chirurgischen Kenntnissen, war seit über acht Jahren für die Düsseldorfer Polizei tätig. Er galt als fachlich kompetent und bewies ein feines Gespür für die Belastungen, denen die Polizistinnen und Polizisten täglich ausgesetzt waren.

Evelyn legte ihm die Unterlagen aus der Klinik vor. »Ich fühle mich wieder voll einsatzfähig«, sagte sie entschlossen, »und würde gern an unseren Fällen weiterarbeiten.«

Doktor Wegner nickte. »Ich habe eben noch mit der Kollegin Döring telefoniert. Sie ist der Ansicht, dass Sie durch die

Narkose körperlich nicht mehr beeinträchtigt sind, Frau Eick. Allerdings sollten Sie sich fragen, ob Sie sich nicht wenigstens ein paar Tage Ruhe gönnen.«

»Die hätte ich sowieso nicht. Wenn ich zu Hause sitzen und darüber nachdenken würde, wie meine Kollegen mit viel zu wenig Personal die Fälle lösen, würde mich das garantiert nicht entspannen.«

»Vielleicht könnten Sie ja einige Tage wegfahren, in eine schöne Gegend. Zum Verschnaufen.«

»Das kann ich ja immer noch tun. Bei den Überstunden, die sich bei mir angesammelt haben, bekomme ich sowieso noch freie Tage. Aber jetzt möchte ich erst mal weiterarbeiten.«

Der Polizeiarzt zeigte Verständnis. Für eine Laborkontrolle nahm er Evelyn Blut ab, außerdem musste sie versprechen, sich jeden Morgen bei ihm vorzustellen und unverzüglich den Dienst abzubrechen, falls es ihr schlechter gehen sollte. Evelyn ließ sich gern darauf ein, nach der Untersuchung ging sie zu Gercke ins Büro und überbrachte ihm die Neuigkeiten.

Er lächelte. »Weil Sie so gern arbeiten, Frau Eick, habe ich gleich eine schöne Aufgabe für Sie. Das Laborergebnis vom Stabilisator ist da. Der Pfeilpuschel trägt Speichelspuren.«

»Und jetzt wissen wir, wer die Spritze abgeschossen hat?«, fragte Evelyn aufgeregt.

»Leider nicht. Die gefundene DNA ist uns unbekannt, stammt also definitiv nicht von Brigitte Ranzler. Aber in einem Punkt sind wir uns sicher: Die DNA stammt von einer Frau, wir haben es also mit einer Schützin zu tun.«

Gercke wies auf einen Aktenstapel. »Möchten Sie sich vielleicht noch mal durch unsere bisherigen Ermittlungen wühlen? Und dann sagen Sie uns, welches weibliche Wesen wir noch genauer unter die Lupe nehmen sollten.«

»Klar, Chef«, Evelyn griff sich die Akten und trug sie in ihr Büro. Noch bevor sie sich an ihren Schreibtisch setzte und die erste Akte aufschlug, kam ihr Diana Fenn in den Sinn, die Wirtschaftsleiterin vom *Bunten Haus*. Könnte sie das Attentat auf Pahlberg geplant haben, um ihn zu töten? Und als sie sah, dass Jelena und Evelyn bei ihm waren, hat sie dennoch geschossen? Trotzdem sie damit rechnen musste, dass die Polizistinnen ihm die Spritze herausziehen würden, bevor der gesamte Inhalt in seinem Muskel gelandet war? Was hatte das für einen Sinn? Steckte Diana Fenn auch hinter den Morden an Brook und Schelling, obwohl sie für die Tatzeiten wasserdichte Alibis hatte?

Evelyn schaute aus dem Fenster und dachte nach. Welche Erinnerungen hatte sie an das Gespräch mit Diana Fenn am Tag nach Helmut Schellings Ermordung? Was traute sie dieser drallen Person mit den dunkel gefärbten Haaren zu, die so guten Blechkuchen backte und sich so rührend um die Heimbewohner kümmerte? Diana Fenns Mutter Vera war zu Tode gestürzt, in ihrem Ferienhaus auf Teneriffa. Diana selbst hatte dort ebenfalls die Ferien verbracht. Wie hat sie reagiert auf den Tod ihrer Mutter? Hätte sie den Sturz verhindern können? Wie mochte das Verhältnis von Mutter und Tochter gewesen sein? War es eng? Während Evelyn darüber nachdachte, kam ihr eine andere Mutter in den Sinn, mit der sie bei den Ermittlungen zu tun hatte. Und auch diese Mutter hatte ein Kind. Und das Verhältnis dieser Mutter zu ihrem Kind war zweifellos eng. So eng, dass beide sich in gleicher Weise die Haare bleichten. – wie auch ein niederländischer Politiker, den sie beide verehrten.

* * *

Eine Viertelstunde später waren Evelyn und Jelena im Dienstwagen unterwegs, einem weißen Ford-Focus – schon älter, aber verlässlich. Noch mehr verlassen konnten sie sich auf die beiden uniformierten Kollegen, die ihnen zur Verstärkung im Streifenwagen folgten. Ihr Ziel war die Grunerstraße gegenüber dem Zoopark. Evelyn klingelte an einem Mehrfamilienhaus aus der Gründerzeit.

»Ja bitte?«, klang eine freundliche, ältere Stimme durch die Sprechanlage.

»Guten Morgen, Frau Kornmüller. Hier Hauptkommissarin Eick von der Kriminalpolizei. Ich war vorletzte Woche schon mal bei Ihnen und würde Ihnen jetzt gern noch eine Frage stellen.«

Offenbar erinnerte die alte Dame sich. »Natürlich, Frau Kommissarin. Kommen Sie einfach hoch.«

Der elektrische Öffner summte, Evelyn und die Kollegen gingen die Treppe hinauf. In der dritten Etage standen Sieglinde und Arnold Kornmüller bereits in der Tür.

»Erschrecken Sie nicht«, beruhigte Evelyn das alte Paar. Wir wollen Sie nicht überfallen, aber wenn ich wohl kurz zu Ihnen hereinkommen dürfte. Die Kollegen warten so lange vor Ihrer Tür. Es dauert auch nicht lange.«

»Bitteschön«, Arnold Kornmüller machte eine einladende Handbewegung.

Evelyn folgte ihm und seiner Frau ins Wohnzimmer.

»Folgendes: Als ich das letzte Mal bei Ihnen war, haben Sie erzählt, Christian Zürns habe Ihnen einen Kasten Wasser aus dem Keller hochgebracht. Vorletzte Woche Mittwoch?«

Die Eheleute nickten.

»Genau«, meinte Sieglinde Kornmüller. »Christian hat seine Mutter besucht, und weil die sowieso Mineralwasser aus dem Keller brauchte, hat er uns auch gefragt, ob wir was brauchen. Das macht er öfters, er ist immer sehr freundlich, genau wie seine Mutter.«

»Und haben Sie bei dieser Gelegenheit auch seine Mutter gesehen? Mildred Zürns? Vielleicht bevor Christian in den Keller gegangen ist oder danach? Ist Frau Zürns vielleicht aus der Wohnung gekommen und hat mit Ihnen gesprochen?«

Die Eheleute mussten nicht lange überlegen, sie schüttelten einvernehmlich ihre Köpfe.

»Nein«, entgegnete Arnold. »Bestimmt nicht. Christian hatte die Wohnungstür offen stehen lassen, und wir konnten den Fernseher hören. Aber Frau Zürns ist nicht raus gekommen. Und wir haben aber auch nicht nach ihr gerufen, es war ja alles in Ordnung. Es gab ja keinen Grund, dass wir da störten. Zumal die beiden ja wohl das Abendbrot vorbereiten wollten.«

»Haben Sie denn angenommen, dass Frau Zürns zu Hause ist?«

»Ja sicher. Christian hat uns ja auch gesagt, dass er gleich mit seiner Mutter essen will. Natürlich haben wir gedacht, die ist da«, Sieglinde Kornmüller stutzte. »War sie denn gar nicht zu Hause?«

Evelyn lächelte. »Darum müssen Sie sich keine Sorgen machen. Wir werden das klären, und vielleicht ist das auch gar nicht so wichtig. Wissen Sie denn, ob Frau Zürns jetzt zu Hause ist?«

»Nein. Die ist vorhin weggefahren, das haben wir gesehen, ihre Freundin hat sie abgeholt.«

»Welche Freundin? Katharina Tebbe?«

»Ja, die Blonde mit der Dauerwelle. Nette Person, diese Frau Tebbe.«

Evelyn nickte. »Ganz herzlichen Dank, das war's schon.«

»Sollen wir Frau Zürns etwas ausrichten, wenn sie wieder da ist?«, fragte Arnold Kornmüller fürsorglich.

»Nicht nötig, danke«, Evelyn lächelte. »Darum kümmern wir uns schon. Wir können Frau Zürns ja auch auf ihrem Handy anrufen. Die Nummer haben wir ja.«

Freundlich verabschiedete sie sich und ging zurück zu den Kollegen in den Hausflur. Nachdem die Wohnung der Kornmüllers wieder verschlossen war, klingelte Jelena an der Tür von Mildred Zürns. Nichts regte sich, von innen drang kein Laut.

»Wir rufen Gercke an«, entschied Evelyn. Sie erreichte ihn in seinem Büro.

Wie erwartet reagierte er prompt. »Fahren Sie zu Tebbe, ich bringe noch Verstärkung mit. Sie unternehmen bitte nichts, solange wir nicht da sind. Oder nur im absoluten Notfall.«

Die Insel

Meine Mutter hat mir alles erzählt. Schon als Kind hatte sie einen großen Wunsch: eine Reise nach Teneriffa. Alles, was ich darüber gehört und gelesen hatte, kam ihr paradiesisch vor.

»Lass uns einfach hinfliegen«, meinte mein Vater kurz nach der Hochzeit. »Das ist heutzutage doch kein Problem mehr.«

Seine Eltern gaben den beiden das Geld. Sie buchten eine Pauschalreise und verbrachten dort zwei wunderbare Wochen. In den folgenden Jahren reisten sie noch mehrmals hin und wohnten in einem kleinen Hotel in der Altstadt von Puerto de la Cruz. Dann wurde meine Mutter mit mir schwanger.

Zwei Jahre später schmiedeten sie wieder Urlaubspläne. Mein Vater meinte: »Wir können doch das Ferienhaus meiner Eltern haben. In Cuxhaven, direkt hinterm Deich, ideal für kleine Kinder. Wir müssen nur unsere Sachen ins Auto werfen und sind in ein paar Stunden da.«

Meine Mutter war einverstanden, sie tat es mir zuliebe, denn ein Kind braucht zufriedene Eltern in einer stabilen Ehe – davon war sie überzeugt.

Als ich vierzehn wurde, schlug mein Vater vor, mal wieder nach Teneriffa zu fahren. Weil meine Mutter sich darüber so freute, zeigte er uns eines Abends den Prospekt einer Immobilien-Firma. Das Hochhaus im Zentrum von Puerto wurde gerade erst gebaut, vorn an den Felsen, direkt am Wasser.

»Zwölfter Stock, also ganz oben«, erklärte er. »Großes Wohnzimmer mit Dachterrasse, dazu drei Schlafzimmer. Ich habe zwei Wohnungen reservieren lassen – eine mit Blick auf den Atlantik und die andere zum Teide. Wie ich euch kenne, nehmt ihr die mit Meerblick.«

Meine Mutter antwortete nicht gleich, und ich schwieg auch. Sie wusste ja, dass er sie nur dafür trösten wollte, was er ihr antat. Dann entschied sie sich tatsächlich für die Meerseite, den Ausblick auf den Berg hätte sie auf Dauer zu eintönig gefunden, sagte sie, und ich stimmte ihr zu. Mein Vater ließ sie als alleinige Eigentümerin ins Grundbuch eintragen.

In den folgenden Jahren verbrachten meine Mutter und ich sämtliche Ferien auf Teneriffa. Mein Vater besuchte uns, so oft er konnte. Allerdings hatte er beruflich immer viel zu tun. Meine Mutter lud ihre Freundinnen ein, zusammen machten wir Ausflüge zu den Lorbeerwäldern, durch den kahlen Süden der Insel und in die bizarre Welt der Caldera de las Canadas. *Die anderen beneideten uns um die Wohnung.*

Die tinerfenische Immobilien-Verwaltung bot den Eigentümern einen kostengünstigen Reinigungsservice an, schließlich sollte meine Mutter die wertvolle Urlaubszeit nicht vergeuden. Unser Wohnzimmerfenster nahm fast die ganze Wand ein und war durch Sprossen in sechs gleich große Rechtecke geteilt. Nur die Scheiben oben links und oben rechts ließen sich als Flügelfenster nach innen öffnen. Die übrigen vier Scheiben waren fest installiert und von außen schlecht erreichbar. Meine Mutter ließ José kommen, einen wendigen Fensterputzer, der gebrochen Deutsch sprach. Nachdem er die beweglichen Fenster zum Glänzen gebracht hatte, wies meine Mutter auf die vier anderen Scheiben. Sie meinte: Mit etwas Mühe und einem langen Stiel könnte José die doch wohl auch von außen reinigen. José streckte seinen rechten Arm weit aus und erklärte, er müsse nur so weit putzen, wie sein Arm reiche, wenn er innen am Fenster stehe. So lauteten die Vorschriften, und in Deutschland sei das genauso. Meine Mutter diskutierte nicht mit ihm, Arbeitsschutz ist Arbeitsschutz, das verstand sie. Doch sie sah nicht ein, warum sie sich den Blick auf den Atlantik von vier fest installierten Scheiben trüben lassen sollte. Meine Mutter verabschiedete sich höflich von José und besorgte in Deutschland ein langstieliges Gerät, mit dem sich auf ganz wunderbare und sichere Weise auch schwer erreichbare Stellen putzen ließen. Alle zwei Monate rückte sie dem Glas auf der Außenseite zuleibe. Dabei hielt sie sich immer mit einer Hand am Fensterrahmen fest. Das große Fenster war nach Westen gerichtet, nachmittags stand die Sonne auf den Scheiben, dann gab es das beste Ergebnis.

Im Sonnenschein leuchtete der Atlantik unterhalb des Hochhauses tief aquamarinblau. Das gleichmäßige Muster der Wellen täuschte über die gefährlichen Strömungen hinweg, die an der Nordküste der Insel herrschten.

An diesem Aquamarin konnte meine Mutter sich nicht satt sehen. Einmal stand sie lange am großen Fenster und betrachtete die Schaumkronen auf dem tiefen Blau. Nur einige Boote waren unterwegs, die Gegend galt als anspruchsvolles Segelgebiet. Im Hintergrund dampfte die Fähre nach La Palma, und meine Mutter erzählte mir, was sie dachte. Welche Chancen an ihr vorbeigezogen waren und dass sie vom Leben enttäuscht war.

»Du hättest es anders machen können«, sagte ich.

Sie sah mich vorwurfsvoll an und schwieg.

* * *

Begleitet von den beiden Kollegen im Streifenwagen fuhren Jelena und Evelyn nach Stockum. Erst vor drei Tagen war Evelyn hier gewesen, auf den ersten Blick konnte sie keine Veränderung an Tebbes Bungalow erkennen. Türen und Fenster waren geschlossen, die Garageneinfahrt war leer.

Die Kommissarinnen stiegen aus. Einer der uniformierten Kollegen zeigte auf den Plattenweg, der rechts von der Garage in den Garten führte. »Wir kümmern uns schon mal um die Rückseite.«

Jelena bedankte sich. »Gute Idee, macht das.«

Evelyn schaute durch die Scheibe, die in der Mitte der Haustür eingelassen war. Sie konnte nur einen kleinen Teil des Flur einsehen, hier hielt sich niemand auf.

»Gercke will, dass wir noch nichts unternehmen«, meinte Jelena. »Sollen wir trotzdem klingeln?«

»Ja«, entschied Evelyn. »Falls Tebbe drin ist, hat er uns sowieso längst bemerkt. Aber wir gehen nicht rein, bevor die anderen da sind.« Sie drückte auf den Klingelknopf, gleich darauf wich sie ein paar Schritte zurück, ihre rechte Hand berührte die Waffe unter ihrer Jacke. Nichts geschah. Sie schellte ein zweites Mal an, wieder nichts.

Aus dem rechten Nachbarhaus trat ein Mann und winkte hastig. Er mochte um die Siebzig sein, seine Halbglatze umkränzten kurze, weiße Haare. Offenbar hatte der Streifenwagen ihn aufgeschreckt. Er ging auf Jelena und Evelyn zu. »Sie wollen bestimmt zu Herrn Tebbe.«

Die Kommissarinnen stellten sich vor und zeigten ihre Dienstausweise. Der Mann nickte, die Vorderseite seines blau karierten Hemds zierten ein paar gelbe Flecke, Evelyn vermutete Eigelb.

»Ich bin Heinz Rosrath«, sagte er aufgeregt, doch ohne Scheu. »Meine Frau und ich wohnen schon lange hier, die Tebbes sind gute Nachbarn.«

»Wissen Sie denn, ob Herr und Frau Tebbe zu Hause sind?«, fragte Jelena.

Rosrath zögerte. »Sind Sie vom Verfassungsschutz?«

»Wie kommen Sie darauf?« Evelyn ließ sich ihr Erstaunen über seine Frage nicht anmerken.

»Es ist so«, er räusperte sich. »Herr Tebbe hat erzählt, dass der Verfassungsschutz ihn im Auge hat wegen seiner Partei. Dabei entspricht die *Partei für Bürgerliche Werte* absolut dem

Grundgesetz.« Mit Nachdruck fügte er hinzu: »Das hat Herr Tebbe genau überprüfen lassen.«

»Nein«, entgegnete Evelyn knapp. »Vom Verfassungsschutz sind wir nicht.« Sie sah Rosrath geradeheraus an. »Dann also noch mal die Frage: Wissen Sie, ob die Tebbes zu Hause sind oder wo sie sich aufhalten? Oder ob sie vielleicht Besuch haben?«

Sichtlich eingeschüchtert sagte Rosrath: »Frau Tebbe ist heute Morgen mit dem Auto in die Stadt gefahren, vorher wollte sie noch ihre Freundin abholen. Ich habe kurz mit ihr gesprochen, als ich mit dem Hund raus bin. Herr Tebbe war auch mit draußen, er hat die Mülltonnen in die Garage gestellt. Aber dann habe ich ihn nicht mehr gesehen, und von Besuch weiß ich nichts. Ich war vorhin relativ lange weg, weil ich noch einkaufen musste, meine Frau ist in Kur.«

»Wissen Sie denn, wann Frau Tebbe wiederkommen wollte?«

»Keine Ahnung«, Rosrath schaute auf die Uhr. »Gleich eins, da müsste sie eigentlich zurück sein. Die Tebbes kochen jeden Mittag.«

»In was für einem Auto ist Frau Tebbe unterwegs?«

»In ihrem dunkelblauen Polo, ziemlich neues Modell.«

»Herr Rosrath«, Evelyn sah ihn streng an. »Wenn Sie so gute Nachbarn sind, dann haben Sie doch bestimmt einen Schlüssel für Tebbes Haus.«

Er zögerte mit einer Antwort.

»Wenn Sie einen haben, geben Sie ihn mir bitte.«

»Ist ja gut«, Rosrath eilte in sein Haus und kam mit dem Schlüssel zurück.

»Danke«, sagte Evelyn. »Und jetzt gehen Sie bitte in Ihre Wohnung und bleiben dort. Falls wir noch Fragen an Sie haben, melden wir uns.«

Er gehorchte, Sekunden später stand er innen am Fenster, Evelyn schenkte ihm keine Beachtung.

Einer der uniformierten Kollegen kam aus dem Garten zurück. »Hinten ist alles zu, und die Gardinen sind so dicht, dass man nicht rein gucken kann. Wir sind den ganzen Garten abgegangen, da ist niemand. Und eine Kellertreppe nach außen gibt es auch nicht. Sollen wir die Terrasse im Auge behalten, wenn ihr gleich vorn reingeht?«

»Danke, ja.« In diesem Moment sah Evelyn, wie Gercke im Dienst-BMW vorfuhr, gefolgt von einem dunkelgrünen Mannschaftswagen.

»Alles klar«, der uniformierte Kollege verschwand wieder hinter die Garage.

Ansgar von Matt, Gercke sowie vier weitere Kolleginnen und Kollegen der Schutzpolizei stiegen aus den Wagen. Jelena erstattete Bericht.

»Gut«, Gercke nahm die Schlüssel entgegen. »Dann gehen wir jetzt rein.«

Zwei Beamte blieben vor dem Bungalow stehen und überwachten die Straße. Gercke öffnete die Haustür, sie war nur zugezogen, nicht abgeschlossen. Zu sechst gingen sie rein, ihre Waffen in Anschlag.

»Herr Tebbe?«, rief Gercke. Keine Reaktion. »Herr Tebbe?«

Im Haus war es still, sie durchschritten den Flur.

»Hallo? Herr Tebbe?«

Gercke schob die Tür zum Wohnzimmer auf. Unwillkürlich hielt Evelyn ihre Hand vor Mund und Nase. Noch war nichts zu sehen, doch sie ahnte schon, was sie erwartete. Die Polizisten traten in den Raum. Zwischen Schrankwand und Couch lag Claus Tebbe auf seinem Rücken, um den Hals den Draht einer Garotte, links und rechts daneben die Handstücke. Sein Kopf war in den Nacken gelegt, aus dem geöffneten

Mund rann rosa Farbe. Mit geschlossenen Augen und entspannter Miene lag er da, das Gesicht zur Zimmerdecke gerichtet. Evelyn zog Handschuhe über und fühlte seine Stirn. In ihren dreizehn Berufsjahren hatte sie genügend Erfahrung gesammelt, um einschätzen zu können, dass er seit ungefähr zwei Stunden tot war. Während sie ihn betrachtete, durchfuhr sie ein Gedanke: Die obere Gesichtshälfte des Parteivorsitzenden Claus Cornelius Tebbe sah aus, als würde er nachsinnen – vielleicht über die Bedeutung bürgerlicher Werte.

* * *

Gercke wandte sich an Evelyn. »Was hat der Nachbar gesagt, wann Tebbes Frau zurückkommt?«

»Wohl jeden Moment, Chef.«

»Also dann!«

Gercke bat die Kollegen von der Schutzpolizei, sich um Spurensicherung und Rechtsmedizin zu kümmern, dann wies er seiner eigenen Truppe an: »Frau Borkuschewa und Herr von Matt, Sie nehmen bitte den Ford, Frau Eick, Sie kommen mit mir. Wir blockieren die Zufahrt.« Gercke grinste. »Ist ja zum Glück eine Sackgasse.«

Sie stürmten aus dem Bungalow in die Wagen. Keine drei Minuten später hatten sie die Straßensperre errichtet. Jetzt mussten sie warten.

»Haben Sie diese violetten Zeichen an Tebbes Unterarm gesehen?«, fragte Evelyn, die neben ihrem Chef im BMW saß. »Mit den dünnen Ausläufern in der Haut?«

Gercke nickte. »Sieht nach Strommarken aus. Vermutlich wurde Tebbe mit einem Elektroschocker überwältigt, bevor der Täter die Garotte ansetzen konnte.«

»Bei Brook die Stolperschnur, bei Schelling der Äther«, überlegte Evelyn. »Einen Elektroschocker hatten wir jedenfalls noch nicht.«

Gercke lehnte sich im Autositz zurück und atmete tief aus, offenbar versuchte er sich zu entspannen. »Was denken Sie denn, Frau Eick? Haben wir es bei Tebbe mit demselben Täter zu tun wie bei Brook und Schelling?«

Evelyn zuckte mit den Achseln. »Einbruchspuren haben wir ja eben nicht gefunden, also müssen wir annehmen, dass Tebbe seinen Mörder selbst ins Haus gelassen hat.«

»Also genau wie Helmut Schelling? Weist das auf denselben Täter hin?«

Evelyn verzog das Gesicht. »Ich bin mir nicht sicher, aber irgendwas war anders. Die rosa Farbe kam mir zumindest dunkler vor als bei Schelling.«

»Das ist doch schon mal ein Hinweis. Aber falls uns der potenzielle Täter begegnet, konfrontieren wir ihn zunächst mal damit, alle drei Morde begangen zu haben. Wobei wir eher sagen sollten: Die potenzielle Täterin ...«, Gercke unterbrach sich selbst und drehte den Kopf zur Seite. »Aha! Na, wer sagt´s denn!«

In diesem Moment sah auch Evelyn einen dunkelblauen Polo in die Sackgasse einbiegen. Am Steuer saß Katharina Tebbe, vor den Wagen der Kripo kam sie zum Stehen. Nun erkannte Evelyn auch die Beifahrerin: Es war niemand anders als Mildred Zürns, sie trug ihre Haare weiß blondiert und nach hinten gekämmt – genau wie ihr Sohn Christian und der niederländische Rechtspopulist Geert Wilders.

Offenbar brauchte Katharina einige Sekunden, um die Situation zu begreifen. Panisch versuchte sie noch, den Polo zurückzusetzen, doch es war zu spät. Die Kommissare rissen die Türen auf und ließen die Frauen aussteigen.

»Wie nehmen Sie fest wegen des Verdachts auf dreifachen Mord, nämlich an Bernd Brook, Helmut Schelling und Claus Tebbe«, sagte Gercke, während die Handschellen klickten, »sowie des Verdachts auf versuchten Mord an einer Kriminalbeamtin.«

Die Veränderungen in den Gesichtern von Katharina Tebbe und Mildred Zürns ließen keinen Zweifel daran, dass sie erst in diesem Moment vom Mord an Claus Tebbe erfuhren. Beide schienen sich nicht darüber zu wundern, offenbar glaubten sie die Nachricht von Tebbes Tod sofort. Fast gleichzeitig schrien sie auf – und reagierten Sekunden später ganz unterschiedlich. Während Katharina in Tränen ausbrach, versteinerte Mildreds Miene von der einen auf die andere Sekunde.

»Frau Zürns, von Ihnen hätten wir gern einen Wangenabstrich für den DNA-Vergleich«, sagte Gercke sachlich. »Wir haben nämlich den Stabilisator von einer Blasrohrspritze gefunden, und daran befinden sich die Speichelspuren einer Frau.«

Mildred Zürns blieb ungerührt: »Claus habe ich nicht umgebracht. Das war ein Trittbrettfahrer.«

»Darum kümmern wir uns später«, entgegnete Gercke ungerührt. »Aber über die Morde an Bernd Brook und Helmut Schelling reden wir jetzt. Denn Sie haben uns belogen, zusammen mit Ihrem Sohn, und Sie haben kein Alibi mehr.«

* * *

Im Mannschaftswagen erwartete Mildred Zürns die Vernehmung. Evelyn und Gercke nahmen ihr gegenüber an einem Tisch Platz, das Diktiergerät lief.

»Fangen wir mit der ersten Tat an«, meinte Gercke. »Warum haben Sie Bernd Brook getötet?«

Mildred Zürns schlug einen Ton an, als läse sie Nachrichten aus einer Zeitung vor. »Claus Tebbe hat Ingbert Fenn-Heindel erpresst. Er wollte zwei Millionen Euro für seine Partei. Mitgliederwerbung und Wahlkampf sind nun mal teuer. Aber Fenn-Heindel wollte ihm das Geld nicht geben. Also mussten wir ihm beweisen, dass es uns ernst ist, und haben zuerst Brook getötet. Wir wussten, dass sein Tod Fenn-Heindel tief treffen würde. Wir kannten Brooks Laufstrecke, er hat ja allen davon erzählt. Also mussten wir nur den Perlonfaden über den Weg spannen. Außerdem konnten wir mit Brooks Ermordung viel Aufsehen erregen. Alle glaubten, es hätte einen schwulenfeindlichen Hintergrund.« Triumphierend lehnte Mildred Zürns sich auf dem Stuhl zurück, sie schien auf die nächste Frage zu warten.

Gercke blieb sachlich. »Sie haben Brook getötet, um Fenn-Heindel unter Druck zu setzen?«

»Genau. Und natürlich auch, weil er unser politischer Gegner war. Er hat zwar nach außen freundlich getan, aber trotzdem: Seine Ansichten stimmten mit unseren nicht überein. Er hat ja alles dafür getan, in den Zeitungen als großer Bürgerrechtler und Menschenfreund aufzutreten. Dabei waren das größtenteils doch nur linke Spinnereien. Er hatte ein viel zu positives Menschenbild, und man weiß doch, wohin so was führt, wenn die soziale Situation in einem Land wirklich mal kritisch wird. Gegenüber Tebbe hat er sich tolerant gegeben, aber nur, weil unsere Partei noch in den Anfängen steckt. Wir wussten immer: Wenn die *Partei für Bürgerliche Werte* erst mal im Bundestag sitzt, wird Bernd Brook alles in Gang setzen, um uns zu verunglimpfen. Aber das werden wir nicht zulassen. Unsere Partei vertritt völlig unverzichtbare Werte, und je mehr Islamisten unsere Demokratie zerstören, umso mehr werden das auch die Wählerinnen und Wähler begreifen.

Wir haben keinen Zweifel daran, dass unsere *Partei für Bürgerliche Werte* eine große Zukunft erwartet!« Obwohl Mildred Zürns immer schneller sprach, blieb ihre Stimme unverändert eintönig.

Gercke nickte, doch auf das Thema Partei ging er nicht ein. »Und auf gleiche Weise wie Bernd Brook haben Sie dann Helmut Schelling getötet?«

»Ja, denn nach Brooks Tod wollte Fenn-Heindel uns das Geld immer noch nicht geben.«

Mildreds Blick war kalt. Evelyn verstand, was in dieser Frau vorging, sie hatte ein solches Verhalten öfter erlebt: Die Überheblichkeit einer Beschuldigten, die voll geständig war und ihre Taten nicht bereute. Mildred Zürns hatte nichts zu verlieren, sie wusste, was auf sie zukam. Deswegen konnte ihr niemand etwas anhaben – zumindest glaubte sie das. Sie gab sich nicht reumütig, um ihr Strafmaß zu mildern, das wäre ihr feige vorgekommen. Denn sie fühlte keinerlei Reue. Und gerade deswegen kam sie sich stark vor.

»Das zweite Opfer sollte ein Bewohner aus dem *Bunten Haus* sein«, fuhr Mildred im gleichen Tonfall fort, »weil das zur Charlotte-Heindel-Stiftung gehört. Erst Fenn-Heindels alter Liebhaber Brook, dann ein Bewohner aus seinem Altenheim – damit wollten wir Fenn-Heindel in die Knie zwingen. Wir wussten, dass Schelling fast blind war und außerdem ein guter Freund von Brigitte Ranzler. Die trägt ja immer diese grauenvolle, gestreifte Jacke. Ich musste mir nur genau so eine Jacke anziehen, und schon hat Helmut Schelling mir die Tür aufgemacht.« Wieder lag Triumph in Mildreds Augen.

Gercke gab sich unbeeindruckt. »Wenn Täter Geld erpressen wollen, machen Sie das üblicherweise mit einer Entführung. Warum musste es bei Ihnen denn gleich Mord sein?«

»Entführung!«, verächtlich stieß Mildred Zürns Luft aus. »Daran gedacht haben wir ja, aber das hätte doch nichts gebracht. Bei einer Entführung seiner Tochter hätte Fenn-Heindel sofort gewusst, dass wir dahinterstecken. Um uns zu schützen, hätten wir Diana töten müssen und Fenn-Heindel womöglich auch. Dann hätte die Polizei sofort angenommen, dass es was mit dem Fenstersturz von Vera Fenn zu tun haben könnte, da kommen die Tebbes ja überall in der Polizeiakte vor. Nein. Die Sache mit den Schwulen und der rosa Farbe war schon gut.« Mildred Zürns wurde sarkastisch. »Sie müssen doch zugeben, Herr Kommissar: Ihre Ermittlungen gingen verdammt lange in die falsche Richtung.«

Gercke blieb ruhig. »Warum denn eigentlich die Garotte?«

»Eine schnelle und sanfte Methode, wenn man das Gerät richtig bedient. Ich habe mal ein Praktikum bei einem Tierarzt in Rumänien gemacht. Wenn da ein Tier eingeschläfert werden musste, gab es oft kein Barbiturat dafür. Die typischen Zustände im Sozialismus eben. Kleinere Tiere haben wir in Plastiksäcke gesteckt, die sind dann sanft erstickt. Aber bei großen Hunden haben wir eine Garotte genommen. Das ging so schnell, die Tiere haben nicht gelitten.«

»Sie waren früher Tierärztin? Oder Tierarzthelferin?«

»Nein, gelernte Tierpflegerin. Ich habe lange im Krefelder Zoo gearbeitet.«

»Deswegen das Blasrohr?«

»Ja, auch das war einfach für mich. Wir wussten ja: Brigitte Ranzler bewahrt Blasrohre in ihrer Wohnung auf, damit hat sie ja sogar in der Zeitung angegeben. Wir wussten also, dass der Verdacht wieder auf sie fallen würde.«

»Also sollte Pahlberg das nächste Opfer sein?«

»Ja, wir wollten schließlich den Eindruck erwecken, dass ein Serienmörder es auf Schwule abgesehen hatte. Aber Pahlberg war kräftig, es wäre für mich nicht leicht gewesen, ihn zu überwältigen. Darum diesmal nicht die Garotte, sondern das Blasrohr. Der anonyme Brief stammt natürlich auch von uns. Wir wollten Pahlberg damit aus dem Hintereingang locken, und das hat ja auch funktioniert.« Mit reglosen Augen nickte sie Evelyn zu. »Als ich dann gesehen habe, dass Sie und Ihre Kollegin bei Pahlberg waren, habe ich trotzdem geschossen. Ich dachte: Hauptsache ein Attentat – auch wenn er überleben sollte, weil Sie die Spritze früh genug rausziehen. Dass er sich genau in dem Moment gebückt hat und ich stattdessen Sie erwischt habe, Frau Eick, war nun wirklich reiner Zufall.« Mildred Zürns griff zu einem Becher mit Wasser, der vor ihr stand. Sie trank, vielleicht wollte sie so Evelyns Blick ausweichen.

Doch Evelyn sah Mildred nicht an, sie schaute aus dem Fenster zu dem silberblauen Streifenwagen. Darin saß in Handschellen die frisch gebackene Witwe Katharina Tebbe und weinte.

Wieder überging Gercke die Provokation. »Frau Zürns, Sie haben also zwei Menschen getötet, um Geld für eine Partei zu erpressen. Warum?«

»Das wissen Sie doch längst. Die Tebbes haben Ihnen doch erzählt, was für ein großes politisches Talent Christian ist.«

»Also haben Sie gemordet, um die Karriere Ihres Sohnes voranzutreiben?«

»Ja sicher!«, stieß Mildred Zürns in einem Ton hervor, als könne sie die Frage nicht nachvollziehen. »Christian ist alles, worauf ich im Leben wirklich stolz bin. Für die Höhere Schule hat es bei mir nicht gereicht, meine Ehe ist gescheitert, und dann musste ich auch noch mit ansehen, dass Christian unbedingt Musiker werden wollte. Und er war darin kein Spitzentalent, das war mir immer klar. Er hat ganz schön gespielt auf seinem Saxophon – für kleine Auftritte und als Lehrer für Kinder hat es gereicht – für mehr aber eben nicht. Ich kann Ihnen gar nicht sagen, wie froh ich war, dass er sich auf einmal für Politik interessiert hat. Und dann auch noch in der Partei von Freunden. Und dass er da so eine große Begabung hat.«

Gercke nickte. »Dafür sind Sie also über Leichen gegangen.«

»Ja«, erwiderte sie kalt. »Und ich würde es wieder tun. Vergessen Sie nicht, das aufzuschreiben. Ich verzichte auf mildernde Umstände. Jetzt, wo Claus Tebbe tot ist, erst recht.«

»Aha.« Mit ruhigen Bewegungen stand Gercke auf und stellte sich neben Mildred Zürns. Er sah auf sie hinunter. »Was ich noch nicht verstehe: Womit haben Sie Fenn-Heindel denn eigentlich erpresst? Was hatten Sie gegen ihn in der Hand?«

»Das wissen Sie wirklich nicht?« Ihr Erstaunen wirkte echt, sie lächelte: »Ganz einfach: Seine Tochter hat Tagebuch geführt und darin den Mord an ihrer Mutter geschildert. Damit konnten wir ihn erpressen.«

»Und er hat nie versucht, das Tagebuch wieder zu bekommen?«

»Doch, selbstverständlich. Aber freiwillig haben wir es ihm nicht gegeben. Da hätte er schon bei mir und den Tebbes einbrechen und beide Wohnungen auf den Kopf stellen müssen. Außerdem haben wir ihm erzählt, dass wir Kopien von den wichtigsten Seiten gemacht haben, und die bewahren wir ganz woanders auf.«

»Und wo befindet sich dieses Tagebuch jetzt?«, fragte Gercke ungeduldig.

»In einer Keksdose in Tebbes Küche. Im Schrank ganz oben rechts, neben den Putzmitteln.« Mildred Zürns setzte ein zynisches Lächeln auf. »Um genau zu sein: neben dem Glasreiniger.«

Gercke ging zur Tür des Mannschaftswagens, steckte seinen Kopf hinaus und gab den Kollegen Bescheid. Wenige Minuten später hielt er es in den Händen:

Das Tagebuch der Diana Fenn.

* * *

Kurz nachdem mein Vater die Wohnung auf Teneriffa gekauft hatte, wurde er Privatsekretär von Charlotte Heindel. Er war wahnsinnig stolz auf diesen Job.

»Ich komme doch aus kleinen Verhältnissen«, meinte er immer wieder. »Wer hätte je gedacht, dass ich eine solche Karriere machen würde. Charlotte möchte übrigens, dass ich zu ihr nach Düsseldorf in die Villa ziehe, da ist selbstverständlich auch Platz für euch beide.«

Meine Mutter schwieg dazu. Bestimmt dachte sie: Wenn Charlotte Heindel nicht lesbisch und mein Vater nicht schwul wäre, hätte sie ihn nie eingestellt, und vermutlich hatte meine Mutter damit recht. Doch so einen Gedanken hätte sie nie laut ausgesprochen, damit wäre sie sich schäbig vorgekommen.

Einmal nahm mein Vater mich und meine Mutter mit in die Villa von Charlotte Heindel und stellte uns seiner Chefin vor. Ich glaube, mit dem ersten Augenblick wussten meine Mutter und Charlotte, sie konnten sich gegenseitig nicht ausstehen. Und das lag bestimmt nicht nur daran, dass Charlotte eine reiche Industrielle war und meine Mutter aus bescheidenen Verhältnissen kam. Ich selbst respektierte Charlottes Mut, mit dem sie sich so früh dazu bekannt hatte, lesbisch zu sein. Wie sich bald herausstellte, war Charlotte auf meine Mutter rasend eifersüchtig. Dass Charlotte meinen Vater unbedingt adoptieren wollte, wunderte meine Mut-

ter nicht, und sie hätte auch nichts dagegen gehabt. Nur hätte Charlotte eben zulassen sollen, dass er verheiratet blieb. Aber Charlotte Heindel wollte unbedingt die Scheidung meiner Eltern. Aus Gründen der Ehrlichkeit und der Loyalität und für die Sache der Befreiungsbewegung aller homosexueller Menschen – so argumentierte sie immer wieder.

Je länger meine Eltern diskutierten, umso mehr merkte ich, wie die Liebe meiner Eltern umschlug in Feindseligkeit und dann in Hass. Und dann fing ich auch an zu hassen, nämlich meine Mutter. Ich fand, sie war selbst schuld, dass sie ihn geheiratet hatte, denn er war ja immer ehrlich zu ihr gewesen, sie hatte von Anfang an gewusst, dass er schwul war. Und jetzt hatte er eine so große Chance, aber meine Mutter verbaute ihm alles.

»Warum lässt du Papa nicht einfach gehen?«, fragte ich immer wieder.

Es nützte nichts, wenn sie mir dann sagte, dass das eine Sache zwischen ihrem Ehemann und ihr sei, dass mich das alles nichts angehe. Vermutlich hatte sie in diesem Punkt recht, aber meine Mutter wurde für mich immer unerträglicher: immer härter und verschlossener. Außerdem kämpfte ich in dieser Zeit ja mit meinem eigenen Erwachsenwerden. Meine Pubertät war schwierig. Manchmal hasste ich meine Mutter so sehr, dass ich sie am liebsten umgebracht hätte. Als ich mit Tassen nach ihr geworfen hatte, brachte sie mich zu einem Jugendpsychiater. Er sagte, ich litte an pubertären Aggressionsausbrüchen, so was verschwinde wieder, das sei keine Geisteskrankheit.

Nach dem Arztbesuch war ich weniger aggressiv, jedenfalls nach außen hin, aber ich hörte nicht auf, sie zu hassen. Ich fragte immer wieder: »Warum willst du unbedingt mit Papa verheiratet bleiben? Ihr liebt euch doch sowieso nicht mehr!«

Meine Worte taten ihr weh, das spürte ich deutlich, vermutlich liebte sie meinen Vater noch immer.

»Diana«, sagte sie. »Ich habe deinen Vater geheiratet, weil er eine Ehefrau brauchte, um seinen guten Ruf zu sichern«, erklärte sie. »Und nun will ich ihn als Ehemann behalten.«

»Behalten?!«, kreischte ich. »Wofür denn? Etwa jetzt für deinen Ruf?« Dann lachte ich und meinte: »Viele Eltern von meinen Klassenkameraden sind geschieden. Und keiner hat Angst um irgendeinen Ruf.«

Meine Sätze fuhren wie Messerklingen in ihr Herz. Sie schwieg und ging aus dem Raum. Ich war überzeugt: Sie wollte sich nicht eingestehen, wovor sie Angst hatte.

Als sie am selben Nachmittag wieder auf der Leiter stand und waghalsig mit diesem langstieligen Gerät das große Fenster putzte, war ich mir sicher, was ich tun würde. Ich tat es nicht sofort, nicht so kurz nach unserem heftigen Streit.

Aber beim nächsten Mal, das nahm ich mir fest vor.

* * *

Im silbergrauen BMW fuhren Gercke und Evelyn zur Ludenberger Villa. Gerade hatten sie die Kliniken an der Bergischen Landstraße passiert, da erreichte sie Waschkes Anruf.

»Wir haben Christian Zürns in seiner Wohnung festgenommen, Chef. Und er hat auch schon gestanden, dass er seiner Mutter für den Mord an Brook ein falsches Alibi gegeben hat. Außerdem hat sich unser Labor gemeldet. Die rosa Farbe in Tebbes Mund war eine andere Marke als bei Brook und Schelling. Das spricht schon mal für den Trittbrettfahrer beim Mord an Tebbe.«

Gercke bedankte sich für die Nachricht. Zehn Minuten später parkten sie an der Mauer vor Fenn-Heindels Anwesen.

* * *

»Kommen Sie einfach durch, Sie wissen ja Bescheid«, sagte Fenn-Heindel durch die Gegensprechanlage. Seine Stimme klang matt, doch gewohnt freundlich.

Wieder wartete er auf dem Treppenabsatz vor seinem Büro. Heute trat er legerer auf als die Male davor. Er trug einen schwarzen Jogginganzug, in den Halsausschnitt hatte er ein dunkelrotes Seidentuch drapiert. Körperlich schien es ihm vergleichsweise gut zu gehen. Sein Gesicht wirkte rosiger als sonst, und sein Atem ging ruhig und leise.

»Nehmen Sie Platz«, er wies auf die Besucherstühle.

»Gleich«, entgegnete Gercke. »Diesmal müssen wir Sie auf Waffen untersuchen.«

Fenn-Heindel reagierte gelassen. »Bitte, wenn es sein muss.« Er nahm eine Position ein, wie er sie vermutlich von Kontrollen an Flughäfen kannte: Die Beine schrittbreit auseinander gestellt, die Arme weit abgestreckt.

Gercke tastete ihn ab, er zeigte auf die Tasche der Jogginghose. »Was ist das bitte?«

»Bloß mein Nitrospray.« Fenn-Heindel zog eine rote Sprühflasche mit einer weißen Kappe hervor. »Das brauche ich, wenn mein Herz mal wieder nicht so will.«

Gercke nickte. »Stecken Sie es wieder ein.«

Zu dritt setzten sie sich an den Schreibtisch, Fenn-Heindel gab sich verbindlich. »Was führt Sie heute zu mir?«

Gercke kam sofort zum Punkt: »Wir haben erfahren, dass Claus Tebbe und seine Helfer Sie erpresst haben.«

Fenn-Heindel senkte den Blick und schwieg.

Gercke ließ mehr als eine halbe Minute vergehen, dann sagte er: »Der Sachverhalt ist für uns weitgehend geklärt. Wir haben Katharina Tebbe und Mildred Zürns vernommen und die Akte der Polizei von Santa Cruz studiert. Und nun bitten wir Sie um Ihre Kooperation.«

Fenn-Heindel nickte erschöpft. »Dann mache ich es kurz: Unsere Tochter hat damals meine Frau aus dem Hochhaus gestoßen, die Tebbes haben Diana ein Alibi verschafft, und jetzt wollen sie zwei Millionen Euro von mir, die ich ihnen nicht gebe. Um mich unter Druck zu setzen, haben sie zwei Morde begangen, aber sie bekommen das Geld trotzdem nicht von mir.«

»Weshalb nicht?«

»Weil ich mich nun mal nicht erpressen lasse!« Fenn-Heindels Atem ging lauter.

»Und warum haben Sie sich nicht bei der Polizei gemeldet?«

Fenn-Heindel schwieg mit stoischer Miene.

Gercke überlegte: Was mochte im Kopf dieses Mannes vor sich gehen? Wollte er um jeden Preis seine Tochter schützen? »Gut«, meinte Gercke. »Dann also die nächste Frage: Wir haben das Tagebuch Ihrer Tochter gelesen und würden gern erfahren, wie es in den Besitz von Herrn und Frau Tebbe gekommen ist.«

Zornig löste Fenn-Heindel sein Schweigen. »Diana trug es bei sich, nachdem sie Vera hinuntergestoßen hatte. Katharina Tebbe wollte es verwahren, aber später hat sie sich geweigert, uns das Buch zurückzugeben.«

»Wegen des Alibis, das die Tebbes Ihrer Tochter verschafft haben?«

»Selbstverständlich deswegen«, Fenn-Heindel schnaubte.

Gercke nickte sachlich. »Schildern Sie uns doch bitte mal, wie dieses Alibi ausgesehen hat.«

Fenn-Heindel lehnte sich im Stuhl zurück und schloss für einen Moment die Augen, seine Wut schien verflogen. »An dem Nachmittag waren wir in Tebbes Büro«, sagte er matt. »Claus und Katharina, meine Tochter und ich. Das Büro lag nur eine Minute von dem Hochhaus entfernt, in dem wir unsere Ferienwohnung hatten. Und wir haben besprochen, welche Wohnungen dort noch frei waren und welche davon Bernd Brook gefallen könnten. Plötzlich ist Diana aufgestanden und rausgegangen. Keiner von uns hat sich was dabei gedacht, wir haben geglaubt, sie gehe zur Toilette. Keine zehn Minuten später war sie wieder da, und dann hörten wir auch schon die Sirenen von der Polizei und dem Rettungswagen.«

»Und Sie wussten gleich, was passiert war?«

»Sicher. Diana kam ganz verstört zurück. Wir haben sofort verstanden, was sie getan hatte, sie brauchte nichts zu sagen. Auf dem Weg zum Hochhaus und zurück war sie niemandem begegnet, den sie kannte. Aber alle Nachbarn kannten Veras Leichtsinn beim Fensterputzen. Wie weit sie sich immer hinauslehnte. Eigentlich grenzte es an ein Wunder, dass sie dabei nicht schon längst rausgefallen war. Und die Tebbes haben der Polizei erzählt, dass Diana die ganze Zeit bei ihnen im Büro war.«

»Was glaubten Sie damals, warum die Tebbes Ihre Tochter geschützt haben? Schließlich haben die beiden sich damit selbst strafbar gemacht.«

»Einen Mord zu decken, ist einfacher, als einen Mord zu begehen.« Fenn-Heindel lachte hämisch auf. »Damals glaubte ich tatsächlich, dass die Tebbes es gut mit Diana meinten. Oder auch mit mir, denn nun war ja der Weg frei für meine Adoption. Der Sturz konnte genauso gut ein Unfall sein, das haben die Tebbes immer betont. Diana ist doch ein gutes Mädchen, haben sie gesagt, keine Mörderin. Und noch so jung. Und Vera war ja in letzter Zeit wirklich sehr schwierig, deswegen geben sie Diana jetzt das Alibi. Sie können nicht mit ansehen, dass ein so junger Mensch sich wegen einer starrsinnigen und zwanghaften Mutter das ganze Leben verdirbt.«

»Dass Sie dadurch erpressbar wurden, haben Sie nicht verstanden?«

»Nicht sofort, erst später, als die Tebbes uns das Tagebuch nicht wiedergeben wollten. Es sei bei ihnen besser aufgehoben, haben sie gesagt, falls die Polizei wegen Veras Tod doch noch eine Hausdurchsuchung bei mir machen sollte. Da wurde mir klar: Die Tebbes haben Diana und mich in der Hand. Aber damals war von Geld noch keine Rede. Das kam ja erst Anfang dieses Jahres. Weil sie diesen Größenwahn entwickelten, wegen ihrer Partei.«

»Und Sie sind trotzdem nicht zur Polizei gegangen?«

»Ich weiß schon, was Sie sagen wollen«, verzweifelt fuhr Fenn-Heindel sich mit der Hand durchs Gesicht. »Bernd Brook könnte noch leben, und ich mache mir deswegen schlimmste Vorwürfe.«

Er lügt!, dachte Evelyn.

Offenbar konnten seine Worte auch Gercke nicht überzeugen. »Wenn Sie zu uns gekommen wären, würde wahrscheinlich nicht nur Bernd Brook noch leben, sondern auch Helmut Schelling. Und meiner jungen Kollegin hier wäre ein Mordanschlag erspart geblieben.«

Fenn-Heindel blickte zur Zimmerdecke. »Es war so«, er räusperte sich. »Claus Tebbe hat gedroht, wenn ich ihm die zwei Millionen nicht gebe oder zur Polizei gehe, wird er mich töten. Verstehen Sie? Mich! Nicht Brook oder Schelling. Ich hatte geglaubt, ich trage das Risiko allein. Und als Brook tot war, dachte ich: So, das war jetzt der Warnschuss, jetzt bin ich selbst dran. Dass dann auch noch Schelling sterben musste, konnte ich nicht ahnen.«

»Und Sie selbst hatten keine Angst?«, fragte Gercke sarkastisch.

»Nein, hatte ich nicht. Ich bin ein alter, kranker Mann. Wovor soll ich noch Angst haben?« Abwechselnd blickte er Gercke und Evelyn an, beide schwiegen. Schließlich starrte Fenn-Heindel unsicher auf die Tischplatte.

»Sie sollten wissen«, sagte Gercke ruhig. »Claus Tebbe ist tot. Seit heute Morgen.«

Fenn-Heindel hob den Kopf. »Ach so«, sagte er leise.

»Ja«, entgegnete Gercke harsch. »Und wir denken nicht, dass Sie das ernsthaft wundert. Jetzt wüssten wir nur gern: Wo ist Ihre Tochter? Unsere Kollegen haben sie weder in ihrer Wohnung noch im *Bunten Haus* angetroffen. Wo ist sie also?«

Fenn-Heindels Gesicht verfärbte sich dunkelrot, schnaubend atmete er ein und aus, mit erstickter Stimme brachte er hervor: »Nehmen Sie mich mit. Stecken Sie mich in eine Zelle, das macht mir nichts.«

Gerckes Ton wurde schärfer. »Wo Ihre Tochter ist, wollen wir wissen!«

Es schien, als ginge ein Schaudern durch Fenn-Heindels Körper. Er starrte zwischen Gercke und Evelyn hindurch auf die gegenüberliegende Wand, mit jedem Atemzug wurde sein Schnauben lauter.

»Herr Fenn-Heindel?«, fragte Evelyn.

Er reagierte nicht. Die Tür ging auf, herein kam Diana Fenn. Sie trug ein dunkelblaues Kostüm und eine weiße Bluse. Darin wirkte sie so bieder, dass Evelyn sie erst auf den zweiten Blick erkannte.

Mitten im Raum blieb sie stehen und sagte mit fester Stimme: »Ich gestehe die Morde an meiner Mutter Vera Fenn und an Claus Tebbe.«

»Diana. Warum bist du denn nicht nebenan ...«, Fenn-Heindels Satz brach ab, als er begriff, was passierte.

Diana Fenn zog eine Pistole hervor und schoss auf das Herz ihres Vaters. Evelyn schrie auf. Ingbert Fenn-Heindel kippte zur Seite und fiel auf den Boden.

Noch bevor Evelyn und Gercke zu den Dienstwaffen greifen konnten, schleuderte Diana Fenn ihre Pistole auf den Boden und hob die Arme. »Ich bin fertig«, sagte sie mit harter Stimme. »Sie können mich festnehmen.«

* * *

Aus dem Vernehmungsprotokoll von Diana Fenn:

»Es stimmt. Ich hätte Tebbe und meinen Vater nicht töten müssen, um die Erpressung zu stoppen, aber ich wollte reinen Tisch machen. Eigentlich gehörte ich damals ja schon lange ins Gefängnis, und ich versichere Ihnen: Wenn die Polizei nicht dabei gewesen wäre, als ich meinen Vater erschossen habe, hätte ich mich gestellt. Ganz bestimmt. Ich habe nicht mehr viel zu verlieren in meinem Leben: Die große Liebe habe ich nie gefunden, und eine Familie werde ich auch nicht mehr gründen in meinem Alter. Jedenfalls: Tebbe hat meinen Vater erpresst, und als er die zwei Millionen nicht zahlen wollte, hat er erst Brook töten lassen und dann Schelling. Mein Vater sollte begreifen: Die Einschläge kommen näher, du bist der Nächste. Deswegen habe ich meinem Vater etwas vorgeschlagen: Ich gestehe den Mord an meiner Mutter. Dann hätte Tebbe nichts mehr gehabt, womit er meinen Vater hätte erpressen können. Aber mein Vater wollte nicht, dass ich mich stelle. Lieber hätte er sich auch noch von Mildred Zürns töten lassen, so groß war die Angst um seinen guten Ruf. Wenn er das nächste Mordopfer geworden wäre, hätte er wenigstens als Märtyrer dagestanden. Das hätte den Ruf der Charlotte-Heindel-Stiftung ja sogar aufgewertet – so hat er argumentiert. Dabei trug ausgerechnet Charlotte Heindel die meiste Schuld an all dem. Sie bestand damals darauf, dass er sich scheiden ließ, bevor sie ihn adoptierte. Homosexuelle dürfen nicht verheiratet sein, meinte sie. Schon gar nicht, wenn sie als Kämpfer für ihre Rechte eintreten. Mein Vater hat versucht zu verhandeln, aber sie ist steinhart geblieben. Sie hätte ihm die Adoption verweigert. Und meine Mutter hätte niemals in die Scheidung eingewilligt. So absurd das klingt: Mein Vater stand zwischen zwei Frauen, die ihn heftig drangsalierten. Natürlich hätte er sich auch gegen den Willen meiner Mutter scheiden lassen können, aber nach damaligem Recht hätte das mindestens fünf Jahre gedauert. So lange wollte Charlotte Heindel mit der Adoption nicht auf ihn warten.

Damals stand ich auf der Seite meines Vaters, denn er tat mir leid. Er litt unter meiner Mutter und den engstirnigen Ansichten. Diese miefige und verlogene Gesellschaft damals hat ihn zur Ehe gezwungen, sonst wäre er nicht vorwärts gekommen in seinem Beruf, schon gar nicht im Bonner Regierungsviertel. Ein männlicher, unverheirateter Sekretär hätte noch so kompetent sein können, niemand hätte ihn eingestellt. Deswegen hat mein Vater eine frigide Frau geheiratet und sie versorgt. Das war der Deal.

Wie ich mich dabei gefühlt habe, meine Mutter zu töten? Eigentlich ganz gut. Ich habe sie damals gehasst, weil sie meinem Vater die größte Chance seines Lebens verbauen wollte. Ich wusste ja, dass sie das große Fenster immer nachmittags putzt und sich dabei weit raushängt. Sauberkeit ging ihr über alles. Es war einfach. Ein kleiner Schubs – sonst nichts. Heute erschrecke ich mich darüber, wie leicht mir das fiel. Auch deswegen ist es richtig, dass ich jetzt ins Gefängnis gehe. Aber vorher wollte ich mich noch an Tebbe rächen. Er sollte genauso sterben wie die beiden Männer, die Mildred Zürns für ihn getötet hat. Sie hätte alles für Tebbe getan, notfalls auch noch weitere Morde begangen. Sie war Tebbe hörig, weil er ihren Sohn vorwärtsbringen konnte. Und sie wollte ja unbedingt, dass Christian eine große politische Karriere macht. Ein Bundeskanzler aus der *Partei für Bürgerliche Werte*, was für ein Quatsch! Aber Mildred Zürns hat daran geglaubt. Sie hat ihren Sohn genauso vergöttert wie mein Vater seine Charlotte Heindel vergöttert hat. Völlig verrückt. Mein Vater hielt sich für mutig, dabei war er der größte Feigling, den ich erlebt habe. Er war so stolz darauf, sich nicht erpressen zu lassen. Er meinte, wenn Tebbe ihn töten würde, sei es doch vorbei mit den Erpressungen, das sei doch die einfachste Lösung. Zuerst habe ich gedacht: Er tut es mir zuliebe. Er hat mich all die Jahre gedeckt, und darum will er nicht, dass ich mich jetzt stelle. Aber dann habe ich begriffen: Es geht ihm nicht um mich. Es geht um das Renommee der Charlotte-Heindel-Stiftung. Und wenn ich alles gestanden hätte? Meine Mutter ermordet zu haben, weil Charlotte sonst nicht meinen Vater adoptiert hätte? Dann wäre doch der Ruf der beiden für immer ruiniert gewesen. Aber ich konnte nicht länger mit ansehen, wie feige er war. Ich fing an, ihn zu hassen – noch viel mehr, als ich damals meine Mutter gehasst hatte. Und ich wollte nicht darauf warten, dass Mildred Zürns ihn auch erdrosselt. Ich habe ihn lieber selbst getötet.«

* * *

Am Dienstagabend, nach einem langen Arbeitstag, fuhr Evelyn in ihrem Golf nach Angermund. Stefan wollte auf sie warten, hatte er am Telefon gesagt, auch wenn sie spät käme. Auf dem Beifahrersitz lagen die Plastikdosen, in denen er ihr letzte Woche die Nudeln und die Trüffelsoße mitgegeben hatte. Der Weißburgunder schlummerte noch ungeöffnet im Kühlschrank, diese Flasche mochte Evelyn nicht allein trinken.

Sie stellte das Auto auf dem Hof ab und stieg aus. Vitali und Wladimir, die beiden Jungkater, waren nirgendwo zu sehen, doch sie würden bestimmt noch auftauchen. Evelyn ging durch den Garten zur alten Remise, in der Stefan seine Schreinerei betrieb. Gerade war er dabei, ein Lärchenbrett zu schleifen. Sie begrüßten sich herzlich.

»Und?«, fragte Evelyn. »Wer kommt diesmal in den Sarg?«

»Poldi und Waldi, zwei Schwestern.«

Evelyn fuhr mit den Fingern über das glatte Holz. »Lass mich raten: Rauhaardackel, die einem alten Ehepaar gehörten?«

»Gut kombiniert. Wobei das Ehepaar noch lebt – beide über neunzig. Die Dackel sind immerhin fast zwanzig geworden.«

Unwillkürlich musste Evelyn an den Satz von Kollege Waschke denken: *Klischees sind Wahrheiten*. Sie lächelte. »Zwanzig Jahre, das ist ja selbst bei Dackeln eine stramme Leistung. Und die sind gleichzeitig gestorben?«

»Ja, aber mit menschlicher Hilfe: Der eine Hund war schwer krank, und der Tierarzt meinte, wenn der tot ist, würde der andere das auch nicht verkraften. Deswegen hat das Ehepaar die beiden einschläfern lassen.«

»Schöne Geschichte«, Evelyn schwieg ein paar Sekunden. »Und sonst?«, sie sah ihren Bruder herausfordernd an. »Was machen die Lebenden? Was macht die Liebe?«

»Hmmm«, Stefan lächelte. »Allzu viel kann ich noch nicht sagen. Aber morgen Abend kommt Carola.«

»Aha! Ist es eine von den drei Frauen, die Freitag zum Essen da waren?«

»Genau. Und weil du mich das sonst sowieso fragst, sage ich dir gleich: Sie ist sechsundvierzig und hat zwei erwachsene Kinder.«

»Ist sie geschieden?«

»Ja, aber unproblematisch. Keine Altlasten – jedenfalls wie es im Moment aussieht.«

»Na, das passt doch schon mal.«

Er zog sein Handy heraus. »Hier. Hat Carola mir geschickt.«

Eine hübsche Frau mit kinnlangen, braunen Haaren lächelte in die Kamera.

»Das Foto stammt aus ihrem letzten Urlaub«, erklärte er, »von einer Alm in Südtirol.«

Evelyn betrachtete das Bild, sie drückte ihren Bruder an sich. »Ich wünsche euch was.«

Mit einem Glas Mineralwasser in der Hand setzte Evelyn sich neben ihn und schaute zu, wie er die Lärchenbretter zu einem Sarg für die beiden Dackel zusammenbaute. Während er in aller Ruhe seiner Arbeit nachging, erzählte sie ihm die verschlungene Geschichte von einem Kind, dessen Eltern geheiratet hatten, weil sie glaubten, die Gesellschaft würde es von ihnen erwarten. Das Kind stieß seine Mutter in den Tod, weil es hoffte, damit seinem Vater zu helfen.

Der Vater schützte sein Kind, doch dafür wurde er erpresst von Leuten, die ihre politischen Ziele durchsetzen wollten und deswegen zwei andere Menschen töteten. Und weil der Vater sich nicht gegen diese Leute wehrte, tötete das Kind auch ihn.

Stefan hörte zu und stellte kaum Fragen, denn er wusste, dass Evelyn ihre Seele erleichtern musste.

* * *

Brigitte Ranzler bepflanzte die Blumenkübel auf ihrer Terrasse. Zwar war es noch über einen Monat bis zu den Eisheiligen, aber Brigitte zeigte sich optimistisch: Hier im Rheinland dauerten die Winter nicht lange, es würde schon keinen Nachtfrost mehr geben.

Während sie kleine Petunienpflanzen in die Erde setzte, dachte sie an Max Pahlberg. Eben noch hatte sie mit ihm telefoniert, und er hatte ihr von der Erweiterung bei *Mann-O-Mann* erzählt. Bald sollte dort eine Abteilung für Übergrößen entstehen, Max erhoffte sich viel davon, und wenn der Laden weiterhin gut liefe, würden auch die AIDS-Helfer davon profitieren. Denn dann sollte es für den Verein eine finanzielle Beteiligung an der Herrenboutique geben – immerhin fünfzehn Prozent vom Nettogewinn mit halbjährlicher Ausschüttung.

Gleich morgen würde Brigitte die Klage gegen Brooks neues Testament zurückziehen. Alles sprach dafür, dass es rechtsgültig war, eine Anfechtung hatte wenig Sinn. Brigitte freute sich über die gütliche Einigung mit Max Pahlberg, bestimmt würde die neue Abteilung in seiner Boutique erfolgreich laufen. Seit einigen Wochen hatte Pahlberg übrigens einen neuen Verkäufer: einen Biologie-Studenten, sehr nett und ohne politische Ambitionen.

Zufrieden drückte Brigitte die Erde um die jungen Petunien fest. Spätestens im Juni würden sie violett blühen.

* * *

Pahlberg betrat Brooks Bibliothek. Er durchschritt den weiten Raum mehrmals von hinten nach vorn und zurück, starrte an den Wänden hoch und fand es schier unglaublich, was

Brook da zusammengetragen hatte. Lauter Bücher über homosexuelle Menschen, und die meisten handelten von Ausgrenzung und Anfeindung. Aber auch Liebesgeschichten waren dabei. Pahlberg wollte sein Versprechen wahr machen: Er würde die Bücher als Dauerleihgabe einem Museum oder einer Stiftung überlassen. Die Charlotte-Heindel-Stiftung hatte Interesse angemeldet, aber noch war er sich nicht sicher, ob es in Brooks Sinne gewesen wäre, die Bücher dort unterzubringen.

Pahlberg konnte der Versuchung nicht widerstehen: Er zog seine Schuhe aus und legte sich auf das riesige Sofa. Während seine Finger über die Brosche an seinem Hals glitten, dachte er an Brook. Der hatte hier so viele Stunden verbracht, und fast immer war er dabei allein gewesen - trotz seines großen sozialen Engagements in der Tiefe seines Herzens ein Einzelgänger. Pahlberg musste daran denken, wie Brook ihn umworben hatte und er sich nicht darauf einlassen konnte oder wollte. Was wäre anders gekommen, wenn er Brooks Liebe hätte erwidern können? Er fand keine Antwort darauf und starrte auf die Bücherwände. Vielleicht würde er eines Tages auch ein Buch schreiben - über die Tode von Vera Fenn, Bernd Brook, Helmut Schelling, Claus Tebbe und Ingbert Fenn-Heindel.

* * *

Evelyn lenkte ihren Golf in südliche Richtung zum Stadtteil Itter. Hier stand das Haus, in dem Lars bis vor einem halben Jahr mit seiner Familie gewohnt hatte. Damals waren sie noch komplett gewesen: Vater, Mutter und zwei Töchter. Dann hatten sich die Eltern getrennt, und die Mädchen fingen an, um die Liebe ihrer Eltern zu kämpfen. Die Mutter hatte inzwischen einen neuen Partner. Und der Vater? Er war liiert mit einer Kriminalhauptkommissarin, die sich aufrieb für ihren Beruf und bisher keine anständige Liebesbeziehung zustande gebracht hatte, jedenfalls keine von mehr als zwei Jahren Dauer. Und jetzt war die Kommissarin eingeladen. Man wollte zusammen essen: die Töchter, die Eltern, der neue Partner der Mutter und die Kommissarin als neue Partnerin des Vaters. Man wollte sich gegenseitig kennenlernen und die beste Lösung für alle finden, das hatten die Töchter sich so gewünscht.

Als Geschenk für die Gastgeberin hatte Evelyn einen teuren Weißburgunder bei sich. Um den Flaschenhals hatte sie eine große, grüne Schleife gebunden. Sie ging auf das Haus zu. Neben der Türglocke stand auf einem Messingschild: *Familie Herxheimer*. Evelyn klingelte an.

ENDE

KBV KRIMINALROMAN

Klaus Stickelbroeck

AUF DIE HARTE TOUR

Taschenbuch, 268 Seiten

ISBN 978-3-942446-37-2

9,50 EURO

Hartmann steckt knietief in Schwierigkeiten. Der smarte Düsseldorfer Privatdetektiv muss diesmal einstecken. Aber so richtig! Eine von seinen raren Visitenkarten steckt in der Jackentasche der blonden Frau, die in einem Hinterhof erschossen aufgefunden wird. Hartmann kann sich vage erinnern, dass sie ihn in seinem Büro aufgesucht hat. An mehr kann er sich beim besten Willen nicht erinnern. Wer war die Frau? Hätte er ihr helfen können? Würde sie dann noch leben? Sein schlechtes Gewissen lässt ihm keine Ruhe, und als er sich auf die Suche nach den Hintergründen macht, ahnt er nicht, in was für ein Wespennest er dabei sticht. Dass ihm eine gemeinhin als recht gewalttätig bekannte Rockergruppe auf den Fersen ist, macht die Mörderjagd nicht einfacher.
Regenrinnen-Rita hält die Augen offen, der große, breite Jonny beweist sich wieder als schwarzer Fels in der Brandung, Drogenkumpel Angie steht kriminell-hilfreich zur Seite und zu Hartmanns Füßen knurrt ein Rottweiler namens Ozzy.
Hartmanns vierter Fall ist sein härtester. Und ob er ihn überlebt … ist noch nicht raus.

»Nach dem Muster der Screwball-Comedy Hollywoods hat Klaus Stickelbroeck mit »Fischfutter« einen turbulenten, witzigen und zugleich spannenden Kriminalroman geschaffen. … und mit seinem dritten Roman ein Meisterstück abgeliefert … Er schöpft aus dem prallen Leben und schreibt unter ständigem Augenzwinkern, ohne dem Humor die Spannung zu opfern. …«
(Focus-Online, Horst Eckert zu »Fischfutter«)

Die Krimi-Cops

BLUTHUNDE

Taschenbuch, 245 Seiten
ISBN 978-3-942446-87-7
9,90 EURO

In einer Parkhalle wird eine riesige Blutlache gefunden. Was fehlt, ist die Leiche. Kriminalhauptkommisar Pit »Struller« Struhlmann und sein Praktikant Jensen nehmen Witterung auf. Wie Bluthunde.
Was hat der Musikproduzent mit der Sache zu tun, dessen Yacht genau gegenüber der Parkhalle im Düsseldorfer Hafen vor Anker liegt? Welche Rolle spielt die Spinnen-Petra, die Struller aus Jugendzeiten kennt?
Erst als in einem Müllwagen ein Toter entdeckt wird und sich eine Informantin bei Struller meldet, lassen sich eine extrem fleißige Putzkolonne, ein Kilo Kokain, Hinweise auf illegale Hundekämpfe und die Düsseldorfer Meisterschaften im Thekencurling zu einer vielversprechenden Spur zusammenführen.
Diese Spur ist heiß, aber übel. Sie stinkt. Und führt schließlich in die Kläranlage nach Düsseldorf-Hamm …

»Die wie gewohnt temporeich inszenierte Handlung fesselt bis zur letzten Seite, die witzig schnoddrige Sprache bietet jede Menge Düsseldorfer Lokalkolorit, die Buch-Bullen durchforsten natürlich ausschließlich authentische Schauplätze.« (Rheinbote Düsseldorf)

KBV KRIMINALROMAN

KBV KRIMINALROMAN

David Daniel
HERZRASEN

Taschenbuch, 260 Seiten
ISBN 978-3-942446-65-5
9,50 EURO

Der Düsseldorfer Privatdetektiv Alexander Herz, knapp bei Kasse, hat eine persönliche Rechnung zu begleichen. Er versucht auf eigene Faust, den Kunsthändler Nicolas Narkov zu überführen, der seinen Kunden gefälschte Gemälde unterschiebt.

Zugleich nimmt Herz den lukrativeren Auftrag eines Adligen an, für den er mit einem wertvollen Gemälde im Gepäck nach Dublin zu einer Auktion fliegen soll. Auf der Reise lernt er die charmante Adriana kennen. Die Probleme beginnen, als ihn Leute verfolgen, die um jeden Preis das Bild in ihre Hände bekommen wollen. Kriminalkommissar Markus Lohmeier muss derweil den Tod eines Aushilfswachmanns aufklären, der auf mysteriöse Weise vom Dach eines Düsseldorfer Rüstungskonzerns gestürzt ist. Unfall, Selbstmord oder gar Mord? Keiner der beiden Ermittler ahnt zu diesem Zeitpunkt, wie eng ihre Fälle miteinander verquickt sind.

»Es gibt Bücher, die lässt man nach den ersten Zeilen links liegen und fasst sie nicht mehr an. Und es gibt Bücher, die verschlingt man geradezu. David Daniels Kriminalroman ›Herzblut‹ gehört zur zweiten Kategorie.« (Rheinische Post zu »Herzblut«)